一五九九的幸福

陳一尚／著

LOVE

祝福正在追求及等待幸福的狗狗們

目錄

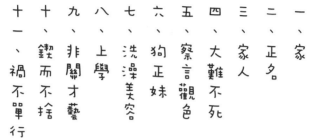

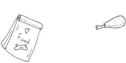

一、家

我從來不知道「家」是什麼，也不曾想過它到底長什麼樣子，總覺得大概就是一個能夠遮風蔽雨、自由自在活動的空間罷了。

在短暫又有限的記憶裡，那一段懵懵懂懂的歲月中，我曾經待過的地方，每天都跟菜市場一樣，熱熱鬧鬧而且狗味十足，可以讓我吃飯、睡覺和遊戲，過著無憂無慮的日子，應該算是所謂的家了吧！

但這樣的環境沒有安全感、存在著不確定性，充其量只能當成臨時收容所或者寄人籬下的中途之家，就是少了一種說不上來的fu，直到那一天……

我依稀記得，才剛出生還不滿兩個月，整天賴在媽媽溫暖柔軟的懷裡，和眾多兄弟姊妹們爬上爬下、滾來滾去，爭先恐後搶著喝母奶，享受最原始的天倫之樂，並準備一起探索這個美好而奇妙的世界。想不到，本來風平浪靜無憂無慮的生活，轉眼間卻起了巨大的變化！

在毫無預警又沒有心理準備的情況下，突然被送到另一個地方，活生生與家人分開。從此以後，幸福美滿的日子不再，以往的快樂時光跟我說拜拜，我第一次嚐到生命的悲哀與無奈。

實在很難想像，一輩子最重要的家庭與親情，一顆最需要媽媽呵護的幼小心靈，就這樣輕易且毫不在乎地被人類那雙全世界最冷酷無情的手拆散斷絕而摧毀改變。

命運逼迫著我放棄對狗狗家族所有的記憶以及一切關係，我必須狠下心將她們徹底遺忘。

什麼都不懂的我，懷著些許不安與膽怯，獨自站上即將展開的舞台，走向無法預知的未來。沒有媽媽和兄弟姊妹的陪伴與扶持，孑然一身的我，就只能自求多福，靠自己孤軍奮鬥了！

骨肉分離的戲碼，在我們的世界裡，好像習以爲常，幾乎天天都會上演，在人們眼中，更是理所當然，見怪不怪。因爲人類的惻隱之心或者感同身受這種既高尚又有格調的情操，是不會奢侈地浪費在我們身上的。

就算百般的不願意，但這是我的宿命，也是生爲寵物的我們，必須接受的殘酷事實，我無法抗拒，也沒有說不的權利。

所謂「一字之褒，榮於華袞；一字之貶，嚴於斧鉞。」自從古早時代，我們被歸類爲「家畜」的行列，便似乎與「畜生」一詞劃上等號，和它相提並論，世世代代都離不開這樣惡劣不堪的罵名而永無翻身之日。

雖然我們與人類的關係非常密切，人類始終離不開我們，也一直在利用著我們，但是以萬物之靈自居的傲慢與無知，對我們存在著狹隘的偏見，所以長期以來，一直受到扭曲和歧視。在人類眼中，只不過是供他們使喚、取悅並服務人類的次等動物而已。

不是有句話叫做「狡兔死，走狗烹」嗎？忘恩負義大概是人類不同於其他動物的獨特性格，也是我們悽慘下場最好的證明。

儘管人類已經進化到自詡爲文明的年代，也替我們取了一個很好聽的名稱，叫做「寵物」，還信誓旦旦地說，要許我們一個快樂、幸福又有希望的未來。這種慣用的甜言蜜語，表面上看似文雅、比較有水準一點，身分地位和所受到的待遇或許提升了，然而，眞正在生命對待的態度上，充滿著極度不平等而且沒有自由的本質，依舊不曾改變。

那是十二月的一個晚上，天氣有點涼，我和同樣無緣無故被抓來臨時湊成一雙的無辜室友，在展示櫃狹小空間裡，踩著搖搖晃晃的步伐，不知天高地厚的玩耍。偶爾，隔著透明玻璃望向外面的世界，感受人來人往、車輛川流不息的城市繁華，心中忽然閃過一個念頭：「難道這就是我要待一輩子的地方嗎？」

第一次粉墨登場，被好奇而停下腳步的路人圍觀，近距離盯著猛瞧，並且指指點點品頭論足一番，眞有些不習慣。畢竟頭一回跟人類面對面接觸，還不能適應這種充滿商業氣息的地方。雖然大部分人看到我們都會發出讚歎的怪聲音，嗲聲嗲氣地說：「好可愛哦！」不過，命運操縱在別人手上，成爲待價而沽的商品，瞬間被一張張鈔票決定的感覺，實在很不舒服，也難以接受。

店裡來來往往的人非常多，但都是購買寵物用品或飼料的顧客，停留時間很短，買完便離開，我們這些被安排在櫥窗裡供人觀賞兼招攬生意用的活廣告，並不會受到影響，仍然旁若無人自顧自地專心玩著。

晚飯後不久，走進來三個人，從老闆親切的招呼與互動，以及停留時間判斷，他們絕對不是一般買東西的普通客人。直覺告訴我，那應該是爸爸媽媽帶著女兒，況且他們的出現肯定與我有關。

果然不出我所料，他們和老闆事先約好，今天就是專程為我而來。難怪老闆特別幫我梳洗又精心打扮了一番，全身蓬鬆得像圓滾滾的毛球，根本是一隻可愛的玩具狗。而且還散發出淡淡香味，簡直迷死人不償命的模樣，對任何人都是無法抗拒的誘惑。

自從女兒小學一年級時，到家裡才三天的狗底迪（弟弟）往生之後，他們已經很久沒養狗了。一方面是無法忘記那一次的痛苦經驗，所以不敢再貿然嘗試；另一方面則認為住在狹窄的公寓裡，實在不是養寵物的良好環境與條件。他們覺得，每天要出門上班，必須把寵物關在籠子裡一整天，不能經常帶他到外面去散步活動筋骨，是一種無形的禁錮與虐待，實在於心不忍。而且公寓的空間有限，又怕沒辦法控制狗叫聲，會吵到鄰居，破壞社區安寧。因此，雖然全家都很喜歡狗，也很想養狗，但是在養與不養之間，一直無法做出決定。

他們只有一個寶貝女兒，從小就特別孤單。狗底迪事件之後，她不斷央求爸媽再養一隻，但是他們仍然堅守原則，咬緊牙關拒絕接受。每次經過寵物店，就只能讓她在外面看一看，抒發心中的渴望。現在升上國中，考慮到她的課業與壓力越來越重，也比較煩躁，加上一次又一次的懇求，本來堅持到底沒有商量餘地的他們終於妥協。

在寵物店當了一段時間的麻豆與花瓶，純粹提供做為賞心悅目的活動道具，那只是暫時跑龍套般的附加價值，現在終於眞正輪到我們上場了。

老闆把我跟同伴一起抱出來放在桌子上，然後開始熱心為他們介紹。

我是瑪爾濟斯，女生。毛絨絨的白色外表，是一般人最喜歡的顏色，在一群狗狗之中，特別吸引人們的目光和焦點。我的同伴則是男生約克夏。一身短毛看起來深咖啡色而幾乎接近黑色，但長大之後會逐漸轉變為金棕色。我們差不多只有兩個月大，都是屬於迷你的小型犬，成年時體重約二到三公斤左右。

老闆眞的很有商業頭腦，把我們搭配得剛剛好。兩個不同品種、一黑一白相反的顏色，加上一公一母，這樣差異性越大的組合，選擇性越高，更能夠發揮最佳的經濟效益，不愧是生意人。

他說我是千挑萬選出來的，毛色純白無瑕、長相無可挑剔，尤其最特別的地方是我的臉。他指著我的雙眼和鼻子，說三點之間呈現倒正三角形，這種黃金比例非常難得，就像一件精心雕琢的藝術品，是可遇而不可求的。用現在流行的話來形容，叫做「人間極品」。

不是我自己吹牛，事實上也如此。一般的狗狗大部分嘴巴都比較長，像我這樣短短恰到好處，長得既漂亮又可愛的小狗，眞的很少見。

最後，老闆再拿出一顆定心丸——我的血統證明書，更是一個集「身家」與「身價」的雙重保障。只不過，在眼睛看得到的外表底下，這一份記載著虛榮與庸俗的文件，卻無法保證我是否帶有任何傳染病或遺傳疾病。

我們出生後會得到遺傳疾病的機率，本來就是那些從事寵物繁殖與買賣的人應該知道的專業知識，甚至是心知肚明的基本常識。那紙象徵平安符的血統證明，就如同花錢爲家人安太歲、點光明燈，無論再怎麼虔誠，都只是讓自己「心安」，而不一定能夠「平安」。深明事理的他們，心中自有定見，寧可相信自己的眼睛和大腦，當然不會全盤接受這一套唬人的東西。

從客客氣氣的言談之間，透露出他們的溫和有禮又善良。雖然這是一樁交易買賣，但沒有俗氣的討價還價，反而還懷著感恩的心，很誠懇地不斷謝謝老闆，好像在替我報答他天大的人情似的，眞是相當不一樣的一家人。

老闆繼續鼓起如簧之舌，極力慫恿他們，可以將我倆一起帶回去，他說養二隻更熱鬧好玩，我們也會比較有伴。這句話正好說到我的心坎裡。

我還會一度癡心妄想著，如果眞的能夠如老闆所講的那樣，一起被帶回去，已經彼此熟悉而開始熱絡起來的我們，就不用分開，甚至淪落天涯，可以生活在一起、天天玩在一起了。那當然是我最想要並且最圓滿的結局。

但世事無法盡如人意，上天總是喜歡玩一些拆散別人、欣賞缺陷美的遊戲，而且還陰險又技巧地交由他人之手來執行，以避免不仁不義的罵名。

因爲考慮到居住空間，只能勉強養一隻，這已經是他們可以容許的極限，所以必須從我們之中挑選出一個來。至於被選中的，究竟是幸或不幸，那就不得而知了。

別了，約克夏！我第一個認識的朋友，我們萍水相逢、短暫相聚，單純的情誼才開始建立，現在卽將各分東西。也許後會有期，也許永遠不再相見，不論離開還是留下來，我都會懷念，生命中有你這一位曾經與我快樂玩在一起的好伙伴。

抉擇的時刻終於來臨！凡事尊重女兒的他們，將選擇權交給她，讓她自己決定。本來以爲這種事對優柔寡斷的小女生可能會有點難以取捨，然而，在看了我們倆一眼之後，她不假思索地選擇了我，沒有遲疑、沒有猶豫，也沒有一點爲難。

可以確定的是，她應該比較喜歡白色，因爲白色代表純潔，讓人覺得熱情溫暖，黑色看起來神祕而且深不可測。不過，也有可能是她偏愛女生，又或者是我跟她之間，眞的有某種特殊的緣分吧！總之一句話，就是「我的魅力無法擋。」

她小心翼翼地輕輕將我抱了起來，這是我第一次被人類這麼溫柔的抱在身上，感覺溫暖又舒服，眞想這樣一直趴著不要起來，甚至睡上一覺。而且我一到她身上，便好像有一種無形的力量把我們黏在一起，讓她捨不得放我下來。

於是我知道，我的一生將永遠與她分不開了！

來到新家，我正式成爲家中的一分子。

馬迷暫時將我的籠子放在客廳，這裡離她們的房間近，可以淸楚知道我的動靜。她又想到天氣寒冷，才剛出生不久、抵抗力弱的我容易感冒著涼，所以大費周章地除了在睡墊上面鋪一層厚厚的毛巾，我身上再蓋一條之外，並用大毛巾將整個籠子的四周包起來，只露出一點可以透氣的地方。而且還在籠子裡面吊一盞燈泡以提高溫度，她認爲有燈光的照亮陪伴，我比較不會害怕孤單。才進家門，我便見識了設想如此周到、做事用心又體貼的馬迷。

頭一天我還不能適應家裡的新環境，而那也是我要學習的第一門功課。

在寵物店快樂玩了一整天，心情一直無法平靜下來，晚上突然要關燈睡覺，剩下我自己，只有一顆小小的燈泡陪我作伴，當然不願乖乖待在籠子裡，還想出來玩。而且剛到家裡，一切都是全新的氣息，對這個聞不到一點狗味的陌生地方，我的鼻子仍不熟悉，也不習慣如此安靜的夜晚，腦海中只有我的約克夏同伴以及狗媽媽和那群兄弟姊妹。想到這裡，惶恐不安的感覺開始籠罩，便發揮與生俱來的本能，整個晚上不停地哭。

哭是表達意見和發洩心聲最基本的方式，也是我們小小孩的特權。我的訴求很簡單，就是「我要出去！」因此，我用力的哭、無助又害怕的哭，也許還帶著歇斯底里和莫名其妙的情緒在哭，越哭越欲罷不能。我持續的嗚嗚叫，夾雜著幾聲大叫，累了就暫停，休息一下再繼續。

小狗的嗚咽聲這種噪音應該沒有人可以受得了。它跟我們平常的吠叫聲不同，我哭的聲音雖然不是特別大，但聽久了會讓人精神崩潰，而且擾人清夢，尤其是在夜深人靜的睡眠時間。我就是故意要讓把鼻和馬迷聽到，好吵醒他們，讓我出去玩。害得個性積極心腸又超軟的馬迷按捺不住，一個晚上起來好幾次，掀開毛巾偷偷察看，還不斷以噓聲安撫我。寂靜中，我一聽到她的腳步聲和噓聲，以爲救星到了，要放我出來，又哭得更起勁而且更大聲，直到又累又睏，才不知不覺的睡著。

連續哭了三個晚上，我漸漸熟悉家裡的環境，習慣規律的生活，並學會天黑之後就要乖乖回到籠子裡面睡覺。

我發覺哭這個伎倆在我們家行不通，對把鼻馬迷完全失效，於是停止這個幼稚愚蠢的行爲。不知道我算是聰明還是識時務？

一向敦親睦鄰、很怕我的叫聲吵到鄰居的把鼻和馬迷，終於可以鬆一口氣，好好的睡覺了。

從此以後，我收拾起膽小與怯懦，堅強的面對未來，這一生再也不曾哭過。

新家是我從來沒有的感覺，不但窗明几淨、空氣清新，充滿書香味，而且非常安靜。尤其是潔白光亮的磁磚地板，竟然跟我身上的顏色一樣，讓我完全融入這個新環境，有如雪地裡的北極熊，看起來協調極了。

把鼻說我的運氣不錯，他們近年才搬來這裡。這是一棟電梯大樓，所有家具都是新的，比起之前必須爬四層樓梯的老舊公寓，自然是既寬敞又舒適。

我的活動空間突然變得好大，愛到哪裡就到哪裡，任我自由進出，完全沒有限制。我這個好奇寶寶好像在人間天堂，每天都是快快樂樂、神清氣爽的到處探險。因爲我與生俱來愛玩、愛跟人交朋友的個性，不出幾天，已經和把鼻、馬迷以及姊姊打成一片。混熟了以後，更是天不怕、地不怕，唯有我最大。原本鬱悶畏縮的心情早已丟到九霄雲外，變得格外舒暢。眞是應驗了人類的一句話：「環境可以改變人的一生。」難怪孟母要三遷，的確很有道理。

我終於有自己的房間，不必像以前擠沙丁魚似的窩在籠子裡，吃喝拉撒睡全部在一起，所有的東西必須共用，吃飯還得用搶的，簡直是難民營的翻版。

廚房有我的臥室和廁所，客廳則是主要的遊戲場。把鼻馬迷爲我準備了大臥墊、小臥墊、草莓屋、大沙發和小沙發等，舉凡家居生活所需要的用品以及他們想得到的都應有盡有，讓我這隻活潑好動的狡兔可以有好幾窟。住在這裡就像迪士尼加上五星級大飯店的總統套房，我眞的樂翻了！

最特別的是客廳和書房旁邊的泡茶區，各有一個矮茶几，高度跟我差不多，趴上去只到我的腰部，好像爲我量身訂做，任何放在茶几上的東西，不但一覽無遺，而且還可以和把鼻馬迷平起平坐。

我發現，我們家沒有身高體型上的距離，也沒有大人或小孩的階級，只有全家人不分彼此，眞情的共同參與，實在是超棒的。

雖然我有自己睡覺的地方，但是馬迷不放心讓我自己睡，怕冬天太冷，夏天又太熱。而且三十幾度的高溫，她們自己吹冷氣，卻把穿著一身厚毛衣的我丟在熱烘烘的外面受苦，實在過意不去。所以後來就讓我跟她們一起在書房打地鋪，過著冬暖夏涼、有福同享的日子。

地鋪的高度太適合我了，每天上床睡覺我都相當興奮，也睡得特別香甜。

來到新家以後，我才終於體會，原來眞正的家，不只是一個溫暖舒適的生活空間而已，更重要的是住在同一個屋簷下的家人之間，有著緊密相連、無法取代的情感，會互相包容，能夠無怨無悔付出，並且無私的對待。那種說不上來的fu，應該就是所謂的「歸屬感」吧！

把鼻馬迷的家就像一座專門爲我打造的城堡，是一個可以隨時放鬆盡情抒發、沒有恐懼害怕、讓我感到有溫度而且天天都充滿歡樂的地方。那彷彿是夢中才有的樂園，我卻很幸運的來到這裡。如果這是夢，眞希望這個夢可以一直持續下去，永遠都不要醒來！

二、正名

來到家裡一個星期，把鼻馬迷準時帶我去附近的動物醫院打預防針，順便植入晶片，履行他們身爲寵物主人的責任和義務。

醫師連續爲我注射三劑疫苗，我沒哀哀叫，連哼都不哼一聲，他說我很勇敢，忍耐力超強。其實這種有如蚊子叮咬的感覺對我而言，根本不算什麼。可能我的皮膚特別堅硬又特別厚，或者我還太小，神經發育得不完全，還不懂得痛，對痛的反應比較遲鈍吧！

打針這一點小事，若是跟岳飛這位刺青界的祖師爺比起來，只是小巫見大巫。不過，現代人的勇氣和膽量更是不得了，簡直讓我佩服得五體投地。

人類爲了各種理由而紋身，他們必須忍受數不清的針刺與疼痛，然後要永遠跟那些印記長相左右。如果哪一天反悔，想除去身上的圖案，還得再費一番工夫，重新忍受另一次痛苦，而且不一定能夠完全恢復原來的樣子。

古人說：「身體髮膚，受之父母，不敢毀傷。」把父母所賜給我們每個獨一無二的珍貴身體當成一塊布，冒著被細菌感染或構圖失敗的風險，放心讓別人在上面作畫，實在了不起。人家刺青是眞的想要報效國家，或是某些民族的特殊傳統習俗，然而追求流行與時尚的現代人，不但蔚爲風潮，甚至將它發揚光大，成爲一門藝術創作，藉以紀念一段刻骨銘心、至死不渝的感情，或者留下永誌不忘的動人故事。

有的可能只是一時興起、受到鼓舞，純粹衝動好玩；有的爲了跟得上時代潮流，甚至用來炫耀或宣示自己有多麼與衆不同。那一身栩栩如生的美麗圖騰，還可以代表「誰敢惹我」的特殊意義和記號，展現自己的身分地位以威嚇他人。

穿耳洞已經不稀奇，竟然想到要在鼻子、舌頭或是肚皮掛上一些奇奇怪怪的東西才過癮，大概連岳飛都自嘆不如。

我這個難得發生的小小英勇事蹟，讓把鼻想起姊姊小時候到醫院打預防針的糗事。她跟我一樣，打針也是從來不哭的。那一次剛好有記者採訪，很有眼光的他們，挑中一群小朋友裡面最可愛也最上鏡頭的姊姊，連腳架和相機都已經擺好，準備下一個輪到她的時候就可以按下快門。

有點飄飄然的馬迷，猛打包票說姊姊絕對不會哭。把鼻心裡也在暗爽，偷笑著這下子姊姊可以上報紙出風頭了，並且是淸淸楚楚的個人照，機會難得，眞是天上掉下來的禮物。誰知針一扎下去，本來一直保持笑容的姊姊竟然放聲大哭，而且哭聲洪亮，把所有的人嚇了一跳，害馬迷一臉尷尬，猛陪不是。記者選好準備要入鏡的主角臨時失常，又不能重來，只好陣前換將，便宜了別人。而把鼻那隻煮熟的鴨子也眼睜睜的看著他張開翅膀飛走了。

以前姊姊常吵著要弟弟妹妹，我剛好是女生，把鼻馬迷信手拈來就直接幫我取名爲「妹妹」，根本不必傷腦筋，叫起來既親切又符合他們的期待。

醫師將我的名字和相關資料輸入電腦，接著爲我植入晶片。他取出一支比先前打預防針更粗、更恐怖嚇人的針，一刺進皮膚，白色的毛漸漸被滲出來的鮮血染紅，把鼻馬迷看了都有點心疼。不怕痛的我仍然沒有叫出來，讓在場所有的人都對我另眼相待，尤其是最了解狗的把鼻，第一次見識到我的勇氣。他說他從來沒看過在短短幾分鐘之內連續被打四針的，尤其才兩個月大，還算是小baby的我。

完成寵物登記手續，正式取得家庭一員的身分，我終於有自己的名字了！

把鼻馬迷要讓我熟悉自己的名字，經常對著我叫「妹妹」，我就豎起耳朵仔細聽。剛開始搞不太清楚這是什麼意思，馬迷便不斷的指著我說：「妹妹！」甚至把我當人教，對我說：「妹妹就是你，你就是妹妹啊！」而且全家人還會玩遊戲般的輪番上陣，不停地叫。

不出幾天，我已經漸漸習慣「妹妹」這兩個字，開始記得「妹妹」就是我，知道他們口中的「妹妹」是在叫我，便會高高興興的跑過去。這時，馬迷還會樂得抱起我來，一面親我，一面叫著妹妹。如此教法，要我記不起來也很難。

人類嘴巴發出來的聲音有高有低，複雜而千變萬化，再配合臉部的細微表情，便可以傳達心裡的各種想法。不像我們，只能夠用汪汪叫來發洩情緒，在一般人眼中，頂多是大聲和小聲的分別而已。語言這種東西，應該是人類世界才有的產物吧！

把鼻有時候很調皮，竟然故意唱〈妹妹揹著洋娃娃〉那首歌，還特別把「妹妹」兩個字拉長，害我以爲他是在叫我，很認眞的注意聽，等看到他們全都在笑，才知道原來是在耍我，眞是家裡的頭號老頑童。

「妹妹」這個名字其實並不難聽，只不過他們每天要叫無數次，就好像不斷的用嘴唇在拍手，碰撞得有點累，而且很多狗狗都叫妹妹，是經常聽到的菜市場名字。雖然如此，他們並不排斥，尤其用在無敵可愛的我身上，更倍感親切，仍然很喜歡並且隨時隨地妹妹長妹妹短的叫著我。

有一天馬迷不曉得那裡來的靈感，突然脫口而出，叫我「咩狗」。狗的發音很像一般台灣人習慣在小孩名字後面加上的稱呼「哥」，或者是日本女生名字常見的「子」（こ），我覺得有可能是稱讚我像美眉般的「美狗」。馬迷自己也不知道爲什麼會這樣叫，把鼻問那兩個字要怎麼寫，可能是一時找不到更合適的字，就隨手寫下「妹狗」。把鼻也覺得「妹狗」這個名字反而比較順口，而且抑揚頓挫，聽起來乾脆俐落，淸楚又響亮，就跟著馬迷叫，不知不覺全家都叫上癮。

而且不只看到我他們的心情會很high、很愉快，就連叫我的名字都是一種樂趣與享受。久而久之，「妹狗」便取代「妹妹」，成爲這輩子永遠跟著我的名字，並將我與把鼻馬迷和姊姊緊密連結，也是我跟他們愉快相處的幸福約定。往後的日子，我就靠著它闖蕩天下、遊戲人間。

於是，在把鼻馬迷和姊姊們一遍又一遍親切悅耳的「妹狗」聲中，開啟了我快樂的童年，也爲我帶來多姿多采的青春歲月。

任何名字對我來說，只是一個稱謂或代號，我所記得的，是它的聲音而不是文字，也不在乎它到底什麼意思，因此，怎麼叫都無所謂。何況我本來就是一隻狗，叫我妹狗是理所當然的，雖然我從不認爲自己是狗輩。

馬迷向別人介紹我的時候，會以一副驕傲又熟練的星媽口吻說，我的本名是「妹妹」，藝名叫做「妹狗」。仔細一想，覺得有趣之中還隱含著一層道理。生爲瑪爾濟斯，狗的身世也是我一生的標誌，這是無法改變的事實；另外，在家中我排行第二，順理成章本來就是妹妹，名字又叫做「妹妹」，所以用「妹狗」做爲我的藝名，眞是實至名歸，而且很有創意，取得好極了。

等我牢牢記住自己的名字之後，馬迷又開始教我認識把鼻、馬迷和姊姊。

她指著把鼻，發音清楚的對我說「把──鼻」，然後再輪流換成姊姊和她自己。如此不斷反覆練習，幾次之後，我就可以將他們分辨得一清二楚。只要她問我說：「把鼻在哪裡？」我會將臉朝向把鼻，眼睛望著他，他也會對我揮揮手，表示答對了。若再問我：「馬迷在哪裡？」我便立刻轉向她，無論怎麼問，都是標準答案。因爲我已經將把鼻、馬迷和姊姊這三種不同發音跟他們三個不一樣的長相和形體一一結合起來，牢牢輸入我的記憶庫，所以絕對不會搞錯。

這都要歸功於聰明又耐心教我的馬迷，只要我做對了，她便會以豪爽的語氣鼓勵我說：「棒──棒！」讓我信心大增。況且我們家才區區三個人，還在我的能力範圍之內，可以輕鬆勝任。如果是三代同堂的大家庭，再聰明的我可能沒辦法應付，也許會記到頭腦秀斗、精神錯亂，那就要舉白旗投降了。

除了最常聽到的「妹狗」，有時候馬迷也會叫我「妹狗狗」、「小妹狗」、「阿妹狗」或「阿咪狗」等別名。把鼻還將我的名字編成順口溜，沒事就來一句「小小妹狗，小妹狗！」愛作怪的把鼻，老是拿我的名字開玩笑，他說「咩狗」就是「像羊咩咩的狗」，還故意學羊叫的聲音喊我的名字，實在是敗給他了。

馬迷特別喜歡看我屁股一扭一扭的跑過來，覺得這個樣子好可愛。那的確是我吸引人的招牌動作，別人可是無法模仿取代的。大概那時候還很小，走路不太穩，加上腿很短，又是毛茸茸圓滾滾的臀部，舉手投足都是焦點。每當上完廁所，神情輕鬆愉快的奔向我的衛冕者寶座，她總是伸出雙手很熱情的將我抱起來，同時，用一種特別的音調稱呼我「蕭紐美」（小妞妹），讓我有點受寵若驚，內心滿是甜滋滋的感覺。

不論馬迷用哪一個名字，我都知道是在叫我，而且在她心情特別好的時候才會這樣。因爲那些不同的發音，一定帶著不一樣的特殊涵義，縱使我無法明白人類的語言，但是透過特定聲調加上感情傳遞，我仍然能接收到馬迷想要送給我那股熱烈的訊息。

馬迷曾經突發奇想的跟把鼻說，她覺得我看人的眼神很像她過世的外婆，懷疑我是不是外婆投胎轉世，還曾經笨到真的叫我「阿嬤」。我根本不曉得她到底在叫誰，管它是「阿嬤」還是「蚵仔」，什麼「碗糕」還是「米糕」，我當然不會有任何反應。

把鼻則認爲我很勇敢、很有骨氣，而且天生有一種不願麻煩別人的個性，反而比較像馬迷一位過世的舅公。

就算我眞的是某個人投胎轉世，換了一個舞台和劇本，前世的記憶應該早就已經被消磁了。況且，如果還留有前世記憶的話，那也是天機，絕對不可以洩漏，所以才讓我生來不會講話，以免不小心觸犯上面的規矩。

把鼻倒是很有心，常常會仔細觀察我，分析猜測我心中到底在想些什麼。他發覺有時候我含情默默望著他，欲言又止的樣子，好像心中有很多話想要對他傾吐，卻說不出來，每每令他深深的嘆息與惋惜，幻想著要是我能夠講話，那該有多好！

把鼻眞是個多愁善感、喜歡胡思亂想的人，老是把我當成跟他們一樣的人類看待，還自以爲是地用他自己的感覺和觀點同情起別人來。其實，我的世界並沒有他想得那麼複雜，腦袋瓜更是單純，每天睜開眼睛就是吃飯和玩耍，只知道快快樂樂過日子而已。

在家裡，我簡直像個嫉惡如仇的正義使者，而且是環保小尖兵兼糾察隊長，只要聽到外面的跑步聲或一群小朋友喧嘩吵鬧聲，我就會衝到落地窗前大叫來警告他們。樓上沒有公德心的鄰居走路太大聲引起地板震動，我也要對著天花板猛叫一翻，以示抗議。尤其我這個好鼻師聞到窗戶外面飄進來陣陣噁心難聞的菸味，更是火冒三丈，絕對不能放過，一定要大聲表達我的憤怒。正在陽台吞雲吐霧的傢伙，一聽到我的叫聲，也會做賊心虛地趕緊關上門窗躲進屋裡。那些製造噪音破壞環境安寧或污染空氣的行爲，常常讓我無法控制，總是氣到快要抓狂。

但我並不是空有這個天賦，閒來無事就隨便亂叫窮開心的。耳聰目明的我，也能清楚分辨是非善惡，再決定要不要動口。如果是來我們家的客人，把鼻馬迷對他們的態度客客氣氣，我不但不會惡狠狠的對他們吼叫，反而友善的靠過去，想和他們認識認識一番。我知道他們都是把鼻或馬迷的朋友，所以我也要學著盡一點地主之誼。

把鼻老家以前的狗狗就沒有我這麼好脾氣。鄉下養的狗，職責是看家防小偷，因此，個個兇猛無比。有一次客人到他家，才剛推開門要踏進去，狗狗突然從屋裡衝出來，兩隻前腳踩在門上面，正好打到客人的臉，差點被打傷。到過他們家的人都知道內有惡犬，開門前會先大聲詢問狗狗在不在，一定要關在籠子裡或綁好了才敢進來。

我天生就不是好勇鬥狠的個性，對自己的同類完全沒有敵意。每次在外面看到抬頭挺胸而且神采奕奕跟隨著主人走路或跑步的他們，總是面露友善的微笑，羨慕地望著他們。除非看不順眼、特別令我討厭或不懷好意的，才會投以不屑的眼光。

我最痛恨的是鞭炮和煙火。那種震耳欲聾的爆炸聲以及隨風飄散而來，臭得幾乎令人窒息的煙硝味，絕對是我們狗族無法忍受的挑釁行爲。尤其在環保意識如火如荼展開的時代，竟然還有人動不動就燃放鞭炮以示慶祝的陋習。放完之後，留下滿地碎屑以及被爆炸和火花薰得灰黑變色的地面。

甚至覺得放鞭炮不過癮，換成聲音更大、更具震撼力的沖天大煙火，還互相較勁似的一個比一個大聲。加上我們住在巷子裡，被高樓林立的建築物包圍起來，彷彿是一個超級的立體音箱，聲音悶在裡面受到放大，好像眞的砲彈落在身邊爆炸開來一樣，有如經歷了一場戰爭，根本就是對我們惡意的虐待。害我經常被隆隆炮聲轟得失去理智，不得不大聲吼叫，才能夠消除我的心頭之恨，順便平衡一下嗡嗡作響的耳朵。

狗的聽覺大約是人類的十六倍，就如同用擴音器放出來一樣，人類覺得正常的音量，對我們而言，已經算是高分貝了。而且，不只距離很遠的微弱聲音，某些人類耳朵接收不到的頻率，我們都可以聽見。

趨吉避凶是動物的本能，許多動物與生俱來就可以察覺感應到周遭環境中很細微的異常變化，而在災難發生之前，知道要採取因應措施，及早預防或者逃離。這種見微知著、未卜先知或稱爲第六感的超能力，有時候都比人類的預測和預警系統還要準確有用。

把鼻在這方面頗有自己的心得與見解。他說眼見不一定爲憑，看到的並不眞的就是事實或整個事物的全貌。他也認同聽不到或看不到的，不代表不存在，因爲宇宙之大，人類所居住的世界實在太渺小了，知道的更是有限。就連天上的星星，一輩子都數不完，所以才將無法解釋和無法解決的問題全部交給上天，用無常來掩飾他們的無知。

把鼻服役時，部隊飼養的軍犬曾受過嚴格訓練，一有動靜馬上吠聲四起，任何人也無法越雷池一步。有次實彈射擊，平常那些雄壯威武的軍犬，聽到手榴彈爆炸聲，竟然被嚇得四隻腳直發抖，幾乎站不穩，拼命找地方躲藏，成了縮頭烏龜。就因爲把鼻親眼見過，印象特別深刻，至今還清楚記得。他說連體格那麼壯碩魁梧而且訓練有素的大狼狗，碰到最基本普通的小爆炸都如此害怕，何況是我這個小不點，所以他更能夠體會我的痛苦。

打雷也是我害怕討厭的東西之一，它的威力有時更勝於鞭炮和煙火。通常聽到遠處打雷我會叫幾聲，如果是又近又大的雷，我吼不過它，只有逃命般趕快找地方躲起來。尤其身邊突如其來的一記悶雷，又快又響，常常來不及躲，我的心臟差點被嚇得跳出來。

好在打雷之前通常都是先有一道明亮的閃電做爲警告，隔一陣子才聽到聲音，讓我有一點心理準備。而且打雷比較不常發生，也不像鞭炮煙火那麼密集而持久，有時候偶爾來個一兩聲就沒動靜了。

打雷時，貼心的馬迷總是趕緊過來將我抱在懷裡，讓我不那麼害怕，她知道我不是膽小而是耳朵受不了。眞的很感謝她！況且，我又多了一次抱抱的機會。

三、家人

把鼻馬迷家的人口超級簡單，總共只有三個，是標準的小家庭。把鼻和馬迷都是上班族，他們每天一大早起床，便匆匆忙忙趕著出門。把鼻六點多就要開車載姊姊到學校，再去上班。馬迷則是最後一個踏出家門，也是最晚回家的人。

姊姊唸國中，正步入青春又叛逆的時期。雖然偶爾也會因爲看不慣一些事而氣憤難平、發發小牢騷，但個性溫和的她，情緒管理與忍耐的功夫還不錯。因此，不論在學校或家裡、課業上或人際關係方面，都能克服掌握，並且相安無事。

他們除了每年寒暑假固定帶姊姊出國旅遊，假日偶爾到市區逛街看電影或開車到郊外踏青，平時過著簡樸規律的生活，可說是相當單純的一家人。

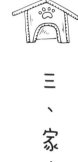

孔子說：「三人行，必有我師焉。」我想我和把鼻馬迷相處在一起，大概也可以從他們身上學到一些東西，於是隨時隨地緊跟著他們，一分鐘都不離開。漸漸認識他們之後，終於慢慢發覺，他們不但教會了我很多事情，更像是慷慨又大方的聖誕老公公，任何事物都可以跟我分享，還不斷地給我這輩子從來沒有看過、玩過與嚐過的東西，而且多到無法想像。

平常在家裡的時候，我們各據一方，做自己的事，互不相干。把鼻總是喜歡坐在客廳沙發上，點亮旁邊那座古色古香的檯燈，安安靜靜地看書。馬迷習慣把飯桌當成書桌，只要忙完家事，一有空便坐在飯桌前，開始轉動起她那顆靈活而停不下來的腦袋，思考著全家等待處理的大小事。姊姊則是整天關在她的房間埋頭苦讀。

只有我最悠閒懶散，也最沒文藝氣息，不是追咬著玩具到處跑，同時發出吵鬧的聲音，打破全家的安寧，就是無所事事的這裡走走那邊看看，順便聞一聞、嗅一嗅，好滿足我對各種氣味好奇心特別重的鼻子。或者玩累了乾脆趴著休息，舔舔腳、放空自己，發呆似的望著把鼻和馬迷，等待他們回報給我的笑容或是一個熱情的肢體接觸——包括輕拍我的頭、撫摸臉頰和我最愛的抱抱。

日子一久，或許是被瀰漫在四周空氣薰陶的結果，不知不覺我也沾染了一點點書本的味道，在無形之中，漸漸從身上散發出來。這種潛移默化的功用，實在是不可思議，而且有不勝枚舉的例子。就好比有人做試驗觀察發現，播放音樂可以增加牛乳的產量，甚至每天聽聞誦經念佛的動物，也變得更有靈性呢！

我來到家裡之後，他們的目光不知不覺全部都轉移到我身上，原本安安靜靜的家，頓時變得熱鬧起來。我也名正言順的成爲把鼻和馬迷的二女兒，甚至是他們口中的「小寶貝」和「小祖宗」。我是全家特別關注的焦點，那兩對眼睛總是無時無刻不盯著我看，簡直集三千寵愛在一身。

如果說，家這個舞台，我是唯一的演員兼主角，他們就是最熱情捧場的粉絲與觀眾。

把鼻和馬迷對我這個家中的新成員實在很感興趣，常偷偷跟蹤我，兩個人躲躲藏藏靠著牆壁興奮好奇地看我到底是在幹什麼，彷彿觀賞一齣好戲似的，不時交頭接耳小聲說悄悄話，一副關心我又像在監視我的樣子。偶爾還會出其不意地突然把我抱起來，親熱得不得了，害我受寵若驚，感動到快痛哭流涕！

我和把鼻、馬迷以及姊姊之間相處十分融洽，完全沒有代溝的問題。因為我們不需要靠言語交流，而是透過我的肢體語言，隨便一個簡單的動作，像是翻身、起立，甚至眼神或臉上的表情，便知道我想要幹什麼，勝過人類講一堆沒有用也聽不懂的話。

我們家本來就陰盛陽衰，馬迷以前常常開玩笑說把鼻是住在女生宿舍，要他這輩子認命，少數服從多數，因為永遠都是兩票對一票。現在又多了我這一票，他更沒有地位和說話的空間了。好在把鼻有自知之明，不在乎這種芝麻綠豆般的小事，他非常尊重我們，在家裡幾乎沒有聲音，只有聽話和做事的份。

剛來到新家，我還只是個巴掌大的小毛頭，把鼻馬迷和姊姊在我眼裡就像龐然大物一樣。而且我的眼睛還沒有發育完全，視力模糊，看東西不是很清楚，只會盯著移動中的目標，所以喜歡亦步亦趨地在他們後面，成了馬迷口中的「小跟班」。

漸漸長大以後，我的視覺已經進步到正常水準，而聽覺與嗅覺這兩種天生的強項，則是遠遠超過把鼻和馬迷，讓他們望塵莫及，甚至歎為觀止。

我的反應變得越來越敏捷，跑步速度更快，活動力和活動範圍也隨之擴大。雖然不需要像以前一樣走在後面來增加安全感，但我還是喜歡跟著他們，尤其是單獨和把鼻或馬迷在一起的時候，更是形影不離的緊迫盯人。馬迷去後陽台晾衣服，我跟她走到廚房，隔著玻璃門等她；把鼻坐在沙發看電視，我也坐在他旁邊的墊子上；他到房間睡午覺，我就趴在床邊，陪他一起睡。只要他們走到哪裡，我一定跟到哪裡，簡直是一個不折不扣的跟屁蟲。後來馬迷又想到另一個綽號，改口說我是「黏巴達」，甩都甩不掉。

這是因爲平常我自己待在家裡，漫漫長日實在難熬，很害怕孤獨等待的日子，所以一定隨時隨地跟得緊緊的，絕不能讓他們離開我的視線，深怕一轉眼或稍不留神，他們又要出去了。

有人用相片寫日記，我的嗜好則是用鼻子來收藏每一個幸福的足跡。我習慣家裡的各種氣味，也喜歡四處嗅聞不同的味道，尤其把鼻、馬迷和姊姊身上獨特的氣味。那是我最早和這個家接觸的記憶，也是我認識他們、與他們發展友誼建立關係的開始。我的鼻子會牢牢記住他們每個人所散發出來不一樣的氣息，沒事就愛往他們身上長長的一吸，回味一下那股熟悉的感覺，就像癮君子在吞吐之間，得到放鬆的滿足與慰藉，順便確認並複習我對於味道的辨識能力。

對我來說，味道有如一個人的身分證明或商品條碼，是我們家特有的、永遠不會改變也無法取代的東西，更是我的鼻子所不可或缺的解憂劑。這個世界要是沒有味道，生命便少了許多樂趣，我的鼻子也就英雄無用武之地了。

把鼻跟我們狗族很有緣，以前住在鄉下，他們家裡一直都持續養狗，從沒間斷過。天天相處在一起，多年累積的經驗，對我們的習性非常了解。雖然被咬過不知多少次，他不但不怕，反而很喜歡親近狗，把狗狗當成朋友，一看到我們，心情就特別愉快。面對狗狗，始終露出友善的笑容，摸摸他們的頭，就連陌生的狗也會卸下心防，主動靠近他。這大概是我們天生的直覺，第一眼就可看出對方是好人還是壞人、是善良還是匪類。把鼻說他的前世一定是狗或者某種溫馴的動物，因爲他跟陌生人在一起總是覺得不自在，甚至對某些人會感到害怕。

到外面吃飯，看見流浪狗走過來，從不驅趕他們，會把剩下的骨頭送給他們，還常常故意啃得不太乾淨，好多留一些肉。然而，這樣的舉動，卻曾經招來不悅的白眼與碎碎念，甚至被店員勸阻，認爲會助長流浪狗大膽的行徑。

在把鼻眼裡，流浪狗的行爲比乞討更有尊嚴。他們遊走於殘酷現實而且對動物不友善的世界，不屑搖尾乞憐，也沒有虛僞誇張的肢體表演，只是放低身段，穿梭餐桌底下，撿拾人們掉落、丟棄的食物，或者靜靜坐在一旁，等待善意的施捨。有的還更爲節制，忍著轆轆飢腸，望向餐廳裡正大快朵頤的客人，僅僅在門口徘徊觀望，絕不踏入室內半步。如此低調的態度，仍然讓有些人覺得不舒服，認爲對顧客是一種騷擾的行爲，會妨礙店家做生意，非要將他們驅逐離開不可。

我既佩服又羨慕那些擁有一身好本事和好膽識的流浪狗，他們各個都練就了一套自我保護的生存功夫，不但必須低聲下氣、厚著臉皮，而且要膽大心細，隨時隨地提高警覺。他們每天碰到最多也最普遍的閉門羹就是被喝斥與驅趕，運氣不好的時候，甚至還會遭到拳打腳踢或棍棒的攻擊。

他們分得出眞正的路人或是鬼鬼祟祟、不安好心想要捉拿他們的敵人，平常一定離這些危險分子遠遠的。看到可疑的車子悄悄接近，立刻準備快閃，想在外面混必須眼明「腳」快。對於手裡拿著武器，尤其是一根長長棍狀物，上面又有繩子或網子的特別敏感，一見苗頭不對就要趕緊開溜，否則落入這種人手裡，可能連小命都不保。

對流浪狗而言，這不是挫折而是家常便飯，是每天必須面對的生活考驗。因此，他們的生理和心理特別堅強，即使遭遇有多麼悲慘，都是樂觀開朗，絕不埋怨沮喪。那大概是動物們求生的意志和本能，我覺得應該稱他們爲落難英雄。聽說有流浪狗在外面自由自在慣了，一旦被抓又幸運被領養，整天關在家裡悶得發慌，反而不太能適應。

把鼻碰過最有技巧也最大膽的，是一隻敢大大方方把嘴巴直接放在他的腿上，露出無辜又期待眼神的流浪狗。結果當然是心甘情願地將餐盤裡的肉拼命往桌下丟，貢獻到狗狗的肚子裡。誰叫把鼻天生吃軟不吃硬的個性，以及從不打折的愛心經常氾濫。他說自己少吃一口，能夠讓無家可歸的動物多一點溫飽，幫一個無辜又可憐的生命爭取最基本的生存權利，並因此而延續下去，自己順便可以減肥，實在是一舉兩得。

雖然很喜歡狗，但是他也能深切體會怕狗或不喜歡狗的人眞正想法與感受。他知道電梯門一打開，被突然出現在面前的大狗嚇一跳的心情。因此，當看到有人害怕得猛然後退或是露出一臉嫌惡的表情，而狗主人卻自我感覺良好，還得意地說不要怕，他的狗狗很乖，絕對不會咬人，把別人當成都跟他一樣喜歡狗的尷尬場面時，還會暗暗替狗主人感到抱歉。那狗只是友善的想親近人，他的意外嚇到人絕對是無心之過，嚇人與被嚇的，其實都是無辜的。

把鼻對於那些帶著大型犬坐電梯會把狗狗牽到角落緊緊抓著，並且用自己的身體擋住以免嚇到小朋友的主人，總是有一份特別的好感，而且心存敬意。他們大概都屬於同一類，能設身處地爲別人著想，有愛心也有同理心。他說能那樣做才是眞正愛狗的人，而不是矯枉過正，打著愛護動物的口號，拿起雞毛當作令箭，對別的動物無比仁慈且無限寬容，看待相同的族類卻冷酷無情，對別人視而不見，完全沒有基本的尊重。因爲人也是動物，既然喜歡當動物界的老大，口口聲聲以愛護動物爲己任，不是更應該對自家人好一點嗎？

他最討厭沒有公德心和不守法的人，像喜歡在公共場所尤其是密閉空間環境裡自我陶醉而無視於別人存在的行爲，他就很不以爲然。因爲抽菸本來就是燃燒氧氣製造有害廢氣、汙染環境損人利己的事，不抽菸的人對菸味特別敏感，一聞到菸臭味當然覺得噁心厭惡，甚至會令人窒息般的呼吸困難。更別提老煙槍講話時，口中所散發出來那一股累積多年的菸垢味。

這一點我跟把鼻倒是非常相似，對於抽菸這種行爲我們都無法接受。何況他也很少看到會替別人著想的吸菸族，大部分都是不管他人感受的自私鬼，一個人享受抽菸的快活，卻帶給多數人必須忍受二手煙的痛苦。即使菸害防制法已經上路，仍有人視若無睹，照樣沉浸於煙霧繚繞而渾然忘我的世界。

至於亂丟菸蒂根本不稀奇，知道要將還在燃燒中的香菸捺熄或踩熄，已經是莫大的公德心了，會撿起來的人更是少之又少。一面開車一面抽菸的人，大部分都習慣打開車窗通風透氣，並熟練的將菸灰和菸蒂彈出車外，把鼻唯一看過在公共場所隨身自備菸灰缸的，竟然是來台灣拜訪他們的日本友人。

把鼻小時候住在鄉下，幾乎沒有人怕蛇，蛇對他們一點也不構成威脅。萬一不幸碰到人類，反而成了過街老鼠，最後的下場不是被棍子、石頭打死，就是被活捉，進到老饕的肚子裡。

有一天把鼻在野外遇到一隻龜殼花，他突然生起慈悲心，覺得人人喊打的蛇，對人類並沒有威脅，人類卻處處追殺，要他們的命，反而是最可怕的天敵。

把鼻注視著那隻龜殼花，他沒有驚慌逃走，而是優雅的緩緩離開，還屢屢回頭看把鼻，彷彿多年的好友互道再見，抑或感謝他的不殺之恩。當時，他們就這樣互相對望了好幾秒。剎那間，把鼻的內心被深深觸動，那是他第一次對蛇有不一樣的想法與對待，也可能是他惻隱之心悄悄萌芽的開始。把鼻說那才叫做放生——放他一條生路。他還認爲前世跟那隻蛇說不定有什麼特殊的因緣或關係呢！

把鼻經常看見鄉間到處躺著一條條血肉模糊的蛇，他們絕大部分都是無毒、不會主動攻擊人，生態上有益而無害的動物，卻在長期錯誤的認知和習慣下，無辜地慘遭毒手。於心不忍的把鼻，只能默默地說：「罪過啊！」

把鼻是那種「愛你在心口難開」的人。平常不苟言笑，看起來一臉嚴肅，卻有一顆柔軟而悲天憫人的心。偶爾還會出其不意地來個讓人傻眼的冷笑話或近乎白癡加上超級無知的舉動。

慈眉善目的他，情感內斂，含蓄而深藏不露；個性木訥，與世無爭；爲人誠懇老實、謹言愼行，做事腳踏實地。

他的缺點就是不會跟人吵架。因爲他的修養超好、EQ頗高，很少發脾氣，也不隨便開別人的玩笑。被騎到頭上欺負、占便宜，他總是輕鬆以對，從不動怒，就算對方想吵也吵不起來，彷彿是衝突的絕緣體。問他爲什麼不據理力爭，他說既沒什麼好爭的，又不知道要怎樣跟人理論，況且常常過一陣子便忘了。

把鼻不喜歡講太多冠冕堂皇或言不由衷的話，總是把愛與關懷化爲實際行動，默默地付出。

因爲我眞的很小，又老是喜歡跟在他們後面，常常一轉身就突然出現在腳邊。而且我的毛與地板顏色又很接近，一不注意，隨時都有被踢到或踩到的危險。有一次把鼻的大腳不小心輕輕碰了我一下，我就滾了好幾圈，他警覺到要是從身上踩下去那還得了，我的小命一定不保，所以特別叮嚀全家人走路必須非常小心，尤其要留意自己後面的地上，絕對不能用跑的。他的善體人意、考慮周全，任何事都會先想到別人，實在是「足感心」。

把鼻從來不給我吃帶有骨頭或太硬的食物，怕我噎到或刮傷喉嚨。他也想到我可能會撿食掉在地上的東西，所以規定像雞的骨頭和魚刺等具有高度潛在危險的食物殘渣，不可以隨便放在小茶几上。就連拆郵件都非常小心的取下釘書針，一看到地上有這類尖銳的東西，馬上撿起來丟到垃圾桶，不讓我有機會碰到。他的細心與用心，防微杜漸的功夫，幾乎完全發揮在日常生活的任何小地方。

他爲我服務的項目非常多，包括早上起床幫我開門、準備早餐和晚餐、飯後替我擦嘴巴、擦屁屁兼收拾大便、換尿布墊、幫我梳毛、陪我玩、帶我散步晒太陽、載我去洗澡美容、將我從禁閉一天的牢籠中解放出來等。從我的眼睛睜開一直到上床睡覺，一切有關食、衣、住、行、育、樂的大小事情都是他的工作範圍，可說全家與我互動最多，而且相處時間最長的人。

認識把鼻以後，我覺得我們兩個好像身分互換、角色錯亂，原本是一家之主的他，反而成爲我的貼身保鑣兼御用長工，任勞任怨伺候我，任憑我的差遣，實在有點不好意思。

他隨時都會注意我的鼻子，從鼻子的狀態就可以判斷我的身體情況。平常應該是黑色濕潤又有光澤，如果乾乾的而且顏色變淡，就可能有問題。

他也觀察我的大便，正常健康的顏色油油亮亮，而且是完整的一條，軟綿綿的可能是吃太多或太油，腸胃出了狀況，他就調整我的食物，停止油膩的東西並減少零食的量。通常拉肚子都是隔天自然就好了，並不需要看醫生吃藥。

有時候我拉出形狀特殊的大便，把鼻還會邀馬迷過來看，一起欣賞我的得意之作。馬迷總是語帶驚訝又讚許的大聲說：「おおきい！」把鼻則喜歡玩文字遊戲，想出一些稀奇古怪又有趣的名詞。他將特別粗的稱爲「大箍杉」（台語）或「戀大杉」；麻花狀叫做「辮子乳酪」；直挺挺豎起來的取名「水筆仔」或「一柱擎天」；一顆顆又乾又硬的羊屎球則是「mm」、「大土豆」。而我拉了一大堆累積在肚子裡的廢物之後，覺得神清氣爽、無比舒暢，心情也跟著飛揚奔放，當然更身輕如燕了。

把鼻的一位國文老師，不但出口成章，罵人的功夫更是堪稱一流，幾乎達到出神入化、登峰造極的境界。而且程度不夠的還聽不懂，常常被老師諷刺了一番之後，仍然傻傻的跟著笑，不曉得自己被罵。只要上他的課，大家都精神抖擻特別專注，沒有人打瞌睡，因爲講得實在太好笑，聽過之後便很難忘掉。他就是用這種方式吸引大家注意，排除課堂上的枯燥感來加深學生的記憶，增進學習效果。

有次談到一位歷史人物，他用四個字來形容，順便評價這個人，叫做「狗屎鞭子」。講完故意停頓一下，看看同學們的反應。接著才說：因爲既不能「聞」（文）又不能「舞」（武），還加上手拿鞭子用力揮舞的動作。本來一頭霧水，下一秒立刻恍然大悟，個個笑到東倒西歪。這種貶損別人的雙關語實在有夠傳神，不但瞌睡蟲跑光光，更令全班印象深刻，把鼻至今都還清楚記得。那位老師可以詮釋到位，又能將簡單的文字發揮得如此富含想像力，眞是數一數二的「賤」字輩。

把鼻幫我梳毛總是特別小心留意，一面輕輕柔柔的梳，怕太用力會弄痛了我，碰到打結的地方，就分幾次慢慢的梳開。同時，透過手指觸摸和眼睛掃描，地毯式的仔細搜索我全身皮膚，檢查有沒有不尋常的突起或疙瘩，就連鞭長莫及的尾巴和耳朵內外都不放過。我們這種長毛狗，生長在台灣溫暖又潮濕的環境，一不注意就容易罹患皮膚病，尤其是耳朵，常常會被忽略。我的皮膚病大多是細心的把鼻發現的。

他從我梳毛的反應就知道我的個性。他說我是一個溫和柔順的狗狗，梳的時候乖乖坐好不會亂動，除非梳得很用力又很痛，但一般是不會有這種情形。因爲我們都是默契十足地互相幫助、彼此配合：我靜止不動，讓把鼻更好梳，就梳得更快，而他也輕輕的梳，讓我不會覺得不舒服而亂動。

他們養的一隻狗狗，就沒有我這麼好伺候。不知道是天生脾氣很差、特別討厭梳子，還是不喜歡別人觸摸，每次幫他梳毛，不管下手輕或重、會不會痛，只要梳子一碰到他的身體，都是齜牙裂嘴發出怒吼聲，作勢要咬人，一副「你敢梳下去就給我試試看！」的凶悍樣。把鼻被咬過好幾次，而且毫不留情，簡直像在老虎身上拔毛，所以幫他取了一個外號叫「火爆浪子」。因爲對他有所顧忌，梳的過程隨時會被咬，沒辦法安心慢慢梳，每次只能兩三下草草了事，甚至不想幫他梳。日子一久，打結的地方越來越多，也越來越梳不開，又更不敢梳，成了惡性循環，讓把鼻很傷腦筋。

把鼻以前可不是這麼仁慈又有愛心的。鄉下長大的他，從小就很頑皮，成天在山林田野間遊玩，惡整動物的事蹟一籮筐，簡直罄竹難書。

例如每天黃昏，住家附近經常出現一大群蝙蝠低空飛行的特殊景象。他們會發出一種聲波，靠著回音辨別物體的位置和距離，在快要撞到牆壁、電線桿、樹木或同伴等障礙物時迅速閃避，從不失誤。始終認爲蝙蝠眼睛看不見的把鼻，不相信他們有武俠小說那種聽音辨位的本事，曾經嫉妒又好奇地拿著掃把追趕，卻怎麼也打不到。因此，他想了一個方法，先仔細觀察他們的飛行路線，並準備好掃把，等快要飛過來的時候突然舉起掃把，蝙蝠來不及反應，便撞了上去墜落在地。當時把鼻還很得意地認爲蝙蝠的超音波再怎麼快，也比不上他那顆聰明的腦袋，現在想起來眞是不敢相信，童年的他竟然會有如此糟糕的行徑，實在無法原諒。

把鼻家裡以前有一把破壞力強大的空氣步槍，他經常跟著阿公到附近打獵，上了國中便自己扛著槍四處找尋目標。可能技術太差，從沒讓任何一隻小鳥掉下來。倒是打其他的東西特別準，因爲會動的打不到，只好拿花草樹木出氣，院子裡樹幹上那些千瘡百孔和擠壓變形的子彈都是他的傑作。尤其質地較軟的木瓜樹和香蕉樹，有一彈貫穿的快感，甚至還能將整棵香蕉樹打彎。

當青綠色木瓜被子彈射中而迅速流下一滴滴白色汁液，他不但沒有一點闖禍的罪惡感，反而洋洋得意，心裡還竊笑著：不知哪個幸運的人會拿到那顆特別加工過的木瓜？當切開果實看到裡面的子彈，一定目瞪口呆又莫名其妙，以爲碰到神蹟。

有時打上癮，什麼都不放過，就連阿嬤種的玫瑰花都被他打斷好幾朵，實在是野蠻又殘忍。好在當時沒打到小鳥，大概上天有好生之德，不想讓他破戒吧！

他還曾經拿他們家的狗做實驗，戴上大草帽把臉遮住，再換穿不一樣的衣服，將自己徹底變裝、改造一番，並且故意發出跟平常不一樣的聲音。狗狗以爲是陌生人，對著他大叫，這時，他突然脫掉帽子和衣服，恢復原來的樣子，讓狗狗當場出糗，而他卻大聲嘲笑，並一再的故技重施。最後狗狗大概受不了這種精神霸凌，有一天突然出其不意地跳起來在他胸前咬了一口。被咬的當下，從狗狗的眼神中看到一股怨氣與怒氣，讓他受到極大的震撼，也應驗了人們說的「狗急跳牆」這句話。不過，他想不通的是，爲什麼別的地方不咬，偏偏要咬他的胸口？

那次以後，他才懂得動物也跟人一樣，有喜怒哀樂等情緒反應，而且會以牙還牙地報復回來，不容看扁，也不能欺負他們，於是停止這種捉弄別人的遊戲。雖然得到教訓而痛改前非，但骨子裡頑皮的基因依舊沒變，常常會伺機而作，到現在還是玩性不減。

把鼻喜歡跟我玩、逗我開心，還會裝可愛，有時候卻又玩得有點過頭。

一次他喝啤酒，想試試看我的酒量，竟然慷慨大方地請我喝，我傻傻的舔了好幾口，還意猶未盡，害我變得輕飄飄的，四隻腳都不受控制，沒辦法好好走路。看到我如此嚴重的反應，他才終於驚覺這種行爲很可怕，因爲我稚嫩的身體，是禁不起一點酒精摧殘的。以後就特別謹慎小心，不敢再隨便亂開危險的玩笑。

如果我心情不好或是不想理他，他白目到自討沒趣，不停地逗弄我，惹毛了我就不客氣的對他吼幾聲，作勢要咬他。突然被嚇一跳，又很沒面子，便摸摸鼻子自動到一邊涼快去。即使家裡只有我們兩個，他仍然保持一貫的君子風度，以禮相待，遵守該有的遊戲規則，不會倚老賣老或以大欺小，這點倒是很難得。

把鼻是個居家型的好男人，他十分戀家，沒事就喜歡待在家裡，外面的花花世界一點興趣也沒有。平常只要一下班或是到外地出差處理完公務，便迫不及待的立刻趕回家，彷彿家裡有一個超級大磁鐵，牢牢的把他吸住，除了上班，一分鐘也不願在家以外的地方逗留。而我，就是那塊會隨時散發出吸引力的磁鐵。這大概就是所謂的牽掛吧！把鼻的心裡，隨時牽掛著這個家和家裡的每一個人，現在對新加入的我，更是牽腸掛肚。

把鼻很講信用，每次跟我說：「把鼻出去一下下。」我都絕對相信他，乖乖走進籠子，從不吵著要跟。而他真的沒騙我，也沒讓我失望，才剛開門出去，墊子都還沒坐熱，就馬上回來了。

有時把鼻開車載姊姊上學之後又回來，或者早上明明去上班了，下午卻突然出現在家裡，常常帶給我意外的驚喜，爲枯燥平淡的生活增添一點難得的樂趣。因爲他偶然的休假或出差，我不用整天無聊的窩在籠子裡，等他下班等到地老天荒，正好可以發揮我黏人的功夫，形影不離的跟著他到處趴趴走，即使小眼瞪大眼，也相看兩不厭。

把鼻從小就很喜歡國文，那是他最拿手的科目，尤其作文比賽，還經常得獎。離開學校以後，他的文學造詣與文字功力並沒有荒廢減退，反而更加精進。因爲坐辦公桌的他，每天的工作就是寫公文，用字遣詞必須準確無誤，養成了字字句句斟酌推敲的習慣。閒暇之餘，也喜歡優游在文字的世界裡，因此，閱讀寫作是他一直以來的興趣之一。他常自我期許，退休以後要「活到老，寫到老。」頗有「一支筆凸歸世人」的豪情壯志。

把鼻的嗜好跟別人不太一樣，特殊得有點怪異而離譜。他喜歡挑茶葉的梗，他覺得專注地將一堆茶葉裡多餘又礙眼的枝條找出來，就有一種滿足的成就感。這可能跟他做人處事的態度有關，他和馬迷一樣，對自己的要求很高，眼裡容不下絲毫的錯誤，看不慣一點點瑕疵，因此，挑茶梗這種一般人不會注意的瑣事，也能成爲他的樂趣。

他的另一個嗜好就是爲我買各種零食。原本每隔一段時間他會趁下班順路去採買一些給我解饞打牙祭用的零食，後來我們家附近開了一間寵物用品大賣場，他發現以後如獲至寶，特地辦了一張會員卡，三不五時就過去光顧一下，每次都提著大包小包回家，塞滿了櫃子，讓我的零食永遠不虞匱乏。然而，壞習慣又多了一項，我的嘴巴變得越來越刁，體重也偶爾控制不住而像吹氣球般的突飛猛進了。

把鼻拿零食給我，都很有誠意地親手遞到我的面前，從來不隨便丟在地上，我也默契十足，小心用嘴巴輕輕接住，不會咬到他的手。他覺得這樣比較衛生，我不會吃壞肚子，雖然我們家的地板看起來很乾淨。而且，他認爲這是一種尊重，即使我只是寵物，但也擁有跟他們一樣的人格，值得一視同仁。

買東西時，一定誠懇的將錢交到對方手上，人家找錢給他，他小心謹慎地牢牢接住。拿任何物品給別人，都要雙手奉上，就算遞一份公文、一張紙或一枝筆也是如此。他對別人一直是這種不卑不亢、謙恭有禮的態度，不論對方的身分地位。

掏錢給化緣的師父或乞討者，雖然只是將錢放進碗裡的小動作，他也輕輕放下，從不用丟的。他說那不是施捨，只是助人，況且每個人都應該平等而有尊嚴的被對待。

把鼻是全家最早起的人。其實第一名應該是我，因爲在他起床之前我早已醒來，隔著一大片透明玻璃豎起耳朵注意聽著他的腳步聲而望穿秋水地等候多時了。他一走出房間，我便不管三七二十一，硬是踩過馬迷和姊姊的身體，興奮地衝到門邊，等著他幫我開門放我出去。

他起床後的第一件工作就是讓我出來尿尿兼活動筋骨，然後到廚房煮他的咖啡並準備我的早餐。這時，我總是發揮一心二用的功夫，一面在客廳玩我的玩具，並且故意發出聲音讓他知道我的存在，一面注意他的動靜。只要聽到塑膠袋磨擦那種窸窸窣窣的聲音，便立刻丟下玩具，飛也似地跑到籠子裡，耐心等待美味可口的早餐。

把鼻大概太專心，常常準備好早餐，以爲我還在玩，到客廳叫我，叫了幾聲都沒反應，才終於發現，我不知道什麼時候已經悄悄回籠子裡乖乖坐好等他，準備用餐了。看我雙眼盯著他，於是一臉尷尬的對我說：「原來妳在這裡哦！剛剛不是聽到妳在客廳玩玩具的聲音？」這種糗事總是一再發生，而他的糗樣也只有我看得見。

小時候把鼻馬迷怕我無法咬太硬的東西，而且胃腸的消化吸收能力還不是很好，所以買嬰兒專用罐頭當我的主食，有牛肉、雞肉、蔬菜、水果等許多種，我都吃得津津有味，兩三下就讓盤底朝天，乾乾淨淨的一口也不剩，甚至還吃到盤子翻過來。

漸漸長大之後，他們爲了營養均衡，把我的主食做了一番改變調整。先用熱水將乾飼料泡軟，再加入一兩匙嬰兒食品當幌子，欺騙我的味覺，讓我在不知不覺中逐漸適應。等到他們覺得我長得夠大，牙齒也夠硬了，就直接給我一顆顆的乾飼料作爲正餐。

本來應該乖乖吃乾飼料的，但是鬼靈精怪的我，用小聰明耍了一點心機，我的正餐便從只有固定一種，到後來有好幾種，而且把鼻還會記得經常變換口味。

因爲我不喜歡飼料又乾又硬的感覺，常常咬得嘴巴很酸。而且這種東西聞不出食物的香味，嚐起來更是清清淡淡沒什麼味道，根本不能和以前吃過那些軟嫩可口的罐頭大餐相比。它們在我眼中，甚至稱不上食物，只能勉強算是可以塡飽肚子的野戰乾糧或太空食品。要習慣於享受精緻美食的我去吃它，實在是有點看不起人的不尊重。我每次都是過去瞧它一眼或聞一聞，便帶著一副不屑的眼神走開，故意忍著空肚子不吃，留下一臉錯愕的把鼻。

看我連續幾餐完全沒動口，怕我餓壞了，便油然生起他的愛心，自作聰明的在乾飼料中混合一些零食想要引誘我吃。我才不會這麼容易受騙上當，當然是很有技巧的把零食吃光光，剩下乾飼料原封不動留在盤子裡。有時候我還很有耐心的故意把一顆顆乾飼料挑出來放在地上，再好好享受剩下清一色的零食特餐。把鼻過來一看，盤子空空卻滿地乾飼料，讓他又好氣又好笑，卻拿我一點辦法也沒有，活像一隻鬥敗的公雞，當場臉上三條線，大嘆我簡直比姊姊還難搞。

過了一段時間，不曉得是把鼻被我訓練得已經習慣我挑食的壞毛病，還是他的心太軟，過於疼我、寵我，終於讓我的詭計得逞，不知不覺地，零食就越俎代庖，變成我的正餐。害他零食越買越多，並且因爲我長得實在太可愛，明明已經吃得夠多了，只要看到我露出天眞無邪的笑容，就忍不住再多給我一塊，所以偶爾會消化不良吃壞肚子，算是自食惡果。

把鼻很懂得我們狗狗的心理，吃飯的時候絕不會打擾我，讓我可以安心用餐。他知道所謂「吃飯皇帝大」的道理，更何況我身上還帶著與生俱來的野蠻基因，要是有人不識時務，靠近正在進食中的狗，爲了自己的一頓飯，我們可是會立刻翻臉，不顧一切跟他拼命的。

我從小就獨自享受美食，所以養成細嚼慢嚥的好習慣。我總是用我的小嘴慢慢品嚐，有時候吃得太忘我了，盤子被我的舌頭一面舔一面跑得老遠都不知道，還得勞駕把鼻幫我放回原位。他過來移動我的碗盤，我知道不是要搶我的食物，所以不會對他有任何不友善的舉動，仍然專心努力的「舔」飽肚子。

把鼻馬迷給我喝的一定是煮過的開水，從來不用自來水。以前我喝碗裡的水，總是順便洗臉，地上也到處掉水滴，後來就換成固定在籠子上的自動給水器。

剛裝好我以爲是玩具，但又綁得牢牢的，就發揮嘴巴的功用，自己探索。一咬下去堅硬無比，只好放棄，改用舌頭。我好奇地舔舔看，前面那顆球竟然會動，而且還有水跑出來，試了幾次，知道它的奧妙，口渴就去舔那東西。雖然很方便，但每舔一次才喝到一點水，要不斷伸出舌頭，那種喝法就像淺嚐即止的小酌一樣，跟用碗喝水的過癮程度相差十萬八千里。而且以舌頭就水的蠢模樣，猶如一直轉動卻始終打不出去的柏青哥（小鋼珠），把鼻看了都覺得好笑。

觀察入微的把鼻，連我打個噴嚏、放個屁是什麼用意他也知道，我任何動作，甚至心裡所想的，都逃不出他的手掌心。像我要大聲吼叫之前，會先深呼吸一口氣，他聽到我喉嚨發出的吸氣聲，便知道我準備要發威了。有時候我都還沒開始叫，他就先發制人，對我作出警告。我的銳氣被挫，瞬間消失了一大半，但預備動作已經像刀子出鞘，又不好意思不叫，只能有氣無力的哼兩聲，做做樣子，眞是應了古人說的那句話：「一鼓作氣，再而衰，三而竭。」每次看到把鼻在旁邊得意地偷笑，我實在恨得牙癢癢的。沒辦法，誰叫他是我把鼻，對我總是瞭如指掌。

我跟把鼻挺有默契的，經常不約而同一前一後從廚房走到客廳，再走向各自的衛冕者寶座。坐定後，他還會對我擠眉弄眼的傻笑，好像在跟我打暗號。馬迷說我們兩個鬼鬼祟祟得這麼興奮，是不是約好了要「一同去郊遊」？其實從頭到尾只是把鼻一個人在自得其樂而已。

把鼻坐在沙發的時候，我習慣趴在他的拖鞋旁邊，他要起身時忘記我在下面，千斤重的大腳一放下來，突然踩到我的頭，雖然只是輕輕一碰，卻好像被無影腳踢中，撞得我眼冒金星又很痛，忍無可忍的情緒一下子湧上來，點燃了我的無明火，就毫不客氣地對他施以嚴厲的警告。我會咬住他的腳幾秒鐘，同時發出怒吼聲，假裝要咬下去，讓他嚇一跳。那次之後，他就牢牢記住，要小心謹慎慢慢地放下腳，不敢再犯同樣的錯誤。

當然了，我並沒有失去理智，我咬的力道都控制得剛剛好，輕輕的讓他的腳出現咬痕，覺得有點痛但是不致於受傷流血的程度。其實，我從來不會眞的咬人，也不想咬人，只是虛張聲勢嚇嚇他而已。

把鼻以前曾有「三過其門而不入」的經驗。他只想趁著從台北出差到南台灣的難得機會，順便回家探望年邁的阿公和阿嬤。然而當一個身不由己的公僕，就是沒辦法公私兼顧，因此，常常發出不如歸去的感嘆。

他還一本正經地說，等五十歲一到、服務公職滿二十五年，就要立刻申請退休，眞是提得起放得下又看得開。也許他已經體會出「衆裡尋它千百度」的境界而驀然回首，找到自己想要的人生了吧！

馬迷是個勇於表達愛而且感情相當豐富的人，她爽朗的笑聲，聽起來就是那種眞誠不虛僞的性格。她頗有大姊頭的架勢，但卻很容易受到一點小小的感動而熱淚盈眶。因爲她的哭點超低，淚腺又特別發達，所以每回看電視都要整包衛生紙隨侍在側，以防出現感人情節眼淚瞬間潰堤。

馬迷跟把鼻一樣，心腸特別軟，遇到任何事情都會站在對方的立場思考，爲別人著想。

有一次把鼻開車在上班途中，被穿梭車陣的摩托車從後方追撞，馬迷下車後，先過去看那位跌倒在地上的騎士，問他有沒有受傷，知道他是大學生，因爲急著去上課而闖禍肇事，也不要求賠償就叫他趕快離開，她說大家平安就好。

馬迷實在讓人很佩服，好像生下來就什麼都懂，沒有人教便知道要怎麼做，任何麻煩都難不倒她。她頭腦靈活、思慮清晰，總是胸有成竹又自信滿滿，所有的事情全在她的掌握之中。而且不必依賴別人，自己就能獨當一面的完成，簡直比男生還有用。房間的門鎖壞了，只要用一根牙籤，便可以將鎖拆解下來，修好再裝回去；一大箱重物寧願自己辛苦的扛，絕不要求別人幫忙。她也經常會運用一些簡單的小東西和科技新產品，讓生活過得更方便舒適。

馬迷的字典裡沒有「困難」這兩個字。她生性樂觀開朗，做事積極不怕困難，而且喜歡挑戰困難。棘手的問題、把鼻搞不定的，到她手上便能迎刃而解。她知道要未雨綢繆，但從來不杞人憂天，她說不必一天到晚傷腦筋或擔心做不好，只要勇往直前，反正船到橋頭，它自然就會直直去了。

馬迷的個性很「阿莎力」。快人快語的她，做起事來有條不紊，認眞負責而且講求效率，絕不拖泥帶水。她的習慣是一定要將正在進行的事情做完或是做到告一段落才肯休息吃飯，因此，常常餓著肚子處理公事。就連買回來的便當過了一兩個小時放到涼了都還沒吃，因爲她不是忙到忘了吃就是沒時間吃。

我們家的人好像都是這種個性，染上了公而忘私的壞習慣，只知道默默耕耘、惦惦仔做，不管別人知不知道、有沒有看到，也不求回報，就是對得起自己的良心而已。

馬迷是個完美主義者，無論任何事情，要求特別嚴格，絕不能馬馬虎虎。她認為要交出去給別人的東西，必須做到最好的零缺點，否則就不要拿來丟人現眼，因此，好還要更好。她的座右銘是「能夠做到一百分，為什麼只做九十九分？」嚴以律己寬以待人的她，自我解嘲地說：「既然無法要求別人，只好對自己嚴格。」

長官交給她的工作，一定全力以赴、使命必達。就連代理業務，都做得比那位同事還要稱職，反而擔心處理得太完美，會搶走別人的丰采，甚至讓對方誤會，懷疑是不是在覬覦她的位子。

馬迷懷姊姊時，完全不影響工作，即使生產那一天早上，依然挺著肚子準時上班、照常做事，直到姊姊在她肚子裡開始不安分起來，才不得不趕快請假到醫院。她的工作態度可以用八個字來形容，就是「鞠躬盡瘁，死而後已。」

其實馬迷當年進入公務生涯，可說是有點坎坷的。她利用下班時間去補習，每天晚上拖著疲累的身體回到家，還要再熬夜苦讀，隔天仍準時起床上班，絕不遲到早退或請假。辛苦準備了一年，第一次參加考試，卻在考前得了蜂窩性組織炎，半邊臉腫得像豬頭一樣，又痛又影響視力，能不能撐到上考場應試她自己都沒把握。最後帶著把鼻的鼓勵與祝福，堅持到底，硬著頭皮走進考場，咬牙苦撐到最後一科考完。本來以為一定沒有希望，竟然意外上了榜，眞是皇天不負苦心人。

也許因爲經歷了如此艱辛曲折的過程，她一直很珍惜這得來不易的機會，始終抱著兢兢業業的態度，而且一輩子都是「歡喜做，甘願受。」把鼻更是一語道破，他說現在的「公僕」，根本就應該叫做「公奴」。

我發現把鼻馬迷跟我一樣，都有一張賣身契，寵物店老闆把我賣給把鼻和馬迷，他們把自己賣給公司和老闆。不同的是，他們爲老闆做牛做馬，我的老闆卻爲我做牛做馬。我有把鼻和馬迷這樣的老闆，的確比他們幸運多了！

雖然馬迷有時候很感性，看似好講話，但她非常重視規矩，有關教養方面的問題，說一是一，絕對不能打折，沒有一點妥協的空間，姊姊就是我的前車之鑑。

馬迷常常一句話就能讓對方啞口無言，一個眼神便會令人皮皮剉、渾身不自在。她最常對把鼻說的是：「代誌不是憨人所想的安捏。」這至理名言一搬出來，往往讓把鼻雞嘴變鴨嘴。姊姊每次跟馬迷爭論時，更是被她那沒有辦法反駁的經典語錄加上金科玉律打敗：「第一、我是你媽；第二、我還是你媽。」不得不對她俯首稱臣。

現在她像是吃了秤砣鐵了心，把對付姊姊那一套應用到我身上。她餵我吃飯時，只有乾飼料，不吃就拉倒，沒得商量。碰到她狠起心來，一點辦法也沒有，通常都是我自動敗下陣來，只差沒有跪地求饒而已。

有時候我實在餓得受不了，又拉不下這張臉，不能讓我奮鬥已久的成果毀於一旦，只好稍稍放下身段，趁她不注意的時候偷偷跑去吃掉。俗話說：「沒魚蝦也好。」當肚子咕嚕叫的時候，乾飼料也變得無比美妙，誰叫我的意志力不夠堅強，被最基本的生理需求打垮。這時，理智受到動物本能的摧毀淹沒，縱然再怎麼愛面子，也抵擋不住那一波波排山倒海而來，想要塡飽肚子的聲聲呼喚。

馬迷聽到我淸脆的咀嚼聲，會跟把鼻使眼色說：「你看吧！還不是乖乖就範。」好在她並不常餵我，我仍然可以繼續享受把鼻的美味正餐。

她雖然嚴格，但賞罰分明，每個禮拜照樣會給我吃一兩頓牛肉罐頭之類的大餐，還是頗有人情味的。

馬迷對我的訓練方式跟把鼻完全不同，她是硬軟兼施，有時候鐵面無私，有時候又親情大泛濫；把鼻則隨時都是好好先生，從不生氣，也不會大聲講話，就像有求必應的土地公，幾乎沒有我要不到的。他們各有千秋，兩個我都喜歡。

做什麼像什麼的馬迷，始終能夠扮演好不同場合所應該有的角色。在辦公室，她是一個稱職的祕書、長官的得力助手；下了班回到家裡，則成爲全家不可或缺的CEO、我們最倚賴的馬迷。

早上醒來，只要眼睛一睜開，她的頭腦便像機器般開始運轉個不停，不斷思考著接下來應該要做的事情，如何將這個家營造得更溫馨、更美好。

所有的東西總是整理得井然有序，一切事情有條不紊，按部就班的照著預定時程與目標去執行，從不會遺漏或延誤。各種收據依水費、電費、瓦斯費、電話費等項目整整齊齊夾起來；重要的文件，以檔案夾分門別類，每一本都貼上標籤，清清楚楚擺放，需要的時候，不必翻箱倒櫃，馬上可以找到。

除了飯桌、冰箱、流理臺上一張張醒目的便利貼，用來提醒自己或交代把鼻和姊姊該做、要注意的事情外，她最厲害又引以爲傲的，就是將任何大大小小的公事與私事，巨細靡遺地記在她自己設計的行事曆上。而且將想到要做的待辦事項或者已經完成的，用不同顏色區分，並隨時修正更新，因此，很少有失誤的情形。

她甚至把姊姊從小到大每個階段規劃安排得盡善盡美，讓姊姊的成長和求學過程都很平安順利，沒有太多障礙、困難或遺憾。

在我眼裡，馬迷就像勤勞而且奮不顧身的母雞，時時刻刻爲這個家努力，也時時刻刻張開那對堅強有力的翅膀，保護著家人。

馬迷是個不達目的絕不輕言放棄的人，只要覺得是對的，需要爭取的，便義無反顧地去做。

姊姊小時候，有一陣子大家在瘋狂收集超商推出的熱門公仔，由於其中幾種的數量很少，重複拿到相同款的機率相當高，要集滿一整套非常不容易。爲了姊姊，她可以連續幾個禮拜利用下班時間，不辭辛苦地跑了遠近數十家店，憑著三寸不爛之舌以及靈活的外交手腕，終於幸運找到所有玩偶，完成不可能的任務，讓姊姊的同學羨慕不已。

把鼻對攝影很有興趣，經常帶著相機到處拍照，全家出遊更是不能少，姊姊小時候的照片都是出自他那雙手。然而這些令人回味的作品，幕後大功臣卻非馬迷莫屬。因爲那一張張可愛又漂亮的倩影，是靠她躲在把鼻與相機後面，不厭其煩地扮演現代老萊子，大粒汗小粒汗地一次又一次拼命逗姊姊哈哈大笑的成果。沒有馬迷在一旁大力吆喝幫忙，光靠把鼻那根輕鬆按下快門的手指頭，是拍不出近乎專業水準照片的。

她還會挑出最有神韻和最具個人特色的照片，放大加洗並且護貝起來。現在家裡那一大袋沉甸甸的童年精選集，成了姊姊一生最珍貴的無價之寶。

熱情的馬迷樂於助人，不需要別人開口，她總是主動、適時參與，而且還「要五毛，給一塊」，無比的慷慨。分內工作她竭盡心力做到最好，不是她的事或沒人管的事她一肩挑起，全攬在自己身上。她打趣地說：「雖然不是高個子，天塌下來也要一起頂住。」

她經常加完班才剛回到家裡，顧不得晚飯還沒吃，就忙著打電話聯絡同事，提醒他們明天記得處理的重要事情。別的同事假日需要加班，明明不關她的事，她也自動自發來辦公室幫忙，簡直雞婆到不行。因此，每一位長官都很信任她，而且非常依賴她。她跟同事的感情也特別好，還結交了一群超過二十年情誼的死黨姊妹淘。

馬迷做事不但心思細密、設想周到，而且處處都會考慮別人，永遠把自己擺在最後面。家裡有工程施作，她跟把鼻前一天就準備好一大袋瓶瓶罐罐的飲料放在冰箱，師傅一進門，先奉上冰涼的飲料，完工後再讓他們帶著剛剛送來的熱騰騰便當回去。而且怕一個吃不飽，還特別訂雙人份的豪華套餐，把他們當成重要客人招待。

到餐廳吃飯，一定自動將桌上的碗、盤、碟子、筷子和殘渣收拾得整整齊齊，桌面擦得乾乾淨淨。而馬迷這種帶頭做的身教，已經深植姊姊心中，成為我們家每個人的標準習慣。

她認為人要互相尊重，花錢的並不是大爺，享受服務之餘，也應該體貼對方的辛勞，自己可以做到的，就儘量不要留給別人收拾。

家裡用過的牙籤、竹籤、刀片或碎玻璃等尖銳鋒利的東西，一定先用紙包起來、橡皮筋綁好再丟進垃圾袋，以免環保清潔人員被刺到或割傷。她說「將心比心」是做人的基本道理，也許一個小小的動作、舉手之勞便可以幫別人大忙，何樂而不為？她根本就是古人所說「勿以善小而不為，勿以惡小而為之。」的真正實踐者。

馬迷凡事常心存感激，就連花錢都不忘感謝。別人為她服務，她總是覺得不好意思，尤其碰到年紀比較大的長者，更是過意不去。她說我們有美食可享受、有乾淨舒適的旅館可住、有方便安全又快速的大眾交通運輸工具可搭乘，都是許多人付出勞力、犧牲假期和辛苦工作的結果，應該感謝他們認真親切的態度，讓這個世界更美好而且更幸福，縱然有一點小小的缺失不能盡如人意，也不忍苛責。

馬迷的身教加上言教，讓姊姊從小耳濡目染，這也是她說出的話以及訂下的規矩可以立於不敗之地，而使得她對姊姊的家教如此成功的原因。

現在這個自私而冷漠的社會，像馬迷這樣熱心又熱情的人已經很難找得到，而且越來越少了。套句把鼻的慣用語，她不但屬於「珍貴稀有動物」，更應該列入「瀕臨絕種的動物」。

我覺得我們一家人大概都是瀕臨絕種的動物，因爲他們太善良，不但不會欺負別人、沒有保護自己的能力、不懂得還擊，反而只有不斷的付出與退讓。就連我都兇不起來，不具有一點侵略性，也毫無攻擊性，完全保護不了他們，和他們根本是同一國的。我們家成了「溫、良、恭、儉、讓」的代言人。

把鼻和馬迷每天接觸形形色色的人，卻無法知道他們的內在，究竟是眞心還是假意，是坦誠相見還是帶著面具。卽使不想理會對方，仍然要打起精神面帶微笑，說出一堆連自己都厭惡的話來虛應敷衍。

把鼻在這方面就有很深的感觸，自認爲最不會相處的就是人。他甚至覺得，看到狗狗隨時張開嘴露出迎人的可愛笑臉，都比看到一張張醜陋的面孔要快樂得多，至少我們沒有心機，不必對我們強顏歡笑。

反而我的世界裡，隨時隨地看到的把鼻和馬迷，卻是毫不保留、沒有掩飾的透明狀態，他們的任何言行，都發乎眞情的自然流露。我彷彿成了X光掃描機，只要站在我面前，就是眞眞實實的把鼻和馬迷。跟他們相處，不必傷腦筋去分辨好人與壞人，也不需要裝模作樣硬擠出虛僞的笑容，這大概是我比較幸福的地方。

全家我唯一會怕的是馬迷，她瞪人的功夫無人能比。只要她發出不同於平常而令人腿軟的音調叫我的名字，再加上那兩顆大大的黑眼珠斜著朝我這個方向投射過來，眼神一接觸，我就好像被強力的電流電到一般，不由自主地神經緊繃，趕快放下嘴裡的玩具，夾著尾巴逃離現場。

這時候我總是面帶羞愧、無地自容，只好以傻笑來化解尷尬。我知道一定又是什麼地方犯錯了，因爲我的一舉一動絕對逃不過馬迷的法眼，她是不會隨便冤枉別人的。我也知道她並不是眞的對我兇、生我的氣，但就是有一種能夠讓人信服的威嚴和不得不喜歡她的魅力。剛剛對我一副惡狠狠的樣子，才轉個身，又跟我親熱得不得了。

這種來得急去得快的脾氣與率直個性，姊姊領教過最多，也最了解。例如白天跟馬迷在一場激烈爭論之後，陷入像仇人般的冷戰狀態；到了晚上，一進浴室洗澡或者上床睡覺時，兩個人又有說有笑，變得一團和氣了。這就是我最愛的馬迷，也是姊姊和我喜歡她、跟她最親近的原因。

雖然我有點怕馬迷，卻很依賴她，經常黏著她到處走，尤其喜歡窩在她的肚子上。每當馬迷把我抱到身上，我調整好最佳的姿勢和角度，隨著她的呼吸起伏，感受到兩個澎湃洶湧的心跳，爲各自的生命激盪出美妙的音符。這時，我全身都放鬆，覺得特別自在，便長長的吐出一口氣，馬迷總是笑說我又在「吐大氣」了。

因爲馬迷身上有一種特殊的魅力，深深吸引我，成爲情感的撫慰與寄託。加上她那海綿般柔軟又有彈性的肚子，比任何地方都舒服，讓她抱著就覺得非常溫暖而且很有安全感，一天要抱好幾次才過癮。她也聽得懂我的肢體語言，不吝於讓我在她身上撒嬌，縱使抱我千遍也不厭倦，她是眞正的把我「疼入心」。

我跟馬迷已經養成良好的默契，每當我想念她軟綿綿的肚子時，只要走到她旁邊，前腳踩在沙發上，露出一臉天眞無邪的笑容，她就知道我又要討抱了。她也經常主動邀請，歡迎我的大駕光臨，我一聽到她對我說：「抱抱！」馬上高興的跑過去，等她伸出手準備抱我，便將身體轉過來背對著她，好讓她輕鬆的抱起我來。她一抱我上去，我就露出一副得意的笑容，一面等著她誇讚我聰明，一面把身體挪到最舒適的位置。

馬迷在忙或雙手拿著東西，雖然沒辦法抱我，經過我身邊的時候，總不忘給我一個微笑，讓我覺得她很在乎我、關心我，沒有被冷落。若等得太久，實在很想讓她抱抱，我試探性的靠過去，她知道我的企圖，馬上拉長聲音對我說：「咩——有」（沒有）。一聽到這熟悉又敏感，也最掃興的字眼，我便摸摸鼻子乖乖到一旁坐下，注意看著她，等她有空的時候再靠近，重新討抱。

如果馬迷一臉嚴肅的連續說二、三次「咩——有」，我就知道是眞的不行，確定沒有機會了，只好放棄，不再過去吵她，自己到客廳玩。這時候我憋了一肚子委屈，便拿玩具當出氣筒，緊緊咬住、左甩右甩，將不滿的情緒發洩在無辜的玩具身上，還故意發出帶著憤怒的聲音要讓她聽到。她會跟把鼻說：「妹狗又在生氣了！」眞的是「知我者，馬迷也！」

馬迷心情特別好的時候，會手掌朝上撫摸一下我的臉頰與下巴，我們便同時露出會心的一笑，就好像母親在逗弄小孩玩遊戲一般。雖然只是輕輕接觸，但這小小的加持，卻有意外的激勵效果，讓我瞬間得到振奮鼓舞。這是她自創的加油打氣法，和手掌朝下摸頭的感覺不一樣，但卻有異曲同工之妙，是她跟我之間另一種親暱的互動方式。馬迷摸完我的下巴，我的心情也變得跟她一樣——特別的爽，走起路來都輕飄飄的。

馬迷很喜歡幫姊姊和我買衣服，那已經成為她日常生活的樂趣。從姊姊還不到一歲，全家一起出遊，馬迷就開始幫她綁頭巾做造型精心打扮，大概多年以來養成的習慣，現在已經戒不掉了。

她花起錢來毫不手軟，而且專挑特別貴的。姊姊和我的衣服已經多到可以擺地攤了，她還是上了癮一般，照買不誤，甚至一發起狠來，好像在年終大採購似的。不過，她替我們選的衣服的確很好看，穿起來有一種與眾不同的氣質，就連我的雨衣和姊姊的雨鞋都有我們家女生的特色。

然而，每當馬迷帶著一大堆新買的衣服回家，興致勃勃要讓我們試穿她的戰利品時，便是折磨的開始。

姊姊的新衣服包括上衣、長褲、短褲、裙子和洋裝，只要各買兩三件，排列組合搭配起來就不下十種。光是穿好又脫掉再換另一套，全部試穿一遍，加上照鏡子欣賞和品頭論足一番，至少要半小時以上，實在是夠累人的。剛開始的時候，姊姊也許還有點新鮮感和興趣，連續換了幾套，都已經快失去耐心了，馬迷還不識相地叫她將剛剛才脫下的那套再穿上，最後總是演變到忍無可忍幾乎要翻臉、戰火一觸即發的緊張情勢。馬迷只好不斷陪笑臉，安撫她的情緒，說服她繼續試穿。

我的衣服比較簡單，都是一個樣式，沒有下半身，只需兩隻前腳套進去再扣起來就可以了。馬迷超有耐心，不斷幫我穿了又脫，然後盯著我看，自得其樂的欣賞，不只臉上露出笑容，嘴裡還會唸唸有詞地自言自語。我實在不知道她在高興什麼，倒是讓我一直站著，還猛拉我的腳，覺得有點無聊。衣服這種東西在我看來根本沒必要，穿在身上綁手綁腳，怪不舒服的，絕對是一大累贅。

馬迷一向抱持的觀念是「給女兒用的，就要最好的」。她認為天有不測風雲，父母能夠陪女兒多久沒有辦法知道，錢花掉再賺就有，女兒只有一個，是她心目中最棒的，當然要給最好的。

她明白貴不一定好，所以並沒有刻意買貴的，她也常常上夜市、逛平價服飾店，只是在一群商店或一大堆衣服裡面，經過她獨到眼光所挑選出來的，往往價格都比較高。這也印證了「一分錢，一分貨」的道理。

雖然馬迷可以不顧荷包失血，拼命幫姊姊和我置裝，但是她卻省吃儉用，從不把錢浪費在自己身上。她的穿著實在很樸素，常常全家一起外出，她的衣服總是跟我們不太搭調。她說自己是爛命一條，不需要浪費好的東西。其實這並不是矯情或沽名釣譽，而是眞的如此，天生就沒有享受的命。

她從來不吃人參或維他命等補品，因爲體質的關係，吃人參嘴巴會又癢又腫，所以一輩子都無福消受。諷刺的是，喜歡各種健康食品的把鼻，反而免疫力差，動不動就感冒生病，而且每次檢查，尿酸、膽固醇等指數經常偏高；只吃正常食物，沒碰過那些亂七八糟東西的馬迷，卻很少生病。

她的味覺遲鈍，對食物不講究，一斤數千元和一百元的茶葉，喝起來都一樣，分不出差別。所以她總是捨棄把鼻精心沖泡的高級茶葉與咖啡豆，寧願喝最簡單也最平價的茶包和即溶咖啡。而她那一張嚐不出好壞的嘴，反倒成了另一種跟別人不一樣的特點，爲她省下不少冤枉錢。

馬迷和把鼻在許多方面的優點與缺點恰好相反。像她能言善道的嘴巴，是正確表達意見、與人溝通協調以及處理事情的重要工具；沉默寡言的把鼻，則專門用來品嚐各種美食。這也是夫妻之間，個性習慣不同而正好互補的例子。

姊姊出生時，馬迷聽從把鼻的建議，狠下心花錢去坐月子中心，想好好休息，吃一些營養的食物補補身體。結果才住了兩天，好心的醫師偷偷告訴她，裡面有新生兒得了流行性感冒，護女心切的她怕姊姊被傳染，便立刻和把鼻帶著姊姊回家，重拾粗茶淡飯的日子。就算如此，她也毫無怨言，畢竟有女萬事足，她的內心已經很富有了，何況吃對她來說並不重要。馬迷認爲每一個媽媽碰到這種情形，都會跟她一樣，毫不考慮地離開，因爲奮不顧身是所有母親保護小孩的本能，不需要任何理由。

雖然命中註定無緣享受，但是馬迷的人生積極樂觀，常常懷著感恩的心，感謝別人也感謝上天，並且珍惜眼前所擁有的一切，因此沒有什麼慾望，反而很容易滿足。她常說：「人只要一無所求，保持心情愉快，喝白開水都覺得甘甜。」這就是她身為媽媽偉大的地方。

小時候馬迷幫我買的衣服有點大，我又很不習慣身上穿著衣服，經常會走一下下就自動鬆脫，變成可笑的露胸裝或露背裝。更離譜的是，她不曉得那根筋有問題，竟然不顧把鼻勸阻，幫我買了看起來像玩具般的鞋子。穿著鞋子的感覺，有如四隻腳被限制住，無法正常舒服的踩在地上，突然變得不會走路。害我走起來姿勢又怪又彆扭，好像小孩穿著高跟鞋在跳踢踏舞，走不到幾步便進退兩難，只能傻傻的站著，面露難色而不知所措，讓大家笑翻了全家。

那有如洋娃娃尺寸的超級迷你鞋子，買回來我只穿過一次，而且不到幾分鐘，從此之後就被打入冷宮。跟人類的正常版相比，我那四隻腳的鞋子本來就不便宜，倘若以使用的時間來計算，這大概是最貴的鞋子了。馬迷花錢買它，唯一的貢獻就是那一天我的滑稽動作娛樂了全家。

其實，我們的汗腺不發達，只能靠舌頭和腳底散熱，又有厚厚的毛皮包裹著全身，所以並不怕冷。尤其位在亞熱帶的台灣氣候溫暖，幫我們穿衣服實在多此一舉，反而會有不舒服、不自在的束縛感。況且我們天生對顏色的辨別能力有限，眼睛所看得到的只有簡單幾種，不像人類世界的色彩那麼繽紛。因此，幫我們穿得再漂亮，自己感受不到，只是他們一廂情願的想法罷了。

這或許是主人意志的延伸，一種自我投射的心理作用，讓自己看了高興，順便吸引別人的目光而已。

但是我眞的也有需要穿衣服的時候，那便是每年二次，每次持續約二個禮拜的惱人生理期。這段時間，同樣身爲女生的馬迷，會爲我穿上鑲有蕾絲邊的超級性感小短褲，可以露出尾巴和肛門，便於拉屎。只不過穿著褲子不但尿尿不方便，尿完也無法讓我好好發揮舔功，老是舔到褲子，實在有點礙事。

在穿著褲子的期間，把鼻和馬迷只要一看到我走向廚房，就以爲我要尿尿，會馬上跑過來幫我。有時候也會發生糗事，我只是想走到廚房逛一逛，看看有沒有東西吃或是找玩具，卻突然被抱到便盆上脫下褲子，我一時反應不過來，愣在那裡不知如何是好。

如果尿尿已經很急，快要忍不住，他們沒有注意、不知道或者慢了一步，我又忘記褲子的存在，便習慣性地走到便盆上，照樣蹲下、抬腿，擺出滿分的姿勢，直接給它尿下去。有時候一天尿濕好幾件，洗了又不容易乾，所有的褲子都快不夠穿，經常要麻煩馬迷幫我洗褲子。下雨天或冬天還得出動吹風機拼命吹乾，眞的很不好意思。

隨著生理期而來的困擾，便是開始春心蕩漾。在把鼻馬迷面前，我總是極力壓抑自己，眞的克制不住，就只好趁他們不注意時，在一旁偷偷做出難爲情的舉動了。

我的玩具也是跟衣服一樣，超多的，已經可以塞滿一整個塑膠箱，馬迷還會不斷買新的給我。她曾經幫我買了一個可以拉長像隧道的玩具，那東西其實是給貓玩的，應該是她買錯了。一開始我興沖沖的跑進去，在裡面分不清東西南北，鑽了老半天都出不來，只玩一次就對它失去興趣。畢竟我不是貓，動作沒有那麼靈巧敏捷，也不是地鼠，不擅長鑽洞，生活習性迴然不同。況且那玩意兒放著又很占空間，最後還是逃不過被束之高閣的命運。

把鼻常說馬迷有夠「討債」（台語），我也覺得她實在是很不懂得節制，不僅經常花冤枉錢，而且不能物盡其用，還讓家裡的空間越來越小。因爲我會玩的玩具就那幾個而已，尤其是我的身材嬌小，嘴巴更小，只屬意咬得動、可以甩來甩去的小型玩具，凡是太大或太重咬不起來的我都不喜歡。那些不合我意的，只有在剛買回來時覺得新鮮好奇，會過去聞一聞、咬一咬，偶爾心血來潮玩一下，幾天之後就被我丟在一旁長灰塵，從此便不再理它們。

糊塗的馬迷，好心爲我買了一個用繩索編織的長頸鹿，它的塊頭幾乎跟我一樣，我咬起來玩了兩三下，就像是用嘴巴在練舉重，不但嘴很痠，脖子更酸，連頭都快抬不起來，一點也不好玩，只好放棄，不想碰第二次。眞不曉得她爲什麼會買這種玩具，根本是中看不中用的垃圾。

以前我有一個特別喜歡的玩具，是橡膠材質的鞋子，大小適中，又輕又軟非常好咬，咬下去還會發出聲音，實在太好玩了。它簡直是特別爲我設計、讓我發洩的最佳玩具，玩一整天甚至天天玩都不會膩。但它的表面光滑，很容易沾滿口水，又經常在地上打滾滑動摩擦，所以髒得特別快。而且口水還會跑到它的肚子擠出不來，實在不好處理。把鼻馬迷看了都覺得噁心，我卻把它當成寶貝似的，隨時叼出來玩，越髒我越喜歡，反正是我自己的口水。

本來我很納悶，爲什麼常常會玩一玩鞋子就突然不見了，害我急得到處尋找，原來是馬迷幫我拿去洗淨放著晾乾。但是放得太高，我看得到咬不到，只好找把鼻幫忙。

馬迷知道這個鞋子是我的最愛，咬破了又幫我買一個新的，第二個被我弄壞之後，就再也看不到它們的蹤影。把鼻說它讓我玩這麼久，算是物盡其用，而且值回票價，應該可以功成身退。其實，喜新厭舊的我，早已轉移目標，正在快樂的玩著另一個新玩具了。

大概是因爲橡膠鞋子容易髒，又不耐我尖銳的牙齒啃咬，而且不斷發出聲音，實在很吵。把鼻馬迷也從中得到一些經驗，後來幫我買的玩具就改成比較耐咬、小而輕巧的布料或塑膠材質。從此以後，家裡才恢復原來的寧靜。

我的玩具經常被我撒了一屋子到處都是，包括客廳、廚房和每個房間，馬迷就隨時跟在我後面，我丟她撿，把玩具一一歸定位。不過，她撿的速度總是趕不上我丟的速度，才整理完沒多久，又回到雜亂無章的混沌狀態。

把鼻說姊姊小時候從來不會亂丟玩具，她都是自動收拾好放回原位，所以罪魁禍首終於找到，我們家就是從我來了之後才開始變得又吵又亂的。

其實我這種行徑算是有點犯賤的毛病，被我到處亂丟的玩具，我會玩的就那一兩樣而已，其餘的便成了後宮擺飾，不知要等到何年何月，才可能一時興起，再去咬來玩一玩。然而，那些玩具彷彿是我棄置在一旁的俘虜，雖然現在不玩，但一定要讓我看得到，不能離開我的視線，以便掌握它們的行蹤。在我眼裡，每個玩具都有固定的位置，被移動我立刻會發現，它們可是少一個都不行的。

對我來說，這是亂中有序，我隨時想玩，便可以馬上找到我要的玩具。卽使那些被我放逐、打入冷宮的，有空的時候看它們一眼，心裡也會覺得舒坦，但是被馬迷收拾過之後，卻常常讓我找不到，害我急得乾瞪眼，只能趕快討救兵。眞不知她到底是在幫我還是找我的麻煩，好心這麼做反而弄巧成拙，帶給我困擾。

把鼻馬迷有時會用惡作劇的方式來懲罰我，故意把亂丟的玩具偷偷藏起來。我玩具雖然多，但記憶力可不是蓋的，只要其中一個不見了，我一定知道，而且急著到處尋找。我找東西的功夫堪稱一流，不只靠眼睛掃瞄，鼻子才是我眞正的祕密武器，通常不需要多久，兩三下就讓我找到。

被藏起來的玩具，要是放得太高咬不到，我就會找把鼻幫忙，想辦法引導他走到玩具附近，再用肢體動作做出提示。好在他的領悟力頗高，和我也默契十足，看我對著某個方向猛瞧，一副心急如焚的樣子，就知道我是在找玩具，便會馬上拿給我。

如果他拿的不是我要的，我面無表情沒有反應，他會再換別的試試看，並將東西拿到我面前，問我說：「妳要這個是不是？」而且很有耐心的一試再試，直到對了爲止。看著我心滿意足地咬著玩具小跑步離開，他也頗爲高興的有如做了一件善事，完成任務般走開。

到底是把鼻在跟我玩，還是我在玩他，都被搞糊塗了。連這種微不足道的小事他都能夠當成遊戲而自得其樂，比我還愛玩，眞是童心未泯。天底下竟然有如此純樸實在、自我滿足又沒有雜念的人，難道這就是孟子所說的「赤子之心」嗎？

馬迷雖然很捨得爲我花錢，但我也覺得她有時候眞的有點不經大腦思考的浪費，每一分錢都不是花在刀口上。例如不久之前，她眉頭都不皺一下地爲我挑了一個看起來漂亮又豪華的大型塑膠籠子，當時沒考慮太多，只是很單純的想讓我待在寬敞舒適的環境，但那卻是寵物店裡面最貴的。帶回家之後才發現，籠子底部沒有墊高區隔起來，也就是我要跟自己的大小便同處一室，不小心踩到或黏到身上就非常麻煩。馬迷不好意思拿回去退還，而且猜想店家也不一定肯接受，只好放任它在陽台日曬雨淋，摸摸鼻子再去買一個眞正實用的鐵籠子。

做事很有效率的馬迷，經常喜歡趁著下班順便幫姊姊買衣服，但因爲她對自己太有信心，只知道大概的尺寸，沒帶姊姊一起去，買回來的衣服，不是顏色或款式不好看、姊姊不喜歡，就是大小長短不合身。總是要跑二、三趟才能換到滿意又合適的，反而事倍功半更沒效率。把鼻勸她，她仍然我行我素，沒有記取教訓，還是寧願繼續不怕麻煩的享受著買錯了再拿回去換的樂趣。沒辦法，感性勝過理性，既熱情又衝動的馬迷，就是喜歡做這種難得糊塗的事。

她是最後一個出門，也是最晚回家的人。她的工作相當忙碌，經常處於戰鬥狀態，不但要聚精會神隨時待命應付重大緊急事件，而且工作時間超長、工作量超大，消耗的體力和腦力更甚於別人。每天回到家裡，幾乎都已累癱在沙發上，可說是標準的「上班一條龍，下班一條蟲。」

把鼻最心疼我們這兩個可憐的女生，想要伸出援手，卻又愛莫能助。他說我們「都是一條龍，命運各不同。」馬迷是一個女人當三個男人用，被操到休息喝口水甚至連生病的時間都沒有；我則是悶在家裡坐困鐵籠，每天無所事事的閒到發慌。

她大概覺得我整天被關在籠子裡很可憐，她又很晚才能回家，爲了多一些跟我相處的時間，每天早上故意東摸西摸的窮磨菇，好拖延一下，晚一點出門。她更捨棄坐把鼻駕駛舒服又安全的汽車，寧願自己辛苦危險的騎機車上下班，因爲她的心裡始終惦記著我，就算可以多陪我幾分鐘也好，實在用心良苦。

把鼻一大早載姊姊出門之後，家裡只剩馬迷和我。她總是一面做著家事，一面對我講話，就像母親與女兒的閒話家常。這已經成爲我們的約定，也是每天不可或缺的「women's talk」。

姊姊跟馬迷也有屬於她們的「women's talk」，不一樣的是，她們在晚上洗澡的時候跟睡覺之前。然而，這種眞心的對話，同樣都是傾訴與傾聽的最好時機，也是一種溝通的方式，能夠拉近我們和馬迷之間的距離。

雖然我聽不懂她對我說的話，但從溫柔的語氣以及注視著我的慈愛眼神，我感覺得到她所傳達給我的，是一句句鼓勵與關懷。我知道等一下她馬上就要出門，便會乖乖坐在籠子裡，聽她的嘴巴對我的耳朵發出特殊頻率的熟悉聲音。這個世界上，除了記憶中逐漸模糊消失的親生媽媽之外，她是我最愛的，也是我唯一的馬迷。

我最捨不得馬迷去上班了，因爲她一離開，我就要獨自面對這個空蕩蕩的家。每當她換好衣服，摸摸我的頭對我說：「妹狗乖，馬迷上班！」我便懷著沮喪的心情踏出沉重的步伐，依依不捨的低下頭，自動走進籠子，眼睜睜看她將籠子關起來。然後，開始一整天難熬的漫漫長日，癡癡等待她下班回家。

那一扇熟悉又陌生的小門，決定了我和把鼻馬迷之間最近或最遙遠的距離。門裡與門外，一條條細細的鐵絲，便隔絕出我的地獄和天堂，卻也是開啟我跟他們快樂接觸的橋樑。

即使我已經習以爲常，默默接受這種枯燥無聊的生活安排，但是我不懂，爲什麼只要他們出門，我就必須趕鴨子上架似的被關進籠子，不能夠讓我自由自在的待在家裡，這究竟是什麼道理？那種每天步入牢籠的肅殺氣氛，好像做錯事的小孩正在戰戰兢兢接受處罰一樣，並且是日復一日、年復一年，有如無期徒刑般的終身囚禁，然而，我並沒有犯錯啊！

對於出門上班這段時間如何安置我的問題，把鼻和馬迷也曾經認眞思考過。將我整天關著無法活動，長時間下來，不論身體或心理都會受到影響，萬一發生火災，無處可逃又沒有人救我，幾乎是死路一條。但如果讓我獨自在家裡沒有限制地到處亂跑，他們不放心，怕聽到一點聲響或任何風吹草動，我會無法控制地叫個不停，吵得鄰居不得安寧。這便是我剛來到家裡時，他們很傷腦筋而無法決定的兩難。幸好大樓有健全的火災警報系統跟自動灑水設備，綜合考慮的結果，讓他們的放心大於不放心，所以原來的不放心也變得較爲放心了。

把鼻和馬迷對我說話都是輕聲細語，從來不曾大聲喝斥。他們眞的超有耐心與愛心，如果我的大便黏在屁屁旁邊或是後腳的毛上面，就抱我到廚房流理台，以熱水沖洗，擦拭後再用吹風機吹乾。若太大塊沖不掉，就只好拿剪刀直接剪掉。

有時候我拉肚子，便盆不敷使用，不得已在磁磚上拉得到處都是，而且從廚房一路延伸到客廳，甚至還入侵臥室。一發現慘狀他們立刻分工合作：馬迷抱我去處理身上的便便，把鼻則小心翼翼像躲地雷似的清理地上一灘又一灘拉稀，從來沒有怨言。把鼻還會自我反省檢討說可能是給太多零食的後遺症。

我的自尊心很強，每次闖禍總是趕緊跑去躲起來不敢見人，心想這下慘了，不但很沒面子，也有可能會被修理一頓。好在把鼻和馬迷很講道理，個性又溫和，他們諒解吃壞肚子不是我能控制的，這種行爲不算犯錯。而且看我面帶羞愧的躲起來，可見我已經知道錯了，所以從來不會大聲責罵或處罰，讓我既安慰又放心。但弄得滿屋子都是味道難聞而且不好清理的大便，害他們一陣手忙腳亂的收拾善後，我躲在遠處，一切看在眼裡，實在有點過意不去，覺得很對不起他們，只能默默對自己說：「下次絕不再犯！」

唸國中的姊姊，每天除了讀書還是讀書。她大概是全家最可憐的人，在學校上了一天的課，被各種考試K得頭昏腦脹，回家仍有一大堆功課等著她。偶爾還會被把鼻馬迷嘮叨，就連我也敢欺負她，對她沒大沒小，常常騎到她頭上。

把鼻馬迷把姊姊教得很好，乖巧、文靜又有規矩，不但很有教養，也很有氣質。雖然是獨生女，從小就懂得跟別人分享。馬迷常常讓她帶東西到學校請同學吃，還要她將同學的生日一一記下來，陪她精心挑選卡片以及禮物，等生日當天帶去送給壽星。那位同學收到卡片和禮物時，不但意外又驚喜，而且倍感溫馨。

姊姊大概遺傳到把鼻，她的個性太過於禮讓，以至於在團體之中，除了唸書考試，其他方面完全無法與別人公平競爭。跟大家一起排隊玩溜滑梯，輪到她的時候，後面的小朋友一擠到旁邊，她就把雙手放開，身體往後退，自動讓位。任何排隊的場合幾乎都如此，總是讓那些不守秩序的插隊者屢屢得逞，她卻不生氣，這大概是我們家的傳統。

一群人照相，把鼻一定站在最後面，從來不跟別人搶，因此，他的團體照幾乎都是只露出一顆頭，甚至被遮住大半張臉的無聊奇怪照片。路邊停車時，明明前後都沒有車子，而且已經乖乖停在格子裡面了，還不斷往前或往後移動，說是要多保留一點距離，方便他人進出，結果自己的車卻超出格子外面，實在是禮讓得有點過分。

跟同事介紹把鼻和姊姊，馬迷會以不在乎又帶著玩笑的非正式口氣說：「這個是正本，那個是副本，我是抄件。」如此巧妙比喻，形容得貼切而不失幽默，對方往往露出會心一笑，說她三句話不離本行。

馬迷還教姊姊自我介紹的時候要說：「我的長相像把鼻，氣質像馬迷。」幾個字就將重點完全表達，而且兩邊都顧到，真是準確又圓融。

姊姊不會跟別人搶東西，也不懂得推辭，因此經常攬下一大堆學校的雜務回家。班上分配工作時，最多、最繁重的老是落在她身上，甚至連五、六個人分組課的作業，最後竟然莫名其妙變成她一個人包辦。當然了，她個人造的業，通常她自己是無法收拾承擔的，到頭來還是要靠把鼻馬迷的參與和贊助，以及情義相挺。

即使如此，把鼻馬迷仍然鼓勵姊姊要熱心公益，並安慰她說：「傻人有傻福，吃虧就是占便宜。」

把鼻舉他自己的實際經驗：有一次老師帶領全班到戶外教學，當時停在路旁對著一棵樹木講解，大家都拼命往前擠到老師身邊，凡事禮讓別人的把鼻，只好遠遠站在最外圍。突然間，發出一陣爆裂聲，位於邊坡的水泥路面承受不了太多人的重量而塌陷，一群人有如下餃子般紛紛掉進水溝，一旁的把鼻卻安然無恙。

果然吃虧就是占便宜，他也一直將這句話奉為圭臬。

唸小學時，姊姊有機會進資優班，原本以為是將她們集合在同一班就讀，後來才知道仍然留在原班級，只是必須經常離開，到別的教室上課。把鼻馬迷考慮到姊姊是個很需要朋友也很重視朋友的人，如果加入資優班，跟同學在一起的時間減少，會越來越疏離，她的人際關係可能變糟。況且他們覺得姊姊既不算資優，也不需要在小學時期就進資優班，讓應該快樂成長的童年生活被剝奪，便斷然放棄。他們覺得學業成績並不是唸書唯一的目的，求學過程以及同學之間的互動和友誼，才是人生更重要的成長體驗與無形的資產。重感情的姊姊，現在都還跟小學老師們保持聯繫。

馬迷對姊姊班上的事，比姊姊還要投入，因為辦公室離學校不遠，有著地利之便，可以就近照顧。她每天中午都要幫姊姊送午餐，所以也常常順便當她們班上的志工兼跑腿，有時候一天去好幾趟，很快就跟級任老師處得很熟。把鼻說馬迷如同隨叫隨到的服務生，她認爲這只是做得到的小事，何況幫別人也是在幫自己。

有一次老師跟馬迷聊天時，只不過隨口提起學校的飲水機壞了，想不到她立刻跳上機車，買來一箱礦泉水送到姊姊教室，效率之高、速度之快，不但讓老師十分驚訝，還不得不佩服她對班上的熱心程度。

馬迷是老師的最佳幫手，學校有什麼事情需要家長協助，總是第一個想到馬迷，她當然是義不容辭，從來沒拒絕過。因此，姊姊和馬迷就自然而然成地爲班上母女檔的「服務股長」。

有馬迷這樣的靠山，從小學到中學，姊姊在班上的人緣一直都相當不錯。同學和老師，對馬迷只有一句話，那就是：「感謝有妳！」

姊姊以前曾獲選爲交流大使，前往日本福岡參加「亞太地區兒童會議」（APCC）。學校選拔的最後一關是才藝表演，每個人都一本正經地拿出看家本領，不是彈鋼琴、拉小提琴就是跳舞。自認沒什麼特殊才藝的她，竟然現學現賣，選擇剛學會的魔術做爲表演，還沒大沒小的直接拿評審老師當她的助手兼道具，跟她們互動，反而讓老師對她這隻台風穩健的初生之犢留下深刻的印象。

會議期間，經過幾天的團體活動，認識了許多不同膚色和語言文化的外國小朋友，將台

灣介紹給他們，並且開心地與他們交流，也學到在台灣和學校所沒有的寶貴經驗。

大會活動之後的重頭戲是家庭生活體驗（homestay）。她們每個人被單獨分配住在日本小朋友的家裡，才小學五年級的姊姊，憑著不太流利的英語和幾句三腳貓日語，不但跟寄宿家庭溝通良好，而且相處融洽，頗有大將之風。尤其是她隨時面帶笑容、彬彬有禮的態度和自然散發出來的氣質，讓日本人全家都很喜歡她，覺得我們台灣小孩都這麼有教養。才相處短短的十幾天，就連在機場送行時，那兩位跟姊姊年紀相仿的姊妹，還流下依依不捨的眼淚。姊姊在日本的言行舉止，無形之中眞的替台灣加分不少。

頭一次離開家，而且是在陌生的國外住上兩個星期，她卻完全不怕生，也不會想家，很快的就跟日本小朋友打成一片，還玩得非常愉快，讓把鼻和馬迷大感意外，害他們白白擔心了兩個禮拜。因爲出發前就有嚴格規定，在日本期間是不能跟台灣家人聯繫的。

那一次的實際體驗，他們終於知道，沒有兄弟姊妹、看似依賴父母的寶貝乖女兒，個性可是相當獨立又堅強，讓他們感到十分欣慰。

日本行之後，姊姊寄宿的家庭也禮尚往來，全家人專程到台灣拜訪。把鼻馬迷事先替他們精心規劃安排行程，包括參觀總統府、拜訪坪林國小、參觀茶園和製茶工廠、逛士林夜市、台北一〇一、故宮、鶯歌陶瓷老街……還租了一輛遊覽車全家出動並且全程陪同，讓他們度過一次難忘的台灣之旅。回到日本，便又放心的將兩個小朋友送到台灣，住在我們家，體驗眞正homestay的樂趣和豐富多元的台灣文化。

把鼻說大概是我們家的熱情招待以及每個人的優秀表現，尤其是姊姊那氣質出衆、有如偶像般的魅力，讓日本小朋友念念不忘，所以一直很想再來，她們的爸媽也才安心讓小朋友到我們家。

從此以後，兩家更是成爲好朋友，每年聖誕節和新曆年便互寄卡片，就連雙方的每一位家庭成員生日都會特地寄禮物祝賀，直到現在彼此還有聯絡。

把鼻很自豪又驕傲地說，除了姊姊那次的交流任務之外，我們家還自動自發、出錢出力替台灣做了一次成功的國民外交，而且是細水長流的永續外交。這也是姊姊非常喜歡日本文化，持續學習日語的動力和原因吧！

我來到家裡，便搶走姊姊獨生女的頭銜與專屬的寵愛，她一點也不以爲意，還是一樣疼我、愛我。更重要的是，把鼻馬迷對我們的愛，彷彿一望無際的大海，沒有界限而且源源不絕、永不停歇，讓我跟姊姊天天沉浸在幸福的國度裡。

全家只有姊姊能任由我狂舔她的臉，甚至還常常跟我玩親親，眞的是有姊姊的風範與雅量。這大概因爲她是家中的獨生女，沒有兄弟姊妹陪伴，從小一個人孤獨慣了，突然多了我這個妹妹，讓她有機會成爲姊姊，過過姊姊的癮，當然疼我都來不及了。

把鼻馬迷說我的任務是要陪姊姊渡過這一段升學的壓力期，也就是做一個伴讀童子，所以我自然成爲她讀書之餘的重要調和劑。

對我來說，實在太簡單了！我們的本性喜歡跟人玩，又可以取悅人，並且我們也自得其樂，這叫做「摸蛤仔兼洗褲」。何況陪伴主人本來就是寵物的職責，是我們分內的工作，也是天經地義的事。我們不只陪主人一段時間，而是永遠跟他們在一起，一輩子都不願分開。

有人如此稱讚我們：「自從地球上出現人類以來，狗一直是人類最忠實的好朋友。」這句公道話總算爲長期淪落畜生罵名的我們平反，洗雪恥辱，也稍稍得到一點該有的尊重。

本來單純做一個稱職的陪伴者，應該是我到家裡的主要目的，也是把鼻馬迷的初衷，但是漸漸地，我反而成爲他們眼睛捨不得移開、雙手捨不得放開的最愛，這大概是他們始料未及的結果吧！

身爲人類忠心耿耿的伙伴，除了盡自己所能，做好寵物的本分，陪主人玩、幫他們看家等工作之外，我們狗狗一族還有各種不同的能耐，可以執行各式各樣的特殊任務，替人類提供更多的服務。例如眾所周知的牧羊犬、獵犬、軍犬、雪橇犬、導盲犬、緝毒犬、搜救犬、防爆犬……甚至還可以當起心理治療的狗醫師，對人類的貢獻實在無法估計，絕對不能小看我們。

把鼻以前服役的部隊有兩隻特別的狗，專司送往迎來，還兼具警戒與監視的功能。只要大老遠的幾十公尺外有人靠近，會立刻衝出去，一左一右跟著車子邊跑邊叫，興高采烈的迎接，同時也可以順便通風報信，警告裡面的人有長官來了，趕快做好準備。一進到營區便自動停下來，若無其事地走開。客人一上車，他們又開始追著車子邊跑邊叫，護送客人出門，直到一定距離才回頭，不愧是專業又盡責的迎客狗與送客狗。

我們從不挑選主人，也不會嫌棄主人，無論貧富貴賤、美醜或癩痢頭，始終不離不棄，甚至趕也趕不走，丟都丟不掉。人類形容狗的個性「戀人不戀住」，也就是說我們一輩子跟定了主人，所以常常演出千里尋親記。

我的同類們各個都是忠犬小八，不但赴湯蹈火，在所不辭，而且還是「滴水之恩，湧泉以報。」的表率。不要看我們平常很友善，跟主人撒嬌的溫馴樣，一旦面對陌生人或心懷不軌的壞人時，立刻露出凶猛的戰鬥本性來保護主人，甚至碰到危險時，更可以毫不猶豫地爲主人犧牲生命。我們的確將「狗」這個動物的特色和角色扮演得十分成功，不論人類頒給我們什麼頭銜，都當之無愧。

總而言之，我們替人類付出一切，沒有任何目的，也不需要什麼理由，只有兩個字可以形容，那就是天生的「義氣」。

我認爲每個家庭所飼養的寵物，都能夠算是心理治療師。因爲我們總是笑臉迎人，加上活潑好動的個性，喜歡跟人類在一起，可以帶來快樂的氣氛，感染周遭的人，讓許許多多原本鬱悶煩躁、負面畏縮甚至粗暴乖戾的個性，在我們長期陪伴互動下，得到關懷與安慰，無形之中逐漸改變。尤其動物小的時候，那超萌可愛的模樣，不知融化了多少人。這種心靈療癒的功能，是任何號稱高科技卻冷冰冰而沒有生命與感情的東西所無法取代的。

姊姊每天放學回家，便把自己關在房裡讀書，每隔一段時間才出來喝水、透透氣，順便看一看我。當她唸書唸到心煩意亂的時候，我就是最好的娛樂和調劑。而且神奇的是，她只要一抱起我來，原本的臭臉立刻展開笑顏，粗魯的拍桌咒罵，換成溫柔的輕聲細語，惡劣心情在瞬間轉變，累積了一肚子的怒氣全部消失不見，跟我玩一玩，便能夠定下心來，再繼續衝刺。

其實，我還有另一個作用，就是將把鼻和馬迷的注意力，在不知不覺中，從姊姊身上轉移到我的身上，解除了那四隻眼睛對她緊迫盯人的壓力，讓她可以稍微喘口氣。

我不敢說自己有多重要，但我眞的已經發揮一點點用處，有如一帖立即見效的抒發劑。姊姊平常在家裡的休閒活動，除了聽音樂之外，就是跟我玩，那短短幾分鐘，好像心理醫師的催眠安撫，調整緩和了緊張的情緒。而且因爲我的出現，減少一些她與把鼻馬迷之間可能發生鬥嘴甚至擦槍走火的機會。我也會盡力扮演好我的角色，希望用功唸書的姊姊能夠順利考上理想的高中。

四、大難不死

馬迷老是喜歡將「好東西要與好朋友分享」這句話身體力行，發揮得淋漓盡致，並且擴及到精神層面的「好心情要與好朋友分享」。因此，拜馬迷之賜，才剛到家裡不過幾天的我，已經開始聲名遠播，我們家養狗的消息不脛而走，很快就傳遍她的辦公室。

本來這也不是什麼大不了的事，她卻把它當成生女兒一般的喜悅，巴不得趕快讓那些麻吉好朋友與同事們知道。

馬迷有一位同事，她唸幼稚園的女兒很喜歡小狗，但是從來沒有抱過甚至摸過寵物之類的動物，對狗狗一直又愛又怕。幼稚園老師要她們選一種動物觀察，因爲她家不養寵物，還在左思右想煩惱著如何是好的時候，馬迷那張心直口快的嘴巴和愛分享的個性，就像一場及時雨，讓她的問題迎刃而解。

馬迷大概認爲我既不咬人，而且體型超級迷你，外表可愛很有親和力，小朋友看了不會感到害怕，正好可以充當她的課外教材，體驗一下寵物帶給她的感受，並藉這個機會消除她對狗狗的恐懼，是最好的對象。

其實那時候我眞的是太小、太不適合了。我的眼睛看不清遠處的物體，平衡感也不行，連正常走路都有問題，更不用說要跑跳、和別人互動玩耍。而且我還沒適應家裡的新環境，又才剛打過預防針，抵抗力弱，很容易感染疾病，根本不應該隨便讓我和陌生人接觸的。

馬迷什麼都會，就是不會拒絕別人、跟別人討價還價，不知道這是她的優點還是缺點。把鼻也是如此，就連姊姊也遺傳了這種特質。

曾經當過小學老師的馬迷，職業性的本能以及同樣身為母親對小朋友的愛心，在這個節骨眼便自然流露出來，加上她助人為快樂之本的個性，同事聊天提起，隨口問問，她二話不說，便很爽快的答應。

於是，約好星期日到家裡，進行小朋友的校外參觀課程。這也是我們家第一次有客人來訪。特別的是，主角並非把鼻、馬迷或姊姊，而是我這個新的一員。

那一天，馬迷提早將我關進籠子裡，等待客人到來，我也暫時失去平日可以到處趴趴走的自由，那種感覺彷彿又回到寵物店，要再重操舊業似的。

馬迷特別將我的籠子放在靠近大門旁邊，任何人只要一進來，第一眼就可以看到我。

同事到我們家，她女兒還來不及脫鞋打招呼，就馬上被我吸引，自動走到籠子旁邊，目不轉睛的盯著我看，露出既興奮又有點害怕的眼神。馬迷和同事不斷鼓勵她，要她自己試著伸出手摸摸我，她還是提不起勇氣，遲遲不敢靠近，更不敢伸手，只保持一段距離站著看我。

既然她連手都不敢伸出去，本來應該讓她隔著籠子看一看，碰一碰我就好，沒想到馬迷實在太積極過頭了，她早已看穿小女孩那種既期待又怕受傷害的矛盾心理，就乾脆把我從籠子裡抱出來，並且當成玩具，大大方方交給她。

內心喜歡卻害怕的動物被送到面前，她終於鼓起勇氣，半推半就的伸出雙手將我接起來。不過，並不是很安全的抱在懷裡，而是兩隻手伸直，抓著我的前肢那種危險動作。

第一次碰觸到毛絨絨、活生生又會動的小狗，她一定相當興奮。但是接過去之後，她仍然面露猶豫之色，看起來沒什麼信心，一副有如臨淵履薄的害怕模樣。

其實戰戰兢兢的應該是我，我都已經雙腳懸空的處在隨時會掉下去的驚險狀態，她又站得直挺挺的，那種高度是我身高的好幾倍，看了都覺得腳底涼涼的。

完全沒有危機意識的馬迷，竟然放心收回她的雙手，要讓她試著自己抱我。馬迷放開手後，只剩下她一個人獨自抓著我，不曉得怎麼回事，也許是馬迷一收手沒有了依靠，安全感頓失，緊張之中她的雙手突然鬆開，我重重的掉在地上，立刻昏過去。

如果她是蹲著抱我，可能就不會發生這樣的事情，至少不是這麼嚴重，我的後腳不會離開地面，或是距離地面比較近，再怎麼摔也不至於如此。而且照理說，一般頭上腳下的姿勢，掉下來應該是後腳或下半身先落地，算我活該倒楣，卻莫名其妙的頭部著地，直接碰到堅硬的磁磚。

馬迷看到我躺在地上一動也不動，還傻乎乎的說：「奈也安捏（怎麼會這樣）？」把鼻更是嚇了一大跳，他聽到那陣清晰的頭殼撞擊聲，知道這下子大事不妙，有可能我被這麼一摔，再也醒不過來而一命嗚呼。

他的心中突然閃過一個陰影，以爲多年前的魔咒又出現了。他趕緊說不要動我，靜靜的觀察，準備隨時送醫。幸好過一會兒我終於清醒，自己又若無其事地爬起來。等看到我的行動恢復正常，沒有什麼問題，他們才放下一顆糾結的心，總算鬆了一口氣。

俗話說：「是福不是禍，是禍躲不過。」這是我出生兩個多月以來，第一次在鬼門關前走了一遭。還好有驚無險，大概生死簿上沒有我的名字，老天還不想叫我回去。

我自己也不曉得到底怎麼回事，只知道從很高的地方掉下來，頭部撞到地板，便突然失去知覺，然後好像睡了一覺，又自動醒過來。把鼻說我眞是福大命大，那一天無疑是我的黑色星期天。

雖然那次意外我沒有受傷或丟了性命，把鼻仍然無法釋懷，心疼好久，還有點生氣。況且也不知道我的頭部跟身體被這樣重重的一摔，會不會留下什麼後遺症，擔心了一段很長的時間。

他怪馬迷太不小心，竟然將二個多月大的我交給怕狗又不敢摸狗的小朋友抱，甚至安心的將雙手放開，卻沒有一點危機意識，把活生生的我當成訓練同事女兒膽量的工具，根本是拿生命開玩笑。他也怪自己，未能隨時注意我的安全，並且發現危險，立刻採取防範措施。

馬迷對這件事更是相當自責。她的同事和女兒也很無辜，本來高高興興到我們家，想要對既喜愛又害怕的動物多一點接觸與認識，消除內心的恐懼，卻因爲主人一時的大意疏忽，平白無故造成一樁意外事件，目的沒有達到，更多了一層不安的陰影。從來不曾犯錯的馬迷，也因爲那一次的馬失前蹄而懊惱不已。

原來，把鼻從小到大與狗狗相處的歲月中，竟然有許多傷心往事，他們家的狗不是生病而死，就是意外身亡。印象最深的，是誤吃家裡的老鼠藥，連獸醫也束手無策，只能眼睜睜看著他毒性發作，痛苦地嚥下最後一口氣。另一隻外出遊玩，突然癲癇發作倒在自家門前的水溝裡無法動彈，被只有十幾公分深的水淹死。他們家的狗，竟然沒能活到終老的，幾乎都是英年早逝。

最慘的是上一次。那是跟我差不多大的狗底迪，本來他們高高興興從花市將他帶回家，準備要好好的疼他、愛他、照顧他。然而，來到家裡才三天，就得了狗狗腸病毒，住院後還是挽回不了他的生命。

雖然還來不及認識，狗底迪的離開，仍然令他們非常傷心難過。把鼻永遠忘不了，下著雨的晚上，三個人來到動物醫院，望著狗底迪那雙不肯閉起來的眼睛和嘴角滲著血而蜷縮的小小身軀，不爭氣的馬迷和姊姊早已淚流滿面。想到才二個月大、什麼都不懂的他，美好的一生還未曾開始，便要經歷如此劇烈的痛苦而走向結束，實在令人不捨。

把鼻想不通的是，上天既然讓狗底迪來到這個充滿希望的世界，卻連一點希望都不給他，這樣的生命究竟有什麼意義？

即使經過了這麼多年，失去狗底迪的傷心往事逐漸淡忘，他們仍然提不起勇氣，不敢再一次嘗試養狗。因爲心中一直有個陰影，彷彿他們家的寵物全被貼上「養不大」或者「活不久」的標籤，深怕這種情形會再度上演，擔心逃不過魔咒的糾纏，不願拿無辜的生命做爲籌碼，跟上天打一場沒有把握的賭注。

我有機會來到家裡，是把鼻馬迷忍耐這麼多年，而且下了很大的決心，才終於勉強接受的。這次意外，又撕開逐漸癒合的傷口，並再度牽動他們敏感的神經。從此以後，就特別提高警覺，對我更加小心的照顧與防範，絕對不容許再有任何閃失。

我覺得他們對我太過於保護，又太在乎我，把養我這件事當成一個神聖而嚴肅的任務。生命看似柔弱，但有時也會無比堅強。生死是命中注定，凡事只能順其自然、接受安排，無法強求。何況世事難料，沒有什麼不可能，誰曉得在這個地球上，下一秒會發生什麼事，何必苦苦執著於不確定的將來而整天提心吊膽。還是把生死的事放下，交給上天，好好把握現在，快快樂樂過眼前的日子吧！

五、察言觀色

不記得從什麼時候開始，天資聰穎的我，便無師自通的學會察言觀色。

每當馬迷一面看電視一面擦眼淚，我就默默坐在旁邊望著她，不敢打擾她，要求抱抱。如果聽到她提高嗓門，說話音調上揚，而且音量變大，好像開始要罵人的時候，便趕緊躲到一邊去，以免被流彈波及，遭到池魚之殃。

除了對細細長長的物體特別敏感，凡是尖銳又鋒利的器具我也格外注意。把鼻正在切水果或拿著刀子四處揮舞走動，我一定跟他保持距離，絕對不會爲了想吃水果而傻傻的靠過去，必須等到他手上的刀子放下，確定安全無虞才走近他身邊。我生來就知道，應該遠離那些閃閃發亮、令人不寒而慄的東西，要是不小心碰到，肯定會倒大楣的。

平常溫和教訓我的時候，馬迷會面帶微笑伸出手掌，做出五指並攏、左右擺動，好像賞人耳光的樣子。那種有如扇子搧風的動作，我是沒在怕的，只把它當成跟我招手。我也知道她是開玩笑，警告的味道大於實質意義。把鼻還發揮豐富的想像力，說馬迷是不是在示範塗果醬，或者她的手癢，還是磨刀霍霍，等一下準備殺豬宰羊。

馬迷在小茶几上放了一支愛的小手，那是她以前專門用來對付姊姊的武器。姊姊升上國中之後，愛的小手沉寂了許久，家裡多了我這個小淘氣，記憶力太好的馬迷，不知從什麼地方又把它找出來，現在終於重出江湖，準備替天行道。逼得我不得不繃緊神經，隨時小心謹慎，乖乖接受這個傳家寶的洗禮。

它的形狀就像縮小版的人類手掌，大概馬迷嫌她的手不夠長，所以要借助愛的小手來延伸她不容挑戰的權威。我當然知道它是做什麼用的，因此，平常都盡量離它遠遠的。

其實它只是擺著好看，象徵性地放在那裡嚇唬我而已。那東西就像農夫必備的稻草人，只能拿來安慰自己，應應景罷了，根本趕不走一大群囂張的麻雀，反而成了稻田裡的裝飾品和農村不可缺少的吉祥物。

馬迷幾乎很少用到它，頂多做做樣子、虛晃一招。就算眞的想打我，她的手才剛碰到，還沒來得及拿起來，我已經一溜煙跑得不知去向，常常慢了一步揮棒落空，老是打不到而徒呼負負，只能望著棍子嘆息生悶氣。總之一句話：她的手是快不過我四條腿的。

通常會請出愛的小手，大多是因爲我的叫聲太吵，讓她的耳朵受不了。仔細探究起來，並非我犯了什麼錯，而是別人的行爲惹我生氣。有時候我面對落地窗叫得太專心又太起勁，忘了螳螂捕蟬黃雀在後，一不注意屁股被無影手突然地來那麼一下還是挺痛的。只不過，被嚇到加上面子掃地的羞愧心理，更甚於肉體的疼痛。

愛的小手出馬時，通常我都是走固定的逃命路線，立刻躲進窗簾裡面，學鴕鳥的笨方法，讓半透明的薄紗窗簾蓋住我。這招果然有效，投鼠忌器的馬迷不敢眞的打下去，便放下屠刀轉身離去，我緊張的心情和對峙局面瞬間消失瓦解。

如果馬迷還鍥而不捨的窮追猛打，拉開窗簾繼續跟過來，我就沿著落地窗鑽到更深更安全的沙發後面，順便進去探險一番。等躲得差不多了，覺得馬迷大概不想管我，也懶得理我，繼續去忙她的事，確定危機已經解除，我才會在她不注意的時候，從另一邊偷偷走出來，然後裝做若無其事的樣子。

每回從沙發後面繞了一大圈歷劫歸來，好像掉進福德坑似的，全身沾滿灰塵，白雪公主變成灰姑娘，把鼻和馬迷看到直搖頭，這下子又要讓他們傷腦筋了。

雖然我一再闖禍，不斷的製造麻煩，他們仍然能夠處處容忍我，從不發怒或惡言相向，也看不到壞臉色，只有時時露出關心的眼神。

每天早上第一個醒來，看到馬迷還在睡覺，我不敢移動身體，怕吵到她，都是靜靜的趴著。但只要發現她眼睛一睜開，即使仍然躺著還沒起床，我也會立刻行動，跑到柔軟的枕頭上東聞西聞，伸出舌頭舔一舔她的臉，或用前腳抓一抓，算是跟她道早安，然後開始爬上爬下，反正她已經醒了，也不怕我吵。看到我在旁邊，她都面帶微笑摸摸我的頭，跟我說：「妹狗早！」等把鼻幫我開門之後，才迫不及待的跑出房間，先去解放，再到客廳玩我的玩具。

就算平常過著簡單規律的生活，把鼻和馬迷也頗懂得利用假日適時享受，並且還能講求變化。

除了外出吃飯，他們每隔一段時間便會訂披薩。只要開始討論、打電話，我就側耳傾聽，滿懷期待的等著。過一會兒，「叮咚」的門鈴聲響起，我知道是披薩送來，又可以大快朵頤了。

從披薩一進門，它只是乖乖躺在盒子裡讓把鼻的雙手小心謹慎捧著，我的眼睛都還沒接觸它的廬山眞面目，鼻子已經受到極大的挑逗，口水也迅速分泌，忍不住快要滴下來。

一聞到這種難以抗拒的氣味，就好像吃了興奮劑一樣，渾身的細胞都活躍起來。我也隨著把鼻端披薩上桌以及來回穿梭廚房和客廳之間，準備餐具的腳步東奔西跑而忙碌異常。尤其是把鼻將披薩放在跟我一樣高的茶几上，打開盒子香味到處飄散又四下無人的時候，彷彿在考驗我，故意引誘我犯罪似的。難怪他們三不五時就要吃一頓披薩大餐，而且百吃不厭。

雖然令人垂涎的美食近在咫尺，我也不會偷吃，因爲我是有教養的小孩，我知道任何東西他們一定會跟我分享。不過，無論怎樣克制自己，也按捺不住大量湧出的唾液，還是會不斷的舔舌頭、吞口水，眼睛不時望向冒著煙的無敵超級好吃披薩。

我偶爾仰頭深呼吸，在還沒品嚐之前，讓鼻子先喚醒沉睡的味蕾，並想像一下，待會兒即將輪到嘴巴咀嚼與喉嚨吞嚥那種眞正觸覺加上味覺的完美感受。然後便坐在一旁，耐心等著把鼻、馬迷和姊姊過來，一起開動。

全家吃披薩餐，不但可以吃到口感與味道獨特、鬆軟Q彈的披薩，又能夠嚐一嚐從來沒吃過的香噴噴烤雞肉，甜甜辣辣眞的很過癮。這是我偶爾吃到比正餐和零食還要好吃的食物。

對把鼻馬迷來說，這只是很普通的一頓飯，是標準的懶人速食餐，甚至有人說它是垃圾食物，但在我眼裡，已經是不折不扣的大餐了。何況這並不是我的正餐，而是額外的午茶點心。

想不到他們的食物跟我的零食、乾飼料竟然有這麼大的差別，不但香氣誘人，而且美味無比。人類的世界眞是處處有驚奇，這樣的東西我吃過一次就絕對不會忘記，眞希望天天都能吃到。

把鼻馬迷也知道我只能吃狗狗專用的食品，尤其是太鹹或油炸的，所以儘量節制，不讓我吞下太多不健康的東西，像巧克力那種對身體有害甚至會要我們命的，絕對不會給我。然而，每次帶回來的食物，一進家門那陣撲鼻而來的香味，對我簡直是致命的吸引力。他們在享受著炸雞腿、炸排骨、炸魚排或炸蝦時，看到我露出興奮又期待的眼神，加上我超級天眞無邪的笑容，便毫無招架之力。因爲不忍心讓我遭受聞得到卻吃不到的痛苦折磨，所以通常帶便當回家時，我一定可以如願以償，好好享受一番。

他們最常吃的是炸雞腿便當。馬迷會先將雞肉一小塊一小塊撕下，細心去掉多餘的脂肪，放到白開水中浸泡一下再給我吃。雖然泡過水，但它油炸的香味還留在雞肉裡頭，而且是一整塊實實在在的大腿肉，口感跟罐頭大餐的碎肉完全不同。每次吃完我都特別開心滿足，面帶微笑不停的舔嘴，不知道是太好吃還是吃得太多，控制不住嘴饞的毛病，嘴唇竟不聽使喚地自然張開合不起來，還有點歪斜漏風的樣子。馬迷常笑我說，我愛吃到下巴都快掉了。

我要東西可是有原則的，我會到把鼻馬迷面前露出招牌笑容，乖乖坐著等，從不用搖尾乞憐的方式。如果他們故意把頭轉過去，假裝沒看到或不理我，我就移到他們的視線範圍內，讓眼睛不得不看我。再不理我，只好站起來走過去，前腳直接踩在把鼻或馬迷的大腿上，提醒他們面對現實，不要再轉移焦點、顧左右而言他地閃躲了。

吃了很多口之後，他們暫時停止，我便到別的地方逛一下，再回來耐心等待。但是如果他們對我說「咩——有」，我等一陣子，確定眞的不會再給，便識相的走開，不打擾他們。我要表現出一副很有骨氣的樣子，反正我的肚量很小，很容易滿足，況且也享受得差不多，該適可而止了。

把鼻馬迷一起坐在餐桌吃飯時，我知道他們會搶著餵我，就來個「左右逢源」，先過去吃一口把鼻的，馬上又跑到馬迷那邊，吃一口她給的，然後再回到把鼻這邊。這樣可以充分利用時間，不必等太久，不但吃得更快更多，也讓他們有公平發揮愛心的機會。如此心繫兩邊，忙得不可開交，我卻樂此不疲，吃得異常高興。他們常常爲了趕上我的節奏，拼命剝雞肉而顧不得吃自己的飯。馬迷看我跑來跑去，還會借用一首正在流行的歌，笑著對我說：「妹狗很忙哦！」

等看到把鼻吃完飯站起來收拾便當盒，我就棄守他這一個沒有用的戰場，立刻轉移目標、集中火力，跑到馬迷那邊再接再厲。

把鼻跟我好像是哥兒們一樣，他的零食最後都變成我的零食，和我一同分享。

他喜歡吃黑胡椒豬肉乾，鹹鹹甜甜又辣辣的，是另一種我從來沒有嚐過的味道。尤其吃完舌頭會熱熱麻麻，好像快要著火似的，感覺非常特別。但是因爲它又乾又鹹，鈉含量相當高，吃完之後嘴巴很渴，會不斷的跑去喝水，以至於尿液變多，上廁所的頻率增加。因此，我對這種東西是既愛又怕，把鼻也儘量控制在我的容許範圍之內，只敢給我一小塊。

平常在家裡我雖然優哉游哉，看起來若無其事的樣子，其實我是以靜制動，銳利的眼光隨時都在注意把鼻和馬迷，並不是傻傻坐著而已。光憑我的鼻子，就可以嗅聞得出一丁點不尋常的氛圍，尤其是不上班的時候，他們如果睡得特別晚，讓我等得實在不耐煩，我就開始察覺不對勁。再加上起床後突然變得慢條斯理，跟平常一大早便匆匆忙忙趕著上班的日子完全不同，我知道那天一定是假日，絕對逃不過我的法眼。

我有預感，陽光普照、氣候宜人的假日，鐵定是把鼻開車出遊的好日子，所以總是上緊發條。只要坐在沙發上的他們突然同時起身並關掉電視，我料想到他們可能是要出門，就會跟著動起來。

我先試探性的對他們吼兩聲，如果他們繼續往房間方向移動，而且停下來開始換衣服，確定是要外出，便跑到他們面前瘋狂大叫，爲的是讓他們知道還有我，不要忘了我的存在，把我丟在家裡。同時，我會頭腦非常清楚的一面叫一面跑到我的外出專用袋旁，用嘴巴頂一頂或咬一咬袋子，拼命提醒他們：「我也要去！」甚至神情激動的往拉鍊猛鑽，想跳進袋子裡。直到馬迷說：「好啦！」並拉開拉鍊讓我進去，才鬆了一口氣，乖乖坐著等馬迷。我飆到快二百下的心跳總算可以慢慢恢復正常。

當馬迷將我揹起來，高高在上的時候，我的心中便響起一陣歡呼：「耶！我又可以出去了！」光看我的嘴巴和表情，就知道我有多高興。目的已經達到，自鳴得意的同時，也充滿了準備跟馬迷去浪跡天涯、勇闖世界的豪氣。

我實在太愛跟他們出門了，深怕自己落單被留在家裡，所以一定要使盡渾身解數，對他們大吼大叫，甚至表演咬袋子，無非就是要引起他們的注意，而這一招幾乎每次都可以得逞。

同樣的叫，把鼻聽得出來我的叫聲之中細微的差異。這種跟平常發怒時的吼叫不同，除了剛開始氣急敗壞和耍賴般嚷嚷外，叫到後來，還帶有一絲絲懇求。因爲從來不喜歡低聲下氣哀哀叫的我，只好很有尊嚴地用嘴巴表達。他說我這輩子會求他們的就只有這件事，眞是我的「知音」。我的意思很簡單，用人類的語言表達出來就是：「我很想去！我一定要去！我非去不可！」

在我的認知裡，許多事情仍然有輕重緩急之分，我總以爲那是我煞費苦心，努力向把鼻馬迷爭取來的。其實，就算我沒有大吵大鬧，他們知道我此刻錯綜複雜的心情，捨不得把我丟在家裡獨守空閨，自然會帶我出去，我只是瞎操心，多此一舉而已。但本性難移，這齣無傷大雅的戲既然已經演習慣了，就繼續給它「搬」下去吧！

把鼻馬迷也會對我使詐。他們採取化整爲零的方式，趁我不注意，不動聲色的一個接著一個偷偷溜進房間換衣服，再出來客廳集結，想讓我措手不及。但他們的目標太明顯了，轉個頭、伸個手我都知道，何況是在我面前移動巨無霸的身體，當然逃不過眼尖反應又快的我，每次都被我識破詭計而無法得逞。想跟我耍花樣，門兒都沒有！

騙不了我就只能動腦筋另外想辦法。有時候他們逆向操作，反其道而行，跟我玩起整人遊戲，故意關掉電視走進房間假裝要換衣服，讓我緊張得一直跟在後面，還拼命對著他們大叫。等我叫得差不多，氣勢已盡，準備收工了，他們才又若無其事的回到沙發上坐好並打開電視。我頓時愣住，一臉吃驚樣，他們的眼神卻在偷笑。那種從激動萬分的心情突然轉換爲靜止狀態，實在令我很無言，差點被搞得精神錯亂。難怪把鼻小時候會被他家的狗咬，是不是生活太枯燥了，需要這種無聊的遊戲當作調劑，才拿我窮開心？

明明知道可能又在騙我，但是因爲出門的機會難得，我抱著寧願錯誤九十九次，也不想錯失一次的心理，只好一再的配合下去。

有一次我誤判情勢，看到姊姊拿出袋子，一時不察，當成是我的外出專用袋，以爲她們又要出去，情急之下，趕緊搶著跳進袋子裡，結果全家沒有人行動，只有我在瞎起鬨。後來才發現那是姊姊的旅行袋，聞起來味道完全不同，而且她們根本沒有要出門。這下子糗死了，大家都在笑我，乾脆來個死不認錯，賴在袋子裡面不肯出來。還好我這個毛小孩不像人類，不然我的臉可能會變成豬肝的顏色。這不能怪我，要怪就怪上天，送給我兩顆辨色力異常的眼睛，分不出袋子的顏色和花樣，害我惹出這種超沒面子的風波。

除了辦正事必須將我留在家裡之外，通常把鼻馬迷都會帶我一起出去。就連平常一大早下樓丟垃圾，不需要我再三提醒，她也自動抱著我出門，讓我透透氣、散散心。馬迷帶我下樓時，電梯門一打開，如果裡面沒有人，她會先放我下來，讓我自己走進電梯，等抵達一樓走出電梯，快到大樓外面時，再將我抱起來。剛開始我都是跟在馬迷後面，等走幾次熟悉路線了，就搶在她前面，換成我來帶路。

她總是不疾不徐地跟著我，一小一大，一前一後，形成一道特殊風景。這樣的外出，安詳而平靜，跟馬迷揹著我或坐把鼻車子那種激動又飛揚的心情截然不同。

電梯這東西真的很有意思，尤其第一次搭電梯下樓，站在一堵高牆的前方，馬迷按一下按鈕它便自動打開，若不是親眼目睹，還真不敢相信世上有芝麻開門這回事。一走進去，轉個身，門又自動關起來，實在神奇得很。它的四面都是牆壁，有如一個大箱子，而且在我毫無準備時就開始往下降，那突然下墜的重力作用，心臟好像要跳出來，全身都覺得怪怪的。

搭電梯上樓回家，又是另一番不同的體驗。當電梯上升到達定位停下來，地面會猛然震動一下，馬迷她們人類的身形體重可能沒什麼感覺，但擁有四隻腳、平衡感超好，身體又如此輕盈的我，反應當然比她們敏銳，一點點晃動都能察覺。等門一打開，走出電梯，踩在堅硬的磁磚上，就像從空中回到地面，內心隨著安定下來，有一種出外遊歷之後，終於回到家裡的實在感。把鼻語帶雙關地說，這就叫做「腳踏實地」。

漸漸習慣以後，我愛上電梯，每搭一回，就如同到遊樂場坐了一趟刺激的自由落體。

我的記憶力和方向感超強，每次回家，無論是搭左邊或右邊的任何一部，只要走出電梯，我一定第一個衝到我們家門口，等著馬迷開門，從來不會出錯。糊塗的把鼻就曾經認錯樓層，還沒到家便提早走出電梯，把別人的家當成自己的家，拿鑰匙去開門，直到打不開才終於醒來。好在屋主沒出來罵人。也難怪他會搞錯，因爲大樓的每間房子長得都一模一樣，沒有我這種聰明伶俐的頭腦，是很難分辨的。當時把鼻也許專心在思考著某件事情或是顧著跟鄰居講話而大意疏忽。後來馬迷乾脆在我們家門口放了兩個可愛的陶瓷人偶，用來清楚辨認，又可當作擺飾，美化單調的空間，還能友善歡迎別人光臨，眞是一顆比我還厲害的腦袋。

有時候天還沒亮，馬迷一隻手將我抱在懷裡，另一隻手提著垃圾走出家門，然後我們便安靜的站在電梯裡，沒有一點聲音，也沒有任何干擾，時間彷彿暫停。封閉的空間，只有心跳聲混合著呼吸聲，那是完全屬於我們的世界。或者跟馬迷一起走在空無一人的大樓裡，只聽到馬迷輕聲對我說：「妹狗，向右轉！」、「妹狗，向左轉！」偶爾還不忘稱讚鼓勵我一下：「妹狗，棒——棒！」這種感覺實在很溫暖。

我非常珍惜這樣的外出，雖然只有短短幾分鐘，卻是接下來必須獨自待在家裡一整天才換來的小確幸，而且還不一定每天都有。

那一次又一次的上樓與下樓、開門與關門，就算天天陪著她搭電梯丟垃圾，心無旁鶩沒有雜念地在家門口走一圈，做爲一天美好的開始，我已經非常滿足。

六、狗正妹

我是超小型的迷你瑪爾濟斯，白色濃密的毛，柔軟而有點自然捲，外號白雪小公主。

麗質天生的我，擁有迷人的甜美笑容以及穠纖合度的身材，就像會到處移動的娃娃狗，讓人目不轉睛又愛不釋手，每個看過我的人都說我長得很可愛。借用一個廣告詞來形容自己：「我的個子有點小，卻是剛剛好。」

把鼻封我爲狗正妹，馬迷則說我根本是狗界的林志玲，難怪他們會叫我「美狗」。其實，長得美或醜，都是老天給的，自己不能選擇，即使親生父母也沒辦法保證。況且，我們的世界並不像人類那麼在乎漂不漂亮，也沒有美醜之分。不過，可能是愛屋及烏的關係，在主人眼裡，就像自己的小孩，都是全世界最可愛的心肝寶貝。

我們寵物界外型越特別、數量越稀少的，反而越受人類青睞，甚至被視爲珍禽異獸，身價水漲船高，變得奇貨可居。沒辦法，這世界上什麼樣的人都有，總會出現一些不同興趣、價值觀迥異的愛好者。

自從來到家裡，與把鼻馬迷朝夕相處，出門在外不但顯得很有教養，而且看起來與眾不同。馬迷稱讚我和姊姊，說我們兩個都是氣質美少女。

跟他們天天生活在一起，我幾乎已經忘記自己是狗，換另一種說法就是「我的狗性已經被馴化，甚至徹底被同化了。」所以我比較接近人類的習性，不會有狗狗的一些壞毛病。

把鼻馬迷把我當成家人，同樣享有受到尊重與平等對待的權利，凡是我有理由、正當的抗議，他們大都會接受，而且我的抗議經常奏效。反正只要是應該有的好康好料，我的那一份絕對少不了。

冰雪聰明的我不常犯錯，玩具和家具我分得一清二楚，雖然把鼻和馬迷沒教過，從小我就不會亂咬家具，也不曾偷吃東西，所以很少有被罵或挨打的經驗。這大概是我的玩具太多，不需要咬其他的東西來發洩，況且我的嘴巴和牙齒都很小，根本咬不動那些堅硬巨大又笨重的物體，當然更不會不自量力去嘗試了。

我的個性和把鼻一樣，都是居家型的溫和派，沒有侵略性，不曾惡狠狠的嚇唬人，所以一點也不兇，對人完全不構成威脅。而且我又長得如此超級可愛，不但沒有人怕我，反而具有吸引力，幾乎很少人能夠拒絕看我一眼。

我不像一般常看到那些既臭屁又好動，還帶有一點神經質的小型狗，坐在主人機車上一路狂叫，下車猛踢後腳伸懶腰，一副準備往前衝的鬥牛樣，平常都表現得很冷靜而且鎮定。馬迷說我很「定著」，大概是沉著穩定的意思。把鼻更誇我是一個很懂事又乖巧的小孩，他們帶我出去，在外面的表現，連那些沒有禮貌、毫無家教的小孩都比不上。枉費他們生爲人類，還占盡了天時與地利的所有資源優勢，在把鼻眼裡，根本是人不如狗。

我有自己的分寸和標準。例如嘴巴張開的時候，舌頭不能吐得太長或歪到一邊垂掛著，因爲這樣不雅觀，容易流口水，而且不夠莊重，看起來像在傻笑。尤其我的嘴巴特別短，舌頭伸出來太長，整個畫面不協調也不好看，如果不小心又流口水，嚴重一點的話，可能會被誤認爲是一隻得了狂犬病的狗。除非跑得很喘，必須張大嘴巴、伸長舌頭以便快一點散熱，或是特別高興，嘴巴始終合不起來，才會忘了舌頭的存在。

我也不會傻傻的追著自己的尾巴不斷轉圈圈，這行爲就如同陷入一種沒完沒了的輪迴，分不出起點與終點。有時還會越轉越快，像停不下來的輪子，自己無法煞住，一直要到筋疲力竭或自願放棄，那可笑的動作才會結束。而且頭昏腦脹，早已忘了剛剛爲什麼轉圈圈。

通常尾巴癢的時候，我都是直接轉身坐下來就可以咬到。不知道是小時候平衡感不好還是姿勢跟角度不對，每次轉了一、兩圈便因爲重心不穩而自動坐下。後來我記得這個小撇步，抓住要領，就不必再像笨蛋一樣，不斷轉圈圈了。

狗狗喜歡追著移動的物體跑，尤其是一群狗，更有互相競爭和激勵的作用。但如果那物體突然停下來，追逐的目的與動力一旦消失，便愣在那裡，面面相覷而茫然不知所措。把鼻說這是因爲他們心中沒有自己的思想，只是盲目跟著跑，靠著群體互相壯膽、湊湊熱鬧瞎起鬨而已，根本不曉得爲什要追、究竟在追什麼。套一句人類經常說的話叫做「不知爲何而戰」。

相當了解狗狗的把鼻，知道我們有這種習性，遭到追趕並不會嚇得驚慌失措四處奔逃，而是胸有成竹、沉著鎮定地應付。

首先，故意放慢速度讓他追上來，等距離拉近時，來個緊急煞車。突然被迫跟著停下，可能摸不清狀況而感到莫名其妙，心裡正在納悶這是怎麼一回事。接著把鼻立刻轉身面對他，而且眼神銳利地瞪著他。這時，雙方形勢瞬間扭轉，被追的已占上風，還沒回過神來的狗狗，由原本意氣風發的興奮狀態，一下子跌入莫名的遲疑，開始戒愼恐懼，不知該前進還是後退。如果把鼻再迅速蹲下去，假裝要撿石頭，他便轉身夾著尾巴準備逃跑。若頑固地心存觀望不肯放棄，只好就地取材，順手撿起石頭或棍子做爲嚇阻與自衛的武器，跟他拚到底。

把鼻用這套心理戰的方法嚇跑許多兇惡的狗，所謂「不戰而屈人之兵」，避免正面對決甚至被咬的可能。他說這叫做「惡人沒膽」。當然，萬一碰到膽子夠大又打死不退的，就換成他要跑了。

以前他們部隊裡的大狼狗，不乏狠角色，其中一隻最兇的，號稱六親不認，連每天餵他吃飯的士兵都照咬不誤。去那個班哨之前，要先打電話叫人將狗綁好，到了門口再次確認外，還得隨時警惕，小心謹慎地進去，否則仍有可能被他掙脫繩子衝出來。

有一次把鼻晚上到班哨巡視，一時大意，漆黑中他突然從後面衝出來，偷襲騎機車的把鼻，在小腿上咬了一口。雖然套著兩件厚長褲，還是被咬穿而受傷，實在有夠厲害。他才不管軍官或是小兵，只要膽敢闖進他的勢力範圍，一律利牙伺候。

我這些特質除了可能先天的因素使然之外，還有一部分大概是後天的家教造成。因爲姊姊是氣質美少女，我這二女兒有個好榜樣，當然要向她學習、跟她看齊，不可以讓把鼻馬迷漏氣，也不能讓姊姊專美於前。

小時候吃泥狀嬰兒食品我都是用舔的，一小口一小口慢慢品嚐，吃相還算優雅。長大之後，吃罐頭或熱水泡軟的食物，就開始狼吞虎嚥起來。把鼻馬迷給我小塊牛肉或雞肉，也是一口吞下，根本不必咀嚼，漸漸露出狗族的本性。

喜歡到處觀察的把鼻發現，我吃硬的東西時，常常歪著頭啃咬，甚至會斜眼看人。那是因爲我們靠長在旁邊那兩排強而有力的牙齒來撕裂、咬斷並磨碎食物，嘴巴一用力，頭自然就歪一邊。有時要把堅硬的食物甩到嘴巴旁邊，所以會不停的搖頭晃腦，而頭一歪，眼睛當然斜著看人了。

牙齒是上天送給我們最方便又好用的武器，而且是隨身攜帶的致命武器。我們在攻擊時，只要咬住對方，頭一定不斷的左右甩動，這樣可以造成最大的傷害，置對方於死地。人類總算識貨，知道將最具爆發力與破壞力的牙齒稱爲犬齒，可見我們的厲害了。

平常我們習慣用舌頭到處舔，吃完東西更是不斷的舔嘴巴，那並不是嘴饞，而是我們天生愛乾淨，又沒辦法像人類可以隨時洗臉，只好用舌頭和口水來清潔嘴巴的周邊。以人的眼光看起來，可能有點噁心，但這種方式才是眞正的環保又健康，因爲我們的口水不像洗潔劑或肥皂，絕不含刺激性的化學物質，不傷皮膚、不會汙染環境，又不必浪費大量的水資源，可說一舉數得。

我們大概是最喜歡笑的動物。不需要任何理由，沒事就張開嘴、伸出舌頭，隨時笑臉迎人。因爲我們的心情一向都很愉快，尤其看到主人的時候更是特別興奮，舌頭跟嘴巴不夠用，還要再加上更多的肢體語言，包括猛搖尾巴甚至不斷跳躍或原地轉圈圈，才能表達心中的快樂。

狗狗會笑不稀奇，許多動物都會笑，只是很少被注意到而已。我們臉部肌肉和神經的構造也許沒有人類那麼發達，表情比較不豐富，笑起來可能不明顯，實際上我們的內心是眞的在笑，而且很高興地笑，絕對不是只有在人類臉上才看得到那種皮笑肉不笑、笑裡藏刀或一肚子壞水、奸詐邪惡的笑容。

動物會笑這件事把鼻最淸楚，因爲他都是用心在看、用心在體會，並且用心去對待所有的生命。

他最喜歡看我們笑，覺得笑容是最美的風景，是一幅賞心悅目的圖畫，看到我們笑，一切煩惱煙消雲散，任何人也會被感染。

有人說，微笑是一種禮貌，是全世界共通的語言，更是一帖良藥，它不只可以緩和緊張與尷尬，還能化解干戈、泯除恩仇，是最佳的和平使者。

把鼻認爲嘴巴除了吃飯喝水之外，是要用來談論有意義、有建設性的道理，而不是讓人閒閒耍嘴皮聊八卦，說一些言不由衷違背良心的話，或當做罵人、傷害別人的工具。

在家裡我不會無緣無故的隨便亂叫，破壞自己的形象，除非犯了我的大忌，讓我無法控制而發怒起來，才不得不扯開嗓門，平常都是安安靜靜的。而且經常亂吠，可能會被當成瘋狗，用厭惡歧視鄙夷的眼光看待，一般人碰到，當然躲得遠遠的，避之唯恐不及了。

剛來到家裡的時候，因爲屋子太安靜，加上我超級靈敏的耳朵，一點點噪音就會引起我狂吠，吵得把鼻馬迷不知如何是好，怕干擾到鄰居，因此，只要我一出聲，就立刻幫我戴上一種台語叫做「狗嘴籠」的專用口罩，要讓我警惕警惕。

那東西原本是防止有攻擊傾向的狗張嘴咬人，卻用在我這個淑女身上，實在太小題大作，也有點諷刺。而且還必須大費周章的先套住嘴巴再綁在脖子上，戴好之後整個臉幾乎被蓋住，只露出兩顆眼睛，彷彿是一隻長相怪異的野獸。我們狗狗一族行走江湖全靠這一張嘴，現在威風盡失、尊嚴全無，不但很沒面子，而且信心與安全感也跟著被沒收，眞是奇恥大辱。

戴著它很不舒服，連呼吸都覺得困難，尤其是無法隨心所欲地伸出舌頭、張嘴開懷大笑，當然非常不習慣，一直想將它弄掉。由於我的嘴巴短得特別迷你，就算把鼻買最小的尺寸，我仍然能夠開口狂叫，要讓我閉嘴的功能完全失效。而且一戴上不久，立刻就被我扯掉，沒有一次能夠維持五分鐘。

把鼻覺得這樣發揮不了嚇阻作用，他也看到我總是露出沮喪的神情，連平時的行爲都變得不一樣，我心裡的感受可想而知。爲了不傷害我的自尊，體諒我大吼大叫是無法控制的情緒發洩，也是我的本性，不應該以這種懲罰的方式阻止我正常的反應，後來再也沒看到它。

「知過能改，善莫大焉。」實在太感謝了！

人家說：「狗掀門簾，全仗一張嘴。」這句話似乎頗有道理。嘴巴的確是我們闖蕩一生必須靠它的「家私」兼獨門武器，不過，我們這張嘴跟人類那張嘴的功用是截然不同，根本不能相提並論。人類甚至發明「狗嘴吐不出象牙」這種惡毒的語言，拿我們的嘴來比喻他們自己同類的賤嘴，不但有指桑罵槐的嫌疑，聽起來更刺耳，根本是在污辱我們。照把鼻客觀公正的說法，他認爲講這句話的人，才眞的是嘴巴裡吐不出象牙來。

人類經常掛在嘴邊的成語中，用來罵人、諷刺別人，不雅而且非常難聽的形容詞，幾乎都跟狗有關，長久以來，被消遣糟蹋也已經習慣了。還好，我們和人類有一個相同的地方，就是「成也那張嘴，敗也那張嘴。」由此看來，人和狗孰優孰劣、孰高孰低，幾乎難分軒輕，總算可以爲我們狗狗家族扳回一城，贏得一點面子。

把鼻從小的飲食習慣，水果不是飯後甜點，而是正餐的一部分，所以絕對不能少，並且有好幾種選擇。他們吃水果的時候，也很慷慨的分給我，還特別爲我切成小塊水果丁，放在我專用盤子裡方便我吃，就連不需要牙齒咬的香蕉都幫我切好，眞是服務周到。

以前把鼻家裡養的狗，不知道是眞的不吃水果還是從沒給水果吃，所以他一直有錯誤的觀念，以爲狗狗不喜歡吃水果。想不到我這個怪胎，竟然意外解開存在他心中多年的疑惑，顚覆原本被誤導的刻板印象。

我喜歡水果，不論香蕉、蘋果都是來者不拒，甚至柳橙汁也照喝不誤，不但可以嚐試平常幾乎吃不到的各種酸酸甜甜的味道，還能幫助消化、養顏美容。只不過我的口味與嗜好改變得很快，本來喜歡吃的某種水果，過一段時間之後，可能隨著心情不同或是吃膩了，就會突然連一口都不想碰，讓熱心爲我準備的把鼻猜不透什麼原因。我也不知道，大概跟我對玩具的態度一樣，沒有道理可言。喜新厭舊、好惡分明應該是小孩子的通病吧！

除了臉部的黃金比例與招牌笑容之外，我全身最可愛的地方非小屁屁莫屬。每當咬著零食如痲豆走秀般輕快優雅地從廚房穿過飯桌，直接奔向我的橘色大臥墊時，馬迷便會嗲著聲音說：「好可愛哦！」尤其她替我穿上鑲有蕾絲邊的小褲褲，走起路來更是風姿綽約，特別迷人，連她都忍不住要暫時停下手邊的工作，目不轉睛盯著我看。我察覺馬迷在看我，總是不好意思地加快腳步跑起來。其實我是怕東西被搶，那種天生對別人覬覦目光潛在的防衛心理。

我偶爾會罹患皮膚病，到診所治療，要先將患處的毛剪掉才能擦藥，擦的又是有顏色的藥水，處理完畢，原本潔白漂亮的外表就像貼膏藥似的坑坑巴巴，成了不折不扣的癩皮狗。更糟的是，醫師還特別爲我套上防咬項圈，避免我去舔咬患處，那樣子眞的矬死了！

這長得像一朵大喇叭花的東西，不曉得是哪個傢伙發明的。它原本只是一塊不起眼的塑膠片，朝我頸部神奇一扣，馬上變成這副德性，放在我細緻高雅的脖子上，和我的小臉蛋完全不相稱，簡直醜到不行。

跟一般項圈不一樣，它會使我左右視線受到侷限，頭也感覺重重的，行動變得不方便，上半身宛如中了陷阱、被夾子夾住似的很不自在。而且戴著那玩意兒，我身上癢的時候就咬不到、搔不到也舔不到。尤其是經常發癢的耳朵和尾巴，平常習慣轉過身子抓一抓、咬一咬的，現在必須忍著痛苦暫時跟它們告別，實在不舒服。就連想要趴著休息，頭都卡卡的無法平貼地面，不知道要放哪裡、怎麼擺才好。

我覺得戴著它的時候，把鼻馬迷很像在竊笑，雖然我看不見自己，但是從他們的表情也猜得到。那東西一上身，我總是極力抗拒，想盡辦法就是要把它弄下來，最後不是被我咬掉，就是心軟的把鼻替我拿掉。他知道我只要戴上它就渾身不對勁，不但心情惡劣起來，還變得一臉蠢樣，惹得他們一副想笑又要忍住不笑的怪異神情。因此，除非皮膚病嚴重，醫師特別交代，幾乎很少使用。

爲了方便帶我出去玩，把鼻馬迷幫我準備各種齊全的外出用具，除了手提塑膠籠子、大旅行袋和可以將四隻腳露在外面像嬰兒揹袋之外，還有我專用的水壺和放零嘴的盒子。而且他們會事先查清楚，一定是要我可以去的，因此，每次出遊我都玩得很盡興。

把鼻馬迷開車帶我去過的地方多到數不清，除了碧潭、貓空、深坑、烏來和台北市區之外，基隆的廟口夜市、北海岸風景區、九份老街、石門水庫、新竹等，都有全家人的足跡。我們曾遠征台中東海大學，還在校園裡面那一大片柔軟的青草地上盡情奔跑。

爲了不讓把鼻長途開車太辛苦，最近馬迷正在打聽，改天想帶我坐火車或搭高鐵到更遠的花蓮、台東和南台灣旅行，眞是超期待的。

把鼻是穩紮穩打的計畫派，凡事都要詳細規劃、準備充分，有把握了才會去做。

他經常上網搜尋可以帶寵物一起住宿的旅館，但是願意接納我的好像少之又少。那些號稱對寵物友善的旅館，絕大部分都規定寵物要另外集中管理，也就是說我不能跟著把鼻馬迷進入房間，要和他們分開睡覺，而且有可能是被單獨關在籠子裡。他們實在不放心把我交給別人照顧看管，因此，我一直還沒有和他們在外面過夜的機會與經驗。

有一次全家興致勃勃地開了將近二個小時車子到新竹山區，好不容易才找到宛如世外桃源的農場，竟然規定寵物不能進入室內，實在大失所望。還好有露天座位，把鼻馬迷和姊姊心甘情願陪我坐在室外，頂著大太陽用餐。隨遇而安的把鼻，說我們的午餐多了一道菜，而且是免費又健康的陽光維他命。

雖然把鼻的資訊有誤，忘了事先電話詢問，讓我們的旅行美中不足，打了折扣而有點掃興；但是面對眼前如詩如畫的風景，全家人可以一起享受完全放鬆的假日時光，已經值回票價，那一點小小的不方便，早就被拋在腦後了。何況不論坐在室內或室外，都沒什麼差別，反正我同樣是賴在馬迷身上。

那一整天，我們置身於群峰環繞的森林與農地，徜徉在大自然懷抱裡，呼吸著沒有污染的新鮮空氣，眼前是藍色天空和綠色山巒。把鼻他們悠閒喝著下午茶，輕鬆自在隨意聊天，我也懶洋洋地做我的白日夢。

山上的感覺特別好，完全沒有平時在家裡的匆忙緊張，也不像假日逛市區的擁擠吵雜。

想不到簡單的生活可以這麼愜意，這是我第一次度過如此舒適愉快的一天。

對我來說，只要能坐把鼻的車和全家人出遊，我都很高興，至於時間的長短和去什麼地方，那已經不重要了。

馬迷則是勇往直前的行動派。她做任何事情從不考慮可不可行，也不擔心會不會成功，只要是對的、想做的或必須做的就盡全力去完成。她經常掛在嘴邊的一句話就是「管它三七二十一，反正做了再說。」

她超有guts的，每次帶我到餐廳，都能說服店員讓我進去，並且再三保證我很乖，絕對不會驚動別的客人。

好幾年前，姊姊還在唸小學的時候，我們家附近有一間剛開幕不久的火鍋店，被路過的老饕把鼻發現，便帶著全家前往嚐鮮，順便看一看，感受一下他們的服務態度、用餐環境和整體氣氛。

才第一次見面，把鼻馬迷就跟誠懇熱絡的年輕老闆聊得很投機又投緣。他的每個員工都像是經過挑選訓練似的，非常有禮貌而且服務親切，幾次之後，便熟得跟老朋友一樣。因爲把鼻馬迷和老闆的好交情，半途才加入食客團的我，不需勞駕馬迷浪費口舌，自然是愛屋及烏的把我當成重要客人看待。這是我們去過對寵物最友善的餐廳，也或許是我才有的特權吧！

每隔一兩個星期我們會去吃一次火鍋，除非被別人捷足先登，每次都是固定的座位，連我也不例外。馬迷通常讓我坐在她的左邊，那是最裡面靠牆壁的位置，我被她的身體擋住，比較不會讓其他的顧客發現。姊姊在馬迷的右邊，我們三個女生始終是同一陣線，睡覺如此，在外吃飯坐椅子也一樣。把鼻則是永遠一個人在我們對面，形成一邊一國而且明顯懸殊的態勢。

馬迷將我藏在最裡面並不是怕我吵到別人，而是不想讓小朋友看到，那會吸引他們過來跟我玩，甚至可能激怒我。因爲根據她的經驗，許多被縱容慣壞的小孩，一到外面有如脫韁野馬，進餐廳才幾分鐘，便像一尾坐不住的蟲，開始動來動去，胡亂撒野放肆，把糟糕的行爲污染散播給別人。

他們不是鬼吼鬼叫吵吵鬧鬧，就是跑來跑去把餐廳當遊樂場，偶爾還會不小心弄翻湯汁飲料，甚至打破杯子碗盤。一旁只顧忙著吃東西的大人視而不見，完全放任不管，也許根本管不動。或者以爲是在自己家裡，當場教訓起來，大聲責罵，甚至把小孩揍得嚎啕大哭，影響他人的用餐心情。

像姊姊這麼安靜的，實在很難看到。我跟姊姊一樣，都是乖乖坐著，躲在馬迷身旁，從桌子底下往上看著她，耐心等她給我牛肉，絕不會毛毛躁躁、沉不住氣的打擾她。

吃火鍋時，馬迷先幫我燙好一堆牛肉片放在碗裡，等涼了之後再撕成一小片一小片的拿給我吃，好像在餵小朋友一樣。涮煮過的牛肉沒有調味比較清淡，不過它吸收湯汁裡蔬菜的甘甜，軟軟的入口即化，不必費事又費力地咀嚼，比我的食物好很多了。

我總是一口吞下一塊，馬迷一轉頭，都還來不及拿第二塊，我已經好整以暇地等她了。那一小碗牛肉兩三下就被我吃光光，還意猶未盡的舔著嘴。因爲是在外面，火鍋又沒有炸雞和披薩的香味，對我不是很有吸引力，吃完就自己安分的靜靜趴著休息，不再向馬迷要東西。

雖然不能夠像在家裡無拘無束、自由自在，畢竟這是我跟他們一起在家以外的地方吃飯，機會難得，用餐的感覺往往勝於食物本身。

在那裡，不但可以品嚐健康美味的食物、受到熱情的服務，也見證了歲月的痕跡與世事的變化。

姊姊從小女孩長大爲婷婷玉立的美少女，我由小蘿蔔頭蛻變爲成熟的狗正妹。而年輕老闆也從辛苦的開店創業到穩定經營，繼而擴大營業，開了另一家分店。更令他們驚訝的是，聽到那位跟馬迷熟如姊妹的元老級店員，突然升格爲老闆娘！

唯一沒變的是人與人之間眞誠的對待，以及把鼻馬迷跟老闆和老闆娘那一段維持了將近十年的友誼。

馬迷每次點的火鍋，永遠都是同一種，從來不會改變，把鼻建議她嚐嚐別的口味，她就是不想。馬迷說人生簡簡單單就好，吃飯對她並不是最重要的，因此，不必花太多腦筋在吃的事情上。

十年來，馬迷坐固定的位子、吃固定的牛肉鍋，可說一路走來，始終如一。我也一直跟著她坐同樣的位置、吃一成不變的牛肉，學習她執著的人生態度。在瞬息萬變的時代，連人心都不斷在改變，這應該算是一種難得見到的修養吧！

把鼻曾聽同事說，有人從第一天上班到退休，三、四十年都坐同一個位子、重複處理著同一項業務，甚至每天早餐吃的都是同一家的燒餅油條和豆漿，眞是堅定不移。不過，跟我們狗狗一族比起來，這並不算什麼，我們住在籠子裡，吃飯睡覺都在一起，何況還要過一輩子呢！

我動如脫兔、靜如處子的功夫，在家裡與外面，運用得恰到好處，所以從來不會讓把鼻馬迷丟臉，常常吃完飯出來，其他客人都沒發現我的存在。除了有一次因爲鄰桌的小朋友吵得太不像話，想給他一點教訓和警告，忍不住叫了幾聲，才暴露我的行蹤。

一段時間之後，我也小有名氣。我們經常去的火鍋餐廳，店員們都認識我，習慣把鼻馬迷帶著我一起用餐。每次看到我，一定要過來打招呼，叫我「小美女」，說我好可愛。我總是嬌羞的躲在馬迷後面，她伸出手來，我就順從的讓她摸一摸，還跟她握手。反而沒看到我的時候，會覺得奇怪，怎麼少了一個，還主動問起馬迷：「今天小美女爲什麼沒有來？」

把鼻馬迷對我說的話，只要是短短的二個字或三個字，像「咩有」、「棒棒」、「坐車車」、「吃肉肉」、「去洗澡」、「去散步」、「曬太陽」等，我大部分都聽得懂。這要感謝把鼻和馬迷，將所有的專門用語掛在嘴邊，像錄音機似的不斷放送，從小就不厭其煩的灌輸，對我耳提面命。把鼻沒事還故意講特別敏感的字眼逗我，害我聽了信以爲眞，常常豎起耳朵、瞪大眼睛興奮期待，卻空歡喜一場。

有時把鼻會喃喃自語，唸經似地說一些我聽不懂的話，我就露出很茫然的眼神望著他。明明知道我聽不懂，他仍自得其樂地對著我發聲，好像把我當成練習催眠的活道具。這大概是他的個性太過於壓抑，人前強顏歡笑，回到家裡又不敢發飆，無處宣洩的結果，只好對著空氣講話。他白天所累積的壓力，都要靠半夜在睡夢中磨牙，才得以釋放掉。以前的壞習慣既然改不了，現在有我陪他，正好拿我當作抒發情緒的對象。

眞希望我能夠聽得懂人類說的話，甚至可以像把鼻一樣開口說話，如此一來，我就不必經常像鴨子在聽雷，而完全沒有隔閡地進入他的內心世界了。

鏡子確實很奇妙，一塊不起眼的玻璃，竟然深藏不露，猶如一間房屋，可以裝得下那麼多家具。在我眼中，它毫無疑問是個有魔法的東西。

小時候把鼻將鏡子放在我面前，我不知它的威力，第一次看到鏡中的自己，被嚇了一跳，心想怎麼突然出現一隻狗。當時還不曉得那是我，只覺得動作跟我一模一樣，而且我看著他，他也一直在瞪我，但是聞起來卻一點味道都沒有，讓我困惑很久。後來漸漸習慣鏡子裡的影像，才終於理解，那就是我，我原來長這模樣。

我不會像鬥魚一樣，對著鏡子裡的自己吹鬍子瞪眼睛，做出想要攻擊的舉動。我也不喜歡照鏡子，嚴格地說，甚至是有點討厭它的，因爲一看到鏡子我就笑不出來，有一種畏懼加上防備的心理。

把鼻發現這個天大的祕密，老是故意抱我到鏡子前，說照鏡子是讓我看淸自己的長相，要我勇敢面對自己，這種行爲實在很幼稚。

他將我朝向鏡子，我就把臉轉過去，看別的地方，一離開鏡子，又自動轉回來，始終不願正視它，好像跟鏡子有仇，一副很不屑的樣子。

把鼻認爲，我如果不想看鏡子，只要閉上眼睛就好了，幹嘛一定要把頭移開。他始終想不透，我爲什麼會如此倔強，抵死不從，猶如緊閉嘴巴將臉轉來轉去拼命抗拒不肯乖乖吃藥的小朋友。

他覺得我的反應很有趣，就像一種同性相斥的磁鐵玩具，因此，常常故意抱著我在鏡子前晃來晃去，然後突然停在空中，觀察我的反應。

他知道怎麼控制我的頭向左轉或向右轉，從右邊接近，我就向左轉，從左邊靠近，就向右轉，把我當成猴子耍，只能無奈的接受，讓他玩個夠。把鼻還藉機取笑我，說我這種動作到底是「老死不相往來」還是「近鄉情怯」，簡直是天才的弟弟——天眞。

爲什麼人類可以花那麼多時間盯著自己的影像搔首弄姿，還百看不厭？要是我，就連站在鏡子前一秒鐘也不能忍受，何況還自戀的對著鏡子擠眉弄眼，實在搞不懂。

對我來說，照鏡子無關乎美醜，只是突然看到裡面有個長得跟我一樣的毛頭小子，會令我嚇一跳，而且有一種視覺空間的錯亂感，深怕會掉進去或是突然伸出一隻手把我抓進去，覺得毛毛的。套一句人類的慣用語叫做「看到鬼」。

因此，我對客廳地上那一面比把鼻還要高的超級大更衣鏡總是敬鬼神而遠之。它還故意擺在廚房的門邊，就好像一個鎮守著進出客廳與廚房必經之路的魔王大怪物，任何人都無法躲開它。平常從廚房要到客廳，我都目不斜視的快步通過，不敢在它附近稍稍逗留。偶爾敵不過好奇心驅使，才會壯著膽子，趁把鼻馬迷不注意時，走到鏡子前聞一聞，再用眼睛的餘光偷偷瞄一下鏡中的自己。

夏天氣溫高的時候，我喜歡直接趴在地上，貼著冰冰涼涼的磁磚很舒服。把鼻如果開冷氣，怕我的肚子直接接觸地面容易著涼感冒，好心抱我到墊子上，過一會兒我覺得熱，便跑到地上，他一發現又將我抱回墊子。經常這樣移來移去，實在有點煩，乾脆找個安靜的角落，離他遠遠的，才終於不再管我。

這情節就像人類世界中，不斷重複上演踢被子與蓋被子的戲碼。身爲子女的，總是把關心視爲囉嗦、找麻煩，不過天下父母心，雖然兒女再怎麼討厭、抗拒，甚至翻臉，他們仍然無怨無悔，從不停止付出。

我的罩門就是喜歡讓人摸肚子，而且只要把鼻或馬迷的手一舉起來，作勢要摸我，本來趴著的我就會自動翻過身子躺著，肚子朝上，而且四隻腳開開。

馬迷說我這個氣質美少女擺出這種姿勢有點不太雅觀。其實這是我們狗狗天生的本性和自然反應，是用來表達我們恭敬、臣服或想要釋出善意與友誼的方式。尤其被我最信任的把鼻馬迷摸肚子實在很舒服，有時還會情不自禁的猛踢後腳。而且我完全不需要存有戒心，久了就成爲我和他們之間的默契，也是一種習慣性的反射動作，根本不必經過大腦思考就自動做出來，眞的沒辦法控制。

我們跟人類不一樣，身體並不怕癢。因爲把鼻天生超級怕癢，好奇又愛搞怪的他，想知道我是不是跟他一樣，曾試過搔我的胳肢窩，我一點反應也沒有，反而是腳底肉墊的間隙比較敏感。逮到這個弱點以後，常常喜歡捉弄我。他總是左手抓起我的腳，伸出右手手指撓我的腳底，我一覺得不舒服便會立刻把腳縮回來。被鬧得實在受不了，便站起來走開，找個地方清靜清靜。我明白他只是在跟我玩，並沒有惡意，不會做出咬人的樣子。我用這種溫和消極的方法，是要點醒他，我不想玩了，讓他自討沒趣，曉得應該收斂一下。

有時候把鼻會將我從地上抱起來往上舉，然後突然下墜，快到地面之前才好像又被接住，他說這叫做「愛到最高點」。被往上拋再自由落體般的往下掉，然後在最終一刻突然停止，那種迅速上升又迅速下降，用身體去對抗地心引力的感覺很奇妙，比坐電梯還要刺激百倍。玩的時候他當然安全無虞地緊緊抓著我，但是有懼高症的我並不喜歡，尤其把鼻抱著我將雙手舉起來，在我眼中幾乎是人類的好幾層樓了。

同樣也有懼高症的姊姊，小時候特別喜歡，因爲這種高度對她一點也不構成威脅。她經常對把鼻說的兩個字就是「抱高」，並且要連續玩好幾次才過癮。直到姊姊的體重漸漸增加，已經快要舉不起來，而她也有自知之明，不好意思再讓把鼻抱高才停止。只是小時了了，長大以後膽子卻越來越小，懼高症迅速發酵。

有一次姊姊跟把鼻馬迷去遊樂園玩海盜船，當大家都坐定，開始擺盪到一半高度時，她突然用特大號的音量聲嘶力竭地狂喊「停！」一連好幾聲。工作人員以爲發生什麼事，只好停止機器讓她們下來。這時，全船的人無不用異樣眼光看著她們，害把鼻和馬迷滿臉歉意，慚愧得低著頭趕快帶姊姊離開。雖然有點丟臉，但那種能夠喝令他人、掌控全場的氣勢，也算是一次難忘的經驗與了不起的事蹟。

把鼻什麼都可以玩，我在走路、跑步、玩玩具甚至上廁所時，他就幫我配樂，把我當成演員在演戲。他的嘴巴會吹出高頻率的口哨聲，也能模仿類似唐老鴨低沉而口齒不清的怪聲，還可以快速摩擦手指頭發出聲音。那跟另一種彈手指的清脆響亮聲不同，而是低沉的沙沙聲，雖然音量很小，但它的頻率對我而言卻是不折不扣的噪音。我的耳朵本來就對聲音特別敏感，把鼻又老是喜歡在我耳朵旁邊摩擦他的手指，製造各式各樣的噪音，被惹毛了便張開嘴假裝要咬他。

我覺得把鼻那些行爲實在很無聊，又相當令人討厭，他卻樂此不疲，彷彿是他跟我相處時打發時間的小小遊戲和樂趣。也許他只是單純的好玩，想吸引我的注意，也許這是他的好意，要把握在家裡的機會跟我互動、逗我開心，當成對我的補償吧！

把鼻以前沒聽過狗狗放屁，以爲我們不會放屁，直到第一次聽見我發出響亮的聲音，而且非常臭，他才終於又從另一個錯誤的印象中扭轉過來。蘇東坡是被佛印「一屁過江來」，把鼻則是被我「一屁醒過來」，同樣一個屁字，佛印只是玩玩文字遊戲，紙上談屁而已，我才是眞正不折不扣的狗臭屁。

難怪他偶爾會聞到一股不曉得從哪裡飄來的臭味，卻始終找不到兇手。每次馬迷發現我放屁，大聲說「好臭哦！」的時候，我就會不好意思的自動走開，人家也是有羞恥心的，連我自己都覺得臭，何況是他們。

把鼻說放屁就像人一樣，聽得出不同的個性，有的溫和，有的陽剛，有的無聲無息，有的具侵略性。

例如溫文儒雅、似有若無，在不知不覺中輕舟已過萬重山的叫做「無言的結局」；聲音輕柔，收尾上揚還帶著嬌嗔，彷彿想笑又不好意思笑的稱爲「美女撒嬌」；平地一聲雷，震撼力十足，突然轟得衆人措手不及的是「猛虎過關」；也有劈劈啪啪持續很長，逼得大家無處可躲的「機槍掃射」；忽大忽小、時有時無，聲音混濁不清的悶燒狀叫「稀飯開鍋」，眞是見解獨到。

其實我放屁的次數遠不及把鼻和馬迷，家裡大部分的臭氣都是他們製造的。因爲我吃的量比他們少很多，也較爲清淡，不像他們的食物那麼複雜，平常放出來的氣體並不怎麼臭，除非吃太多零食。況且他們有三個人，三個特大號排氣孔輪流上場的機會和比例自然更高。

人類經常喜歡吃一大堆他們所謂美食的東西，又是蔥、蒜、麻辣，又是燒、烤、油炸，配上山珍海味大魚大肉，根本是在滿足口腹之慾，窮盡味覺的享受。那些食物經過消化、分解與發酵之後，所產生的氣體，味道當然無比濃郁而強烈，跟固體的大便幾乎不相上下，簡直是大便的傳令兵，它的威力更不容小覷。尤其把鼻馬迷的體型跟我天差地遠，所釋放出來的人造瓦斯，不論質或量都相當驚人，幾乎可以直接把我薰昏。

以前我聽到他們放屁，還傻呼呼的想尋找聲音來源，並自投羅網湊過去到處聞；現在學聰明了，鼻子特別靈敏的我，一聞到他們釋放出來的毒氣，當然要立刻逃命、迅速跑開，而且越遠越好。

雖然我是短腿族，但爆發力十足，跑起來速度相當快，如果以身材比例來計算，絕不輸給奧運金牌選手。

客廳是我的遊戲間，也是運動場。把鼻喜歡把自己的手當成我的假想敵，玩起「一二三木頭人」，逗得我經常發了瘋似的繞著飯桌拼命跑，有時一連跑了十幾圈才停下來。雖然氣喘吁吁，對我來說，每天能夠發洩一下體力，反而覺得很過癮。因爲他很少帶我出去走路，沒什麼機會運動，才利用這種方式訓練我四肢的肌肉和反應，順便可以滿足一下他自己的玩興。

我小跑步的動作最特別，姿勢也最優美，跟走路或快跑完全不同。小跑步時，平常彎曲的四條腿會伸得筆直修長，撐起整個身體，就好像一部正在運轉而緩緩向前移動的機器。行進中，把鼻如果一直盯著我看，看得我不好意思，便加快腳步迅速通過。此時，我的四隻腳不斷的交叉擺動，有如一群人在跳芭蕾，簡直讓他眼花撩亂，分不清哪一隻是前腳哪一隻是後腳。把鼻還故作天眞地說，我比人類多出二隻腳，爲什麼從來都不會絆倒。

馬迷揹著我出去的時候，我習慣將頭和前腳伸出袋子，可以眺望外面的世界，也看得更遠。這和龜縮在袋子裡，從旁邊的一小塊透氣窗戶看出去那種坐井觀天的感覺相比，實在差很大。

本來爲了我的安全，馬迷都是將拉鍊全部拉上，有一次沒拉緊，剛好留下一點空隙，我當然不能放過，便把握機會將頭硬鑽出去，前腳也一起伸到外面。她知道我喜歡這樣，後來就順著我的意思，讓我露出頭和腳，拉風炫耀的一路看個夠。

居高臨下的感覺很像坐空中纜車，跟平常站在地面上的視野完全不一樣，而且我又可以很舒服的趴著不動，只需要睜開眼睛盡情的欣賞。白天和晚上各有不同的風光，即使出大太陽或者下雨我也不必慌張，因爲馬迷會爲我撐傘，也會緊緊的將袋子往她身上攬，簡直是我的私家專用大轎子。她每走一步，我跟著搖晃一下，越搖我越快樂，一點也不覺得不舒服。

把鼻馬迷走路帶我出門，會經過一條狹窄的小巷弄，那其實不是巷子或道路，只是社區圍牆與建築物之間的長條形空地，除了擺放一些雜物和機車，也是住戶們方便進出，習慣走的捷徑。它的寬度不到三公尺，而且天黑之後變得燈光昏暗。不知道從什麼時候開始，每次晚上經過那裡，只要由大馬路一轉進去，我就自動迅速的把頭和腳縮進袋子裡，等過了那一段陰森森的通道，才會再探出頭來。

把鼻和馬迷注意我這個特殊的舉動很久，從來沒有一次例外，但是其他地方就不會有這種情形。他們猜想有幾個原因：可能只是光線太暗，我的眼睛看花了，或是膽子太小，把影子當成某種奇怪的東西；也許我真的有陰陽眼，看得到等在半路上的黑白無常，隨時準備帶我回去；又或者是那裡有一扇通往另一個世界的門，要將我拉向又深又看不見的黑洞，讓我害怕得趕快縮回袋子裡。這個存在他們心中的謎團一直都沒有解開。

把鼻將那裡取名爲「奪魂巷」。喜歡舞文弄墨的他，把文天祥〈過零丁洋〉的「惶恐灘頭說惶恐，零丁洋裡嘆零丁。」改成「逍遙肩頭說逍遙，奪魂巷裡嘆奪魂。」每次經過的時候，還不忘適時地拿出來唸一唸，眞是本性難移。

我的聽力非常敏銳，任何聲音絕對逃不過我的耳朵，就連一根針掉在地上我都聽得到。這種特異功能，對我來說只有壞處，卻一點好處也沒有，因爲我不必看家防小偷，更不是訓練有素的獵狗或警犬，不需要用到這一項與生俱來的專長；相反的，一點點聲響，就如同數十個擴音器放大出來的音量，搞得我沒辦法好好休息睡覺。尤其是震耳欲聾的煙火和鞭炮聲，我的耳朵活像是遭受到轟炸似的，簡直要把我的五臟六腑給震出來，每每令我狂吠不已。

我對某些頻率也特別敏感，像聽到把鼻的口哨聲，便會豎起耳朵，好奇的歪著頭看他，無法理解他身上怎麼會發出奇怪的聲音。他還常常故意在我面前嘟著嘴吹口哨，來引起我的注意，目的無他，就是想看我歪著頭、露出驚訝又狐疑的表情。

他小時候曾突發奇想，躲在廁所裡發音練習，由低到高發出不同聲音，爲的是要找到某一個可以產生共鳴的頻率。最後還眞的讓他試驗成功，他便樂此不疲地經常在廁所製造共鳴效果，讓整個空間振動起來，享受奇妙又莊嚴的感覺，眞是個愛搞怪的人。

把鼻的智障型古董手機快沒電時，發出刺耳的嗶嗶聲更是恐怖。對我來說，那根本是穿腦魔音，令我不寒而慄。每次聽到，我就非常害怕，一定趕快找個離它最遠的地方躲起來。

平常只要聽到把鼻或馬迷呼喊，我就會放下玩具，立刻跑到他們面前。有一次叫好幾聲都沒反應，費了一番功夫，搜索每個房間的各個角落，最後才發現我瑟縮在馬迷的衣櫥裡不敢出來。把鼻見到我，還天眞的問說：「妳在這裡幹嘛？」

第一次發生不尋常的怪異行爲，他們絞盡腦汁仍然想不出爲什麼。把鼻便發揮他追根究柢的精神，仔細觀察了一段時間之後，才終於找出眞正的原因，禍首便是他那支手機。

把鼻知道我特別怕這種聲音，從此以後，只要他的手機快沒電時，一定記得調成無聲狀態，以免又嚇到我。害怕的事總算少了一件，感謝貼心的把鼻，而且說到做到，絕不拖泥帶水，這方面他的腦筋倒是挺靈光的。

空氣中的各種味道我都非常有興趣，喜歡用鼻子去品嚐，一般花花草草的天然香味我還可以勉強接受，但是人工香精我就不喜歡。跟把鼻馬迷去公共場所，聞到很濃又刺鼻的香水味，常常害我猛打噴嚏，而且整個空間被汙染，讓我呼吸變得困難。把鼻說我的鼻子是空氣品質監測器，難怪我的同類可以擔任緝毒犬或防爆犬。

我對化學藥劑製造的東西，始終敬謝不敏，不知道爲什麼有那麼多人願意花錢購買，噴得滿身和滿屋子都是，還不只女生，連男生都喜歡用。殊不知，這麼一噴，不是把自己身體散發出來吸引異性的獨特氣息都沖淡掩蓋掉了嗎？有人到野外登山，因爲身上的香水味，引來虎頭蜂攻擊而受傷送醫，甚至失去生命，眞是始料未及，不可不愼啊！

把鼻以前當兵時，經常好幾天無法洗澡，就是使用一種叫做花露水的芳香劑來抑制臭味的。然而，身上的汗水混合香水，那種臭上加臭的特殊味道才眞正噁心。人類常說自然就是美，卻老是喜歡做這種違背自然的事，實在無法理解。

某些情況下，人的嗅覺也會突然變得特別靈敏。把鼻發現，每次運動完畢，進浴室要洗澡的時候，香皂的味道竟然變成阿摩尼亞的臭味。他猜想，平常聞到各種撲鼻的肥皂香味，大部分都是加上化學藥劑調製而成的，可能因爲鼻子長期被人造香料遮蓋蒙蔽，甚至麻痺，正所謂「入芝蘭之室，久而不聞其香；入鮑魚之肆，久而不聞其臭。」但是經過劇烈運動，不斷深呼吸之後，原本正常的嗅覺被激發出來或者還原回來，功能恢復了，因此可以辨別出肥皂眞正的氣味。這大概也算是另一種「反璞歸眞」吧！

我討厭害怕的事情，除了炮竹、打雷、手機快沒電的聲音和奪魂巷之外，還有一樣就是去看診。

我跟醫院好像天生犯沖、不對盤，每次上醫院都有莫名的壓迫感。只要把鼻馬迷抱著我走到門口，就覺得充滿肅殺的氣氛，心已經涼了一半；進入屋裡，再聞到刺鼻的酒精與藥水味，便開始緊張起來，心跳自動加速，連抱著我的馬迷，都可以感受得到我的胸前在打鼓；一站上看診檯，恐懼感迅速往全身蔓延開，彷彿卽將被推向斷頭台，逼得我快要尿出來。

還好，看診的時間並不長，通常幾分鐘便能解決。醫師很和藹，動作也都輕輕柔柔的，反而是等待看診的那段時間，讓我神經緊繃、坐立難安。這時候，我只有猛吞口水，偶爾擠出一臉傻傻僵硬的笑容，以掩飾我的害怕，其實那是在苦笑。

嚴格說起來，我並不討厭醫師，也不怕打針，但是就怕看病過程，有一種令我渾身不自在的氛圍。尤其那一座巨大又冰冷的看診檯，眞是我的剋星，只要被放到上面，我的腳就突然不聽使喚地猛發抖，而且四肢無力，動也不敢動，馬上變成「皮皮剉」的軟腳蝦。

那種心情就好像一個有懼高症的人站在懸崖邊緣，或是身陷茫茫大海，徬徨無助的狀態。我總是一直往馬迷身邊靠過去，很想躲到她的懷裡。把鼻馬迷知道我的處境，雖然極力安撫，摸摸我的頭、拍拍我的身體，並且對我說：「妹狗乖！」仍然消除不了我的緊張與不安。直到醫師看診完，一放我回到地上，心中的大石頭已經落下，變得輕鬆自在，馬上又生龍活虎起來。

出醫院大門，把鼻還會藉機消遣我，學起某個人的招牌用語說：「有那麼可怕嗎？」我也覺得沒什麼好怕的，但在那種情況之下，全身就是會不由自主的拉起警報。

不知道是不是因爲我長得嬌小，所以連帶的膽量也按照尺寸和比例跟著縮小。或者我的下意識就怕醫院和醫師，如同大部分的小朋友天生怕打針吃藥。

有的小朋友一聽到要打針便害怕得大哭，等到眞正刺下去的時候反而不哭了。他們會哭不是因爲疼痛而是恐懼，這應該是心理因素作祟吧！

我並不羨慕那些體型比我大的狗狗，因爲如果跟他們一樣，長得高大又強壯，就不能夠整天賴在把鼻馬迷的身上，而且沒辦法讓他們輕鬆的揹著出去外面到處逛，大部分的商家也可能怕嚇到客人不肯讓我進去。最重要的是，像我這樣的迷你體型，才能擁有如此可愛的長相，也才能吸引所有人的目光。

七、洗澡美容

剛來到家裡，因爲冬天氣溫低，我又很小，所以那段時間把鼻馬迷暫時不敢讓我洗澡。反正地板十分乾淨，在上面滾來滾去不容易髒，也沒出現奇怪的味道。

過了一個多月，我渾身已經變得又髒又臭，把鼻馬迷實在無法忍受。同時，他們覺得我漸漸長大，已經可以洗澡了，而且我的毛也過度發展，需要好好修剪一番，便興致勃勃地幫我買了全套美容用具，包括專門剪毛髮的剪刀、打薄剪刀、指甲剪刀、電動剃刀、大梳子、小梳子和沐浴精等，一應俱全。

那些不起眼的東西，都是專業級的修剪用具，就連小小一瓶寵物專用沐浴精，居然比把鼻馬迷自己的洗髮精還要貴上一倍，更別提其他東西了。

他們躍躍欲試，準備大顯身手，將幫我洗澡這件事當成家裡最重要的大事。那種熱情彷佛時光倒流，又回到十幾年前第一次當新手爸媽時一樣興奮。

起初，他們興沖沖的自己在家裡替我洗澡，幾次之後終於發現，幫我洗澡這個看似簡單的事情，不但不簡單，而且是一件大工程，甚至比姊姊小時候洗澡還麻煩。每次只要帶我進入浴室，門一關起來，便是一場辛苦的戰鬥。

大臉盆往中間一放，本來十分狹窄的浴室就已經有點擠了，再加上兩個大人蹲下來，連想要轉身都很困難。馬迷總是一馬當先，抓起蓮蓬頭、水一扭開，我都還沒有心理準備就往身上噴過來，將全身打溼。她迅速替我抹上沐浴精，接著爲我刷洗，把鼻負責幫忙固定住身體。做事超認眞又超用力的馬迷，常常讓我的四隻腳站都站不穩，身體被她推來推去，有點粗魯。尤其沖水之後，沾滿沐浴精加上泡泡的磁磚地板變得更滑，害我頻頻摔跤。

她有時用指腹推，有時以指甲抓，好像幫我按摩，又像在抓癢，抓得還蠻舒服的。全身每一個地方都仔細搓洗，特別是眼睛下方以及嘴巴四周最容易髒又很難清洗乾淨的部位，連耳朵和腳底也不放過，而且堅持用沐浴精洗兩遍。

沖水時馬迷一隻手護住我的耳朵，另一隻手拿著蓮蓬頭小心翼翼地由上往下慢慢沖，防止水跑進耳朵裡。她也不會直接對著我的鼻子沖水，以免我嗆到。一定要沖到看不見泡沫才算乾淨，一點也不能馬虎。

我一沖水之後，沒有蓬鬆捲毛的加持，馬上原形畢露，塊頭縮小一半，全身瘦巴巴，四隻腳細如筆桿。尤其是我最引以爲傲的臉蛋，什麼黃金比例都不管用，立刻變成凸眼小怪物，活像個ET轉世。把鼻和馬迷第一次看到我這個樣子也嚇了一跳，還語帶驚訝地說：「怎麼差這麼多？」眞的是人要衣裝，佛要金裝，我們寵物更需要一身漂亮的毛髮來包裝。

各種不同顏色、粗細、長短與形狀的毛，是狗狗家族的正字標記，也是永遠脫不掉的外衣。它不只讓我們看起來更顯得雄赳赳氣昂昂或者雍容華貴美麗動人，還可以像吹氣球一樣，將原本瘦弱的身材變成大一號的圓滾滾體型，用來虛張聲勢嚇退敵人，兼具僞裝與欺敵的功能。

把鼻馬迷幫我洗澡我覺得特別新鮮又好玩，總是活潑的動來動去，不斷舔泡泡，所以很難掌控。因爲新手上路不是很熟練，又怕泡泡或水流進我的眼睛、鼻子和耳朵，每次都顯得手忙腳亂，甚至全身被水濺濕。尤其天氣開始變熱之後，幫我洗完澡已經滿身大汗，衣服全都濕透了。但這才第一階段而已。

接下來馬迷用一條超大的毛巾幫我擦拭身體，再將我包起來，以最快的速度抱著我衝出浴室，轉移陣地到廚房流理台，展開第二階段的吹風和梳毛。

雖然我的體型迷你，但想吹乾我全身又多又長，況且自然捲曲的毛髮，不是三兩下就可以完成，仍要花一些時間。所謂慢工出細活，必須有耐心，不能馬馬虎虎沒有吹乾，也不可操之過急，將吹風機拿得太近或一直吹同一個部位，否則毛會過熱變形甚至燒焦，我的皮膚也可能被燙傷。同時，手指與梳子並用，一面吹一面不斷的以梳子將毛梳開，以免打結，手指還要邊感覺熱風的溫度和毛的濕度，吹到伸進根部摸起來是乾的才算完成。然後再幫我掏耳朵、剪指甲和修毛等最後程續。直到完全搞定，他們也幾乎半虛脫狀態了，眞的是在虐待自己。

卽使洗澡的過程如此繁複累人，他們仍不畏辛苦，盡力幫我洗了很多次。後來覺得自己在家裡幫我洗澡實在不夠專業，而且事倍功半，效率和品質都大打折扣，尤其冬天又怕動作太慢我容易著涼感冒。何況他們只能做到洗淨和吹乾，毛剪得又短又醜，沒辦法幫我修剪造型，就連腳底的毛都剪不乾淨。因爲腳底的毛太長會影響肉墊的煞車功能，在滑溜溜的磁磚上更難控制。他們常常看到我四隻腳不斷在原地跑步，身體卻沒有往前的滑稽動作，擔心萬一衝太快煞不住而撞到桌椅或牆壁。另外，剪指甲也是一個難題，剪得太短切口會滲出血絲，看起來有點可怕，不知道我會不會痛，實在很難拿捏。考量了這些因素，終於放棄自認爲簡單容易的DIY，決定帶我去洗澡兼美容。

第一次去那家，是一位相當有威嚴的寵物美容師，我覺得他根本就是個不折不扣的馴獸師，好像第一眼就能夠看透我的心思，我有點怕他。他的所有動作，舉凡挖耳朵、剪指甲、修毛、擠肛門腺，都是一絲不苟，找不出任何缺點。原本以爲寵物美容就是幫寵物洗澡、吹風和剪毛而已，想不到有這麼多學問，正所謂「術業有專攻」，讓把鼻馬迷自嘆不如。

在家裡洗澡時，動來動去活像一尾泥鰍，把鼻和馬迷始終搞不定的我，來到這裡卻變得服服貼貼，不敢隨便亂動，有如一隻溫馴的小綿羊。他們終於見識到什麼才叫做眞正的專業，難怪人家說：「隔行如隔山」。

美容師那雙強而有力的手，猶如老鷹的一對利爪，一碰到我的身體，就像被緊緊抓住的獵物，動彈不得，只有乖乖就範。

要我屈服在他的淫威之下，忍受一個多小時的煎熬，比站在醫院看診檯上全身發抖十分鐘還痛苦。更可惡的是，他竟然惡人先告狀，跟把鼻馬迷說我有點「嬌寵」。我實在很不服氣，擺明了就是欺負我沒辦法回嘴，替自己辯駁。

不管他說我「嬌寵」或是「驕寵」，這兩個字都很容易讓人產生錯覺，誤以爲「恃寵而驕」，甚至聯想到「狗仗人勢」。那是一句聽起來非常刺耳又很傷人的成語，不知道我們何德何能，竟然被拿來做這麼難聽的比喻。

其實我的家教還算頗爲嚴謹，把鼻馬迷只是比較疼我，但不至於寵得不像話。我是有點嬌貴之氣，然而沒有到「驕」的地步。我經常賴在他們的身上舒服慣了，可能養成比較強烈的依賴心，說我嬌滴滴還勉強可以接受，如果被冠上「嬌生慣養」、「驕傲」或「驕縱」等字眼，我就要提出嚴正的抗議。因爲我的個性天生有股不向別人低頭、不服輸的傲氣，雖然平常抬頭挺胸，但絕不會有趾高氣揚的態度，也沒有身處天龍國的優越感，這並不是目中無人，頂多只是有點任性或倔強而已。

美容師會說我嬌寵，大概覺得我表現得一副不服管教的樣子而誤會我；也許他看我不順眼、嫉妒我，所以就隨便給我冠上嬌寵這個頭銜；可能瞎子摸象、以偏概全，沒有眞的認識了解我就妄下斷語；或者是他的文學造詣不夠，言過其實地誤用了可以正確形容我的詞彙。

把鼻和馬迷聽了美容師對我的評論，還很佩服地認爲他眞是一語中的，說出了我的毛病與習性，也說中我的要害。果然「行家一出手，便知有沒有。」才幫我洗幾次澡就能像醫師把脈一樣，神奇地摸清我的底細，不知道他是怎麼看出來的，簡直未卜先知。

好在一段時間之後，因爲距離有點遠，停車又不方便，把鼻開一趟車過去，來回車程加上洗澡時間至少需要三個小時以上，在那裡等也不是，不等也不是，就換了一家比較近的。

以後不必再面對那位讓我心生畏懼的美容師，終於可以鬆一口氣了。

我固定在每個星期日中午去洗澡，離家只有十幾分鐘路程，通常都是把鼻一個人開車帶我去。那裡有我自己專用的沐浴精，如果我的皮膚出了點問題，把鼻特別交待，他們就會讓我洗另一種藥用的沐浴精，幾乎是十分貼心的服務。

我對洗澡這件事又愛又恨，喜歡的是可以坐把鼻的車出去兜風，洗完變得美美香香的，幫我洗澡的大哥哥大姐姐們都叫我小公主，對我也很好，但冗長的過程實在讓我感覺很不舒服。除了抹沐浴精、刷洗、沖水，一不小心就會嗆到，而且洗完要待在一個大箱子裡面，心跳加速的吹著聲音超大又超強的風。那機器一呼嘯起來，我的眼睛根本沒辦法張開，連站都站不穩。

接受完這個階段的酷刑，我的毛只有半乾狀態，還要乖乖站在一張小桌子上，打開吹風機一面梳毛一面吹乾。接著，再修剪指甲和腳底的毛，用棉花棒掏耳朵，最後相當費事地在耳朵上面綁好蝴蝶結才算大功告成。那一道又一道煩人的手續是我所不喜歡而很想抗拒的。

平常一個星期洗一次澡叫小美容，每隔一個月便有一次大美容，其實就是全身大修剪。大美容後我的毛總是被剪得特別短，尤其是我的臉和耳朵，很像漂亮的長髮被理成平頭，實在不是很好看，並沒有什麼造型可言，應該叫做「整型」，因爲我的「外型」被「整理」得像剛修剪過的樹木。它的好處大概只是夏天比較透氣涼爽，不易得皮膚病，但原來全身好不容易長齊了的毛突然被剪短，不但看起來頗不習慣，而且可以直接看到粉紅色的皮膚，連把鼻和馬迷都覺得有點噁心又恐怖。反而美容前有點亂的自然捲狀態，像穿著一件厚毛衣，宛如一團毛茸茸的小可愛，才是他們最喜歡的造型。

大美容之後，必須經過二、三個星期，毛慢慢變長才能恢復原來那種野性奔放的樣子。只是好景不常，維持了一兩星期的自然美，這時候又輪到下一次的大修剪，要被徹底改造一番了。

我終於漸漸體會人們常說的那句話：「美好的事物總是無法留住！」

把鼻小時候他們家的土狗並不需要特別或額外的照顧，從來不洗澡，也沒看過醫生。現在的寵物竟然有這麼多樣的專業服務，到底是時代進步社會改變讓我們太好命了，還是人類的執著愚痴，喜歡把簡單的事情弄得複雜，製造更多問題來自找麻煩？

洗澡的過程對我是一段折磨與忍耐，對把鼻同樣是長時間的等待，這已經成爲日常生活的一部分，我們似乎都習慣於如此的安排。

洗澡總共約需二個多小時，雖然有預約，但通常還是要排隊。若狗狗很多或是有人插隊，沒辦法馬上輪到我，可能就要五、六個小時。因爲時間很長，不曉得什麼時候才會洗好，把鼻載我過去之後，就只能回家等電話通知。

洗完澡又是另一次的煎熬。要是美容師太忙，沒時間打電話或忘了打，受到影響的不只是我，守在電話旁好幾個小時不敢離開的把鼻也不比我好過。反正我在家裡已經被訓練得忍功一流，多等這一點點時間並沒什麼差別。而且這裡人來人往，又有狗狗的吵鬧聲，雖然有點小無聊，但不像自己單獨待在家裡那麼空虛寂寞。只不過我知道今天是假日，把鼻和馬迷都在家，我想快點見到他們而有些心急罷了！

幸好把鼻會注意，如果超過預定時間太久都沒來電，他就主動打去詢問，順便可以提醒他們。我在等待室的籠子裡，眼睛總是不時的往外面掃瞄，把鼻一出現在門口，我就又叫又跳興奮不已。美容師抱著我走出來，她都還沒準備好要將我交給把鼻，我便迫不及待的直接跳到他身上。

通常洗好澡也都是把鼻單獨開車來接我，偶爾馬迷會和把鼻一起過來。一看到她我就興奮到無法控制，忘了我是在自己身高四、五倍的高度，立刻從美容師手上跳到馬迷身上，開始扭來扭去瘋狂撒嬌一番，害她差點抱不住我。

把鼻喜歡幫我梳毛，大概是他平常抱著我沒事可做，就想到要利用時間動一動他閒得發慌的手，久了自然成爲他另一個嗜好與習慣。那雖然是他的嗜好，卻也是我的享受，而且是兼具抱抱和抓癢的雙重享受。

他總是慢慢地一遍又一遍很有耐心的梳，遇到打結的地方，就一隻手抓住根部，另一隻手拿著梳子，分幾次緩緩將打結梳開。這樣不至於直接拉扯到皮膚，不會造成我的疼痛不舒服。

每次梳完，會留下一團質地細緻柔軟、既保暖又發亮的毛球。把鼻覺得丟掉很可惜，還異想天開地說，要是將這些毛全部收集起來，都可以讓馬迷打一件全世界獨一無二的珍貴狗毛衣了，而且絕對是市面上買不到的。

他就是考慮到如果太久沒幫我梳毛，打結會越來越多而更難處理，去洗澡時可能會被梳子拉扯得很痛，要是一個不小心，咬傷美容師那雙專門靠它們吃飯的手，便大事不妙了。況且店裡等著洗澡的狗狗很多，她們沒有太多時間在我身上小心仔細地慢慢來，在家裡先幫我梳過一遍，將打結的地方全部梳開，就可以讓美容師更快速的完成工作，縮短我在那裡經歷的痛苦，也能節省等待的時間。凡事深謀遠慮的他，想得實在很周到。

我覺得把鼻和馬迷在美容師眼中，應該算是配合度頗高的主人吧！

把鼻開車載我去洗澡，我總是帶著複雜而矛盾的心情，隨車子開往目的地，一路上情緒起伏變化相當大，好像坐雲霄飛車一樣。

把鼻只要對我說「洗澡澡」這三個字，便吹皺一池春水，我原本悠閒平靜的心就開始騷動起來。從等著鑽進袋子，一直到打開車門讓我坐定準備出發，都是處於亢奮狀態。

車子剛上路時，興奮過度的我，當然不會乖乖坐好，一定是拼命踮腳往上爬，對著窗外東張西望，想讓雙眼盡情的瀏覽探索。等把鼻開一段路之後，我看膩了外面的風景，站得腰酸背痛，腳也有點累，才會慢慢冷卻下來，乖乖的趴著。其實，我已經在打下一個主意了。

行進間，我獨自坐在把鼻旁邊偌大的副駕駛座上，跟著車子轉彎而左搖右晃，覺得頗不舒服又很沒安全感。要是馬迷也在車上就好了，她會雙手穩穩的抱著我，而且站在她身上，剛好可以看到窗外的風光，一點也不會無聊。因爲身高不夠，看到的都是房子和天空，只能沒趣的趴著，開始盤算，隨時等待機會，趁把鼻專心開車不注意、兩隻手抓緊方向盤沒空理我的時候強渡關山，想辦法克服重重困難爬到他身上。不過，大部分成功的機率都很低，如果中途失敗或已經爬過去又被送回來，就只能認分的乖乖坐好。

過一會兒，來到熟悉的路段，我終於徹底意識到把鼻是要載我去洗澡。一想到洗澡，我的心情便慢慢往下沉。車子經過第三個也是最後一個右轉彎，我知道目的地快要到了，就突然變得緊張而激動起來，開始對著把鼻大叫。我的方向感和記憶力眞不是蓋的，經過多少個左轉、多少個右彎，從來不會被搞昏頭，沒有一次失誤過。

接近目的地的時候，把鼻會先打方向燈並減慢速度靠邊行駛，那聲音彷彿在提醒我「快下車了！」尤其他的右手從方向盤上放下來換檔，準備拉手煞車時，更是凶惡對著他的手狂叫。那股狠勁彷彿見到不共戴天的仇人，而且常常控制不住地將他握在煞車上的手給咬下去，就連打開車門伸手要抱我的美容師都差點被咬。我一發起瘋來，簡直像中了邪一般，完全變了樣。也許，那才是隱藏在內心深處眞正的我吧！

還好，把鼻被我咬傷，卻從來不生氣，也沒打過我，他知道我平常不會隨便亂咬人，這種失去理智突然抓狂的行爲一定是有原因的。

身爲守法盡責的駕駛，他不顧被咬的危險，仍然維持習慣的標準動作，一隻手抓著方向盤，一隻手握住煞車，堅定而穩穩的將車子停好，安全將我送達。把鼻說，他每次要拉手煞車時，已經有被咬的心理準備，只不過還是會有一點點遲疑、猶豫和掙扎。尤其看到我開始狂叫，尖銳利牙抵住他的手，幾乎要咬下去的時候，更是心驚膽跳地「剉咧等」，眞的難爲他了。

把鼻和馬迷實在想不透，我爲什麼會有這樣不尋常的反應，而且對沿途的路況好像很熟悉，知道在第幾個轉彎之後就準備要停車。照理說我這麼小，趴在副駕駛座上根本看不到外面，要如何認路？是靠感覺或憑直覺？還是像鴿子一樣，身上裝著定位系統？更厲害的是，我竟然知道把鼻將手放在手煞車上是準備要停車，否則爲什麼會咬他的手。

他們猜想這種情緒化的抗拒心理和行爲，可能是我討厭洗澡，討厭所有過程的不舒服；或者我覺得離開家、離開把鼻和馬迷沒有安全感，不喜歡被留在不熟悉的地方；也許是去那裡讓我想起以前上學的不愉快經驗。然而，這個不值得誇耀的小本事，讓把鼻和馬迷對我另眼相看。

因爲我沒有獨自在外面待過，依賴心太強、太戀家的個性，又突然被丟在一個陌生的地方，有一種彷彿遭到拋棄的恐慌症。而且每次洗完澡進籠子等待把鼻來接我，又要面對如同每天在家裡必須經歷的痛苦。我會變得如此歇斯底里，就是不想下車，不肯讓把鼻拉手煞車，但是又沒辦法阻止，情急之下「凍未條」，才會使出我的看家本領——大叫和咬人，來個「以嘴明志」，用他最熟悉的方式抗議。

我既不是人類，也不是貴婦，實在不需要這樣費時又費事的特別對待。人類常常以他們自己的眼光和感覺，來替我們決定一切，那號稱貴賓級的服務，卻是從頭到尾一連串的不舒服。

這種充滿酸甜苦辣滋味、令我愛恨交織的洗澡美容，便在把鼻從不間斷的溫馨接送中，度過每一個難忘的假日午後時光。

八、上學

既然我要做一個氣質美女，當然不能只靠外表，還必須有內涵才行，所以把鼻馬迷打算帶我去寵物安親班，學習一些寵物該有的應對進退，讓我這隻井底之蛙見見世面。

參觀了好幾家，每家都很吸引人，也各有特色，他們很難決定，就隨緣選擇了看起來最純樸的那一家。

我第一次上學的遭遇，跟姊姊實在很像，只不過結局卻完全不一樣。

當時把鼻馬迷特別替姊姊找到位於他們辦公室附近一家非常有名氣、規模也相當大的幼稚園。第一天上學，不知道什麼原因，她就是不喜歡那裡，也不想跟別的小朋友玩，竟然一直哭，而且是哭著目送把鼻馬迷離開的。

老師怎麼哄她都沒用，又要忙著照顧其他小朋友，實在拿她沒辦法，只好讓她獨自坐在教室的角落。把鼻不放心，一天跑去好幾次，躲在外面偷看，姊姊仍然一個人在旁邊啜泣，直到放學去接她，看見把鼻馬迷才露出笑容。這種情形持續了好幾天都沒改善，他們便當機立斷，馬上將她轉到另一個同事介紹的幼稚園。

把鼻馬迷覺得幼稚園其實都是大同小異，本來他們也擔心姊姊到新的那一家會不會又不能適應而噩夢重演，所以不敢抱太大的希望。想不到姊姊一去，老師先單獨一對一的安撫她，帶著她慢慢適應，沒有多久，姊姊就眉開眼笑的跟同學們打成一片，而且玩得很高興，讓前去關心的把鼻差點跌破眼鏡。原先他們還心存懷疑，現在終於見識到老師的本事，正如那句廣告詞：「不一樣就是不一樣。」

不知道是不是因爲第一家幼稚園人太多，太吵雜的環境嚇到她，所謂的磁場不合？還是這裡的老師比較了解小朋友，會個別處理她不安的情緒，讓她忘記陌生與恐懼，而且跟她的互動良好，很快就取得姊姊的信任？

從小小班開始，在幼稚園三年多，是姊姊最無憂無慮的快樂時光，她說天天都在玩。把鼻每次提到姊姊上幼稚園這件事，就覺得很奇妙，或許姊姊跟這家幼稚園特別有緣吧！

熱情而眞誠待人的馬迷，更與幼稚園老師們成爲好朋友，老師結婚，還特別指定姊姊當花僮，全家都去參加結婚典禮喝喜酒。那種互動已經超越老師與學生家長的關係，而昇華爲眞正信賴與尊敬的友誼了。

凡事感恩的把鼻和馬迷，說姊姊實在很幸運，從小到大都碰到很好的老師。他們還說，我們家總是能夠得到貴人的幫助，一切都順順利利、平平安安。把鼻馬迷把任何幫助過他們的每一個都當成貴人，而且不論大事或小事，始終銘記在心，一定要想辦法回報。

寵物安親班的課程五花八門，有訓練生活禮儀，也有玩水、遊戲、戶外活動，甚至聽故事和心靈成長，令人大開眼界，就連把鼻和馬迷也是第一次聽到。每一種課程他們都覺得很新鮮，很想讓我嘗試看看。

第一天上學，園長說我要先從基本入門開始，也就是學習跟其他的狗狗朋友相處。除了小時候的模糊印象，直到上學之前，因爲長期與把鼻馬迷生活在一起，我的狗性已經逐漸退化，在安親班突然看到這麼多大大小小的狗狗毫不客氣又肆無忌憚的向我靠過來，不但嚇一跳，不敢和他們接近，而且也不想理會這群我眼中的異類。再加上之前患了皮膚病，一身漂亮的毛被醫師剪得坑坑疤疤，又塗上有顏色的藥水，活像隻癩痢狗，心情本來就不太好，所以一整天都悶悶不樂，只好離他們遠遠的。

晚上把鼻馬迷來接我，園長說我搞自閉，都不理別的狗狗。把鼻知道我長期被關在家裡，造成完全沒有社交經驗的孤僻個性，又剛好處在心情不佳的低潮期，突然被送到不熟悉且不喜歡的地方，心想這應該只是鬧鬧情緒暫時不爽而已，過幾天習慣就好了。

想不到情況依然沒改善。體貼的馬迷，還特地爲我買了一塊坐墊放在安親班，戲稱是專門給我打禪七用的。我就這樣物盡其用的獨自面壁了一個禮拜，結果還是無法融入狗狗的世界。不知道是我太固執，還是自我封閉，已經把自己當成人類，跟他們始終格格不入。

把鼻馬迷認爲，既然我在那裡如此不開心，一個星期都改變不了，繼續下去對我是另一種折磨。而且上學這件事對我來說可有可無，跟姊姊必須上學的意義與重要性不同，便不再強迫我做不喜歡的事，因此，我的上學夢就這樣無疾而終了。

九、非關才藝

我是一個學習能力強但服從性不怎麼樣的小狗，我的行爲總是跟著感覺走。對於任何事物，要與不要、喜歡或不喜歡，都有自己的主見，絕不輕易妥協低頭，不願意做的，一點也別想勉強我。

別的狗狗所表演的把戲，那些雕蟲小技，我根本不屑一顧，因爲我是來陪伴主人，並不是取悅主人的，這點原則我分得很清楚，也特別堅持。至於像坐下、握手等簡單的基本動作，當然是一學就會，還能適時的拿出來應付一下，以滿足把鼻馬迷在別人面前必要的虛榮心。

我長得雖然嬌小，志氣卻很高，不喜歡卑躬屈膝或者對人搖尾乞憐，更不會狐假虎威。

我很少興奮不停的猛搖尾巴，都是擺兩下點到爲止，偶爾搖尾巴純粹是因爲心情很好、特別的高興，或是想傳達我的善意與友誼。

我也從沒想到要刻意模仿鳥叫、貓叫或是嬰兒啼哭等奇奇怪怪的聲音來吸引把鼻和馬迷的注意。有所求的時候，都是運用我的腦袋瓜，想辦法讓他們知道，不然就乾脆大聲給它吼出來，甚至軟硬兼施、文攻武嚇的雙管齊下。通常使出這兩招，差不多就已經綽綽有餘了。

小時候把鼻跟我玩他丟我撿的遊戲，前幾次可能比較有新鮮感，我還會看在他的面子上，乖乖的咬起來交給他。假使沒興趣不想玩，無論再怎麼叫，我也絕不理他，懶得再動一下。把鼻馬迷知道我這種個性，不會特別刻意的想要訓練我，強迫我做不喜歡的事。他們抱著無所謂的放任態度，對我因材施教，反正教過幾次以後，學得會也好，如果學不會，那就算了。

並非他們沒耐心教我，更不是我眞的笨到教不會，而是他們認爲狗跟人一樣，都有不同的個性和與生俱來的資質或天賦，所謂「鐘鼎山林，各有天性。」我既不是千里馬，他們也不需要當伯樂，只想讓大家都快快樂樂。「紅蘿蔔與棍子」那一套理論，對我沒什麼作用，在我面前揮舞鞭子，我不跑就是不跑，怎麼樣也奈何不了我。

就如同有的小孩天生喜歡唸書，有的一看到課本便頭昏腦脹想睡覺；有人很會考試，輕輕鬆鬆都得第一，有人再怎麼努力，成績始終無法進步，總是吊車尾。不過，俗話說：「天生我材必有用」、「歹馬也有一步踢」，讀書也許不是某些人的強項，但在其他領域，說不定特別有潛力，總有一天會被發掘的。

把鼻認識一個朋友，他養的動物不但沒有自由，對他們也毫無愛心可言，把鼻親眼目睹那種不人道的訓練方式，都爲他們感到悲哀與同情。

他採取軍事化的教育，一個口令一個動作，像在操練士兵，只差沒拿著鞭子猛抽。雖然狗狗表現得很服從很聽話，成果相當不錯，但從他們的眼神中可以看得出心存畏懼，而不是眞正和主人快樂的互動。

他訓練鴿子的方法更殘忍，飛過幾次之後，如果還不行，沒有達到要求，就把他們殺來吃，實在沒人性。

把鼻印象中，家裡的狗狗犯錯，阿公都是打嘴巴教訓他們，而狗的鼻樑卻也是全身最脆弱的地方，雖然司空見慣，但他總覺得這是一種侮辱別人的懲罰方式。把鼻小時候就經常受到老師當著全班同學面前賞耳光這種生理加上心理的特殊待遇，他牢記在心，時時警惕自己，絕不對別人做出這種行爲。他跟馬迷從不打我的嘴巴，頂多拍在不怕痛的屁股上，自尊心也不至於太受傷。

馬迷要教育我的時候，會先說一個「馬迷講」的口頭禪，口氣正經而嚴肅，顯得很有權威，我都認眞努力的記在腦海裡。把鼻也學起馬迷，將「把鼻講」掛在嘴邊對我放送，但是他的態度不夠莊重，故意說成「馬迷將（˙ㄐㄧㄤ）」、「把鼻將（˙ㄐㄧㄤ）」，跟我玩發音練習。把戲耍多了，我只當它是耳邊風，聽聽就好。

把鼻馬迷對我的態度，跟姊姊唸書一樣，關心而不放任，不要求第一名或一百分，只要盡力了，其餘的順其自然就好。但是在家教方面，有關日常的生活起居，絕對要嚴格遵守，馬迷可是一點也不能馬虎的。

因此，我實在沒什麼才藝或本領可言。若眞的要從我身上擠出來，所謂的才藝，應該算是我和把鼻馬迷之間良好的互動與默契吧！

家裡所有的規矩，我學得特別快，而且不容許自己犯一點點錯。

我第一件學會的事，就是在固定的地方大小便。馬迷爲了教我，特地買來引便劑，噴幾滴在便盆上，讓我聞一聞，熟悉一下。那味道很像我的尿液，有股濃濃的阿摩尼亞味，聞一次就不會忘記。

剛開始訓練時，她們整天緊跟著我，一看到我停下來好像要尿尿或大便的樣子，就趕快將我抱到便盆上。如果已經在別的地方解決完畢，她們先來個機會教育，給我聞自己的尿液，當場告誡一番，再將我抱到便盆上，聞一聞引便劑的味道，讓我知道那裡才是對的。而且不厭其煩的一再重複，以加深印象，要我的鼻子與大腦記住這種特殊味道和這個特定的區域。

眞的佩服我自己，把鼻馬迷才教幾次我就會了，以後只要想大便或尿尿，我一定乖乖走到便盆上。而那瓶才使用過一次的引便劑就功成身退，從此不再需要它的提醒了。

這都要感謝馬迷，她採取誘導加鼓勵的方式，而不是用毫無人性的棍子教學法。每次只要聽到她對我說「ㄅㄤˋ‧ㄅㄤ」，我就知道是在叫我方便，而且我還分得出不一樣的地方：兩個字連在一起的「ㄅㄤˋ‧ㄅㄤ」是台語的「放放」，是要我到便盆上解放；另外拉長音的「ㄅㄤˋ——‧ㄅㄤ」則是國語的「棒棒」，是在鼓勵我、誇獎我，說我很棒的意思。

我尿尿的動作相當特別，左後腳微蹲，右後腳抬起來，融合了公狗與母狗的小便姿勢於一身。這樣有個好處，至少可以避免一隻腳被尿液沾濕。

由於我沒辦法像公狗那樣將腿抬得高高的，往上尿得又準又遠，只能做做樣子，向下灑在自己的後腳附近，所以每次尿尿幾乎都在跟尿液滲透的速度賽跑。眼看著便盆上的白色尿布被擴散染黃，並且往我的腳底逼近，一旁的把鼻已經開始擔心，而我卻一副老神在在的樣子，眞是皇帝不急，急死太監。其實我習慣憋尿，很久才尿一次，累積了一肚子的水分，實在需要花點時間解決，想快也快不了。

就因爲這個不一樣的怪異姿勢，加上我渾厚陽剛味十足的嗓門而不同於一般小型迷你狗尖銳可愛的叫聲，把鼻還曾經懷疑我是不是投錯胎或是雌雄同體的陰陽狗。他說我小便好像在練習體操雜耍，的確很有趣。

其實我不算特別，還有更經典的，將身體倒立，一面走一面小便，尿尿兼運動，那才是眞正的特技表演。

把鼻認爲這些會耍鬼點子、花樣百出而譁衆取寵的，大部分是我們這種對外界敏感又有點神經質的小型犬。他們大概是天生有潔癖，不想碰到尿尿，才會想出此一怪招。倒著走血液全部往腦門衝，又要顧到平衡，還能夠尿得出來，眞是服了他們。

我這一整套小便的過程，算是頗流暢優雅的。首先，慢慢走到廚房、站上便盆，同時擺出蹲下和抬腳的動作，有如騎馬射箭；尿完向左一個迴旋、轉身，再小跑步離開。不但一氣呵成，而且姿勢一百，眼睛不用看就知道要避開已經尿過濕掉的地方，從來不會踩到。

不過，尿尿特別多的時候，站在便盆上的時間比較久，還沒尿完腳底已經被迅速暈開的尿液沾溼，把鼻就得先幫我擦乾再讓我離開。萬一來不及擦，我大搖大擺的走出去，踩在白色磁磚上，留下一連十幾個帶著黃色尿液的清晰腳印，他總是心驚膽顫的緊跟在後面收拾殘局。因爲我如果一時興起或哪根筋不對，有可能會如入無人之境，從廚房繞過客廳一直走到房間，踩在枕頭和棉被上面。那種慘案曾經發生過，所以一發現苗頭不對，把鼻便趕快半路攔截，把我抱回來，阻止我繼續前進，縮小災害發生的範圍，將損失降到最低。

還好我平常尿完都是直接走向客廳，趴在墊子上舔我的腳。因爲我很愛乾淨，即使地板擦得清潔溜溜，沒事我仍然會舔腳，特別是剛從便盆走出來的時候。

由廚房回到客廳我習慣直接穿過長長的飯桌，我不喜歡拐彎抹角，也不想白費力氣繞遠路。要知道，把鼻他們的一小步，可是我的好幾大步。他說我這是高尚的麻豆台步走法，可以練習美姿美儀，而且在椅子間穿梭，又兼具運動瘦身效果，難怪我的身材一直保持得那麼好。

除非跟把鼻在玩追趕跑跳碰，需要快馬加鞭的時候，才會繞著飯桌外面空曠的地方跑。那種緊急的情況要在瞬間反應，我當然不會自投羅網的跑進桌子底下去撞桌腳或椅腳。說我聰明或者固執也好，喜歡鑽狗洞的本性難移也罷，套句俗話，我眞的是「堅持走對的路」，而且跟馬迷一樣，「一路走來，始終如一。」

把鼻馬迷很納悶，爲什麼好好的康莊大道我不走，偏偏喜歡經過這麼多的椅子陣，非得要走這條有二十幾根桌腳和椅腳、看起來障礙重重的關卡不可？

老實說，這個路線除了是通往我衛冕者寶座的捷徑之外，從餐桌下面走，還有一點隱密性。每當叼著把鼻給我的肉乾，心情愉快地小跑步穿越飯桌和椅子，就有一種莫名的滿足感。那看起來密密麻麻的椅腳，對我來說根本就不是障礙，個子小的最大好處，在這裡可以完全發揮。

這條祕密通道我每天都要走上好幾遍，幾乎熟悉得像是在「行灶腳」，就算閉著眼睛也不會撞到。

不過，我也是很有風度而且識時務的。如果馬迷坐在餐桌前，我就不從桌子下面走過去，會繞道而行，因爲她的腳擋住我的路，我不至於笨到走進去之後，發現此路不通才想要回頭而發生卡在裡面、進退兩難的情形。

我固執的個性，從大便就可一目了然，跟談笑用兵、馬上搞定的小便完全不一樣。上大號時，我一定要走到最適當的位置，若覺得角度不對，會在便盆上不斷轉圈圈，直到感覺對了才停止、站定，然後蹲下。如果轉了圈圈還是找不到滿意的磁場與方位、沒有靈感或是靈感被把鼻趕走，甚至大不出來，我就會像飛機無法順利降落一樣，走出便盆到外面繞一大圈再重新進場。

每次在便盆上磨菇一陣子，常常轉到忘了我是誰，原本心裡默唸著最佳的感覺已經跑光光，只好走出去重頭再來。有時候NG太多次，必須不斷重複進場，明明便便已經被推擠到肛門口了，就是一直喬不好，害我急得像熱鍋上的螞蟻。那種肉體與理智在拔河，一邊忍不住硬要出來，另一邊又說不行的糾結心情，實在很難描述形容，沒有親身經歷過是無法體會的。把鼻馬迷說我連拉屎也要看風水，眞是龜毛到不行。

沒辦法，大便乃歡送即將離開身體的廚餘廢棄物，這種一般人覺得再平常不過的小事，卻是我生活中的大事，而且每天都要做，所以不得不愼重其事。當然了，我也不是每次都這樣，大部分像馬迷常常對我說的「一次就成功」。要是眞的很急，忍不住的時候，不但不需要看風水，還得趕緊小跑步來助陣呢！

說到大便，把鼻看過最特別的，是一隻會站著發射屎彈的豬。他每打一次噴嚏，便將一大團糞往後射向牆壁並黏在上面，聲音之大連一旁的把鼻都被嚇一跳。他說那簡直就像一門力道強勁的自走砲，如果磚牆換成一面土牆或茅草，大概會被推倒。

他還開玩笑地說，幸好當時沒站在豬的正後方，不然的話，後果就不堪設想，可能是滿身豬大便，加上看不見的內傷。這才是眞正破壞力十足、最具奇襲效果的「豬後砲」。

可憐的是那隻豬，他大概因爲感冒生病猛打噴嚏，又剛好一肚子大便爭先恐後搶著出來，才無法控制的到處亂射。這個經驗也讓把鼻體會到氣壓改變可以產生巨大的爆發力而嘖嘖稱奇。

馬迷坐在客廳，只要鼻子一聞，空氣中瀰漫著一股酸酸臭臭的屎味，就知道一定是我大便，絕對錯不了。她會放下手邊的工作，立刻起身去拿衛生紙，一點也不敢輕忽怠慢，因爲這是隨到隨辦的特急件。

把鼻更是勤快又主動，而且服務到家。他看我走向廚房，接著再聽到腳踩在便盆上的聲音，就馬上跟過來，等著幫我擦屁屁。人家說：「眼觀四方，耳聽八方。」這句話用在把鼻身上，眞的當之無愧。料事如神的馬迷更厲害，眼珠子轉一轉，手指頭掐一掐、算一算，就知道我幹了什麼好事。

大完便我會走到把鼻或馬迷旁邊，等他們幫我擦屁屁。當馬迷對我說：「擦屁屁！」我就自動轉過身來，將屁股朝向她，擦完我才安心坐下。馬迷幫我擦屁屁時，先將衛生紙沾溼，再輕輕的擦，不但擦得很乾淨，還有一種涼涼的、特別舒服的感覺。

屁股癢的時候，我都直接坐下來，臀部著地，用前腳拖著身體走，讓屁股摩擦地面。這種令人發笑的姿勢雖然不怎麼好看，但止癢效果十足。有時大便黏在屁股上，我也是用這方法想將它甩掉，但常常事與願違，反而黏得更緊，最後還是要靠把鼻馬迷他們萬能靈活的雙手幫我解圍。把鼻看到我在地板上磨蹭，說我這招故作殘障狀的動作叫「拖屎狗」。如果發音不標準，ㄕ與ㄙ不分，就變成「拖死狗」。

有人幫肛門取了一個相當文雅的名字，叫做「菊花」，實在很貼切，也有夠賤。因爲菊花是花中的隱士，也是優雅的君子，將菊花拿來比喻肛門，兩者相提並論，有點天差地遠而且不倫不類。不過，這個專有名詞還眞的只能拿來形容人類，不能用在我身上，因爲我肛門的形狀很特別，有如英語音標的θ，反而比較接近洋人用來罵人的話：「屁眼」——屁股的眼睛。它的樣子眞的很像「閉起來或瞇著的眼睛」，尤其是剛大便擦完屁屁之後，形狀更明顯。大概是經過伸縮用力，那裡的肌肉緊繃而瞇成一條線。把鼻馬迷每次看到，都覺得我的屁股對著他們笑，讚歎造物者實在太有創意與巧思，處處藏著驚奇。

另外，我還有一個習慣就是大便之前先要培養情緒。如果感覺有便意的時候，我會到處走走聞聞，好醞釀大便的Fu。等時機成熟，肚子開始拉警報，馬上轉身三步併兩步走，趕快衝向廚房。把鼻馬迷只要看到我的行爲變得神祕而怪異，開始在逛大街，就知道這是我要上大號的前兆。

把鼻喜歡看到原本悠閒逛大街的我匆忙往便盆跑，有如火燒屁股的慌張舉動。他說那就像籃球比賽正在順利進攻時，被對方攔截抄到球而立刻回防，或者剛步出家門，突然想起某件事，馬上掉頭往回走，有一種高度反差卻又能連貫起來的特殊節奏感。

他們會躲在我看不到的地方偷偷觀察，不敢發出聲音，怕干擾到我，讓大便縮回去。兩個人彷彿共同欣賞著一齣好戲，又像在伺候老佛爺一般。把鼻幫我取了一個頗具哲理又有學問的名稱叫做「回頭是岸」，眞是想像力豐富。

我最常尋找靈感的地方是大門旁邊的鞋櫃附近，大概是因爲那裡擺著一大堆鞋子，所飄散出來的鹹魚氣味比較容易刺激我的鼻子，引發括約肌收縮反應吧！

馬迷和我也有相同的癖好。她上廁所會帶著報紙進去，而且必須是某一家的，只要聞一聞報紙那種特殊的油墨味，就可以又快又順利的大出來。不知道這是生理作用還是心理因素？也許她是看到報紙上的新聞，心情爲之興奮緊張而加速了排便也說不定。

我們倆眞是天底下少見的「逐臭之婦」，難怪會這麼喜歡對方。不同的是，她上大號的速度很乾脆，只要一進廁所，馬上「大珠小珠落玉盤」，兩三下就清潔溜溜，不像我拖泥帶水，頗符合她的個性和行事風格。

愛搞怪的把鼻，還拿這種每天都要做的事與生理現象出了一道台語謎題，叫做「風透、雨到、紅香蕉劈啪落！」因爲上廁所拉屎之前，通常都會先放幾聲屁，讓肛門透透氣；接著再撒個尿，解除膀胱的壓力；最後才輪到眞正的主角上場，開始像一根根香蕉拼命掉。實在是既有趣又生活化。

不過，有時候我會因爲逛得太遠來不及跑回廚房，或是一時著急，緊張得神智錯亂，分不清東西南北，找不到路而拉在客廳甚至姊姊的房間裡。我知道自己闖了禍，當然躲得遠遠的，等著被馬迷發現。當她提高嗓門，用特殊的音調叫我的名字，並且眼睛往我這邊一瞪，我渾身都不自在了起來。這是我最糗的時刻，恨不得能夠挖個地洞鑽進去，只好把頭垂得不能再低，裝模作樣的舔一舔腳，偶爾抬頭對她傻笑，或是左顧右盼假裝看別的地方，再用眼睛的餘光偷偷瞄她，眼神始終不敢跟她正面交會。

平常我都是規規矩矩在便盆上解決，從來不在其他地方大小便，因爲家裡的地板和我的便盆比外面乾淨，何況這已經成了我固定的習慣，到外面反而拉不出來。馬迷每次看到我跑向廚房準備解放，會大聲且豪邁的鼓勵我說：「棒——棒，一次就成功！」這樣的互動，讓我覺得很窩心，感到被讚美與尊重，無形之中更加深對馬迷的依戀。

把鼻馬迷帶我出門前，會先叫我尿尿，我也很上道，都識時務的配合演出，畢竟要不要讓我出去的決定權在他們手上，好漢當然不吃眼前虧。但有時候才剛尿過，或是根本沒喝水，一點尿意也沒有，他們仍然聲聲呼喚，一直對我說「妹狗ㄅㄤˋ．ㄅㄤ！」這時候我緊張大叫，深怕全家人趁我尿尿時走掉，又礙於不尿完不能去，情急之下，只好趕快跑到便盆上，照樣擺出標準姿勢，勉強擠出一、二滴才能順利過關。

馬迷說做事要有始有終，不能因爲趕著出門隨便敷衍了事。她對姊姊的要求也是如此，而且比我更嚴格。她認爲越是會被忽略的小地方，越不能隨便鬆懈放過。她就是這樣表裡如一、非常有原則的人。

邊跑邊叫又邊要尿尿，那種「心狂火烈」的情形下，我都快急死了，馬迷還有閒功夫跟我開玩笑說：「一滴不嫌少，兩滴恰恰好。」當我尿完以百米速度衝出廚房，熟練的跳進她爲我準備好的袋子裡，安安穩穩讓馬迷揹起來，我的心也跟著飛了起來，不知不覺發出滿足的聲音。

其實，把鼻馬迷並不至於那麼不通情理，每次都是耐心等著最後一名的我完成該做的功課。他們知道我不會騙人，故意虛晃一招交差了事，即使眞的尿不出來，仍然會無條件帶著我，全家高高興興的出門。這就是一家人，也是他們對我無限的包容。

大小便本來是動物必要的生理需求，是再自然不過的事，但我眞的不明白，既然把鼻馬迷都能夠將我訓練成功，在家裡固定的地方大小便，爲什麼別的狗狗就非得要在衆目睽睽之下丟人現眼？

把鼻說這是不爲也，非不能也，要是他們在出門前事先解放過，就不信到了外面還會有那麼多屎尿，畢竟寵物也要有適當的教育，而不只是養他、陪他玩而已。

公園綠地無非是我們狗族的天堂，每一個同類在那裡都玩得不亦樂乎。不論讓主人牽著走路、騎車載著兜風或自由自在的奔跑嬉戲，個個笑得合不攏嘴，甚至樂不思蜀、流連忘返，任他們的主人不斷三催四請，還不肯上車回家。就連流浪狗都可以在公園裡無拘無束地遊蕩逗留，也是一種另類的幸福。

然而，這些所謂的寵物樂園，無形中卻成爲狗狗的露天公共大廁所，人行步道和自行車專用道則是眞正的解放之路。尤其每天清晨或傍晚，寵物密度最高的時候，更是城市的特殊景觀。

我懷疑有的人是不是藉著帶寵物去散步，假「遛狗」之名，行「方便」之實，不然怎麼會遍地黃金，隨處都可以看到狗屎、聞到狗尿的腥臭味？

坦白說，他們根本是專程帶寵物到戶外上廁所的，而且天天報到，養成了不在外面不會大小便的通病。這種遛狗順便解放的行爲，一回生，二回熟，只要踏出醜陋的第一步，一旦成爲習慣，便覺得理所當然而毫無羞恥心和罪惡感。

人的劣根性就是一點一滴慢慢累積、滋長培養起來的。放眼望去，大家都抱著這種心態，自己的所作所爲可以被掩蓋、稀釋、忽略或原諒，人性之中那一點點原本善良的火苗漸漸被澆熄，隔著又厚又黑的城牆往外看，就沒什麼好大驚小怪的了。這種不問是非對錯的群眾心理或集體意識，也是把鼻所深惡痛絕的。

日常生活中，到處都可看見不守秩序、違法犯紀的事，每天一出門便無法避免，總是令把鼻義憤填膺卻又無可奈何。例如停在兩段式左轉的十字路口，綠燈一亮，所有機車全部直接左轉，唯一守法的他，反而成了別人眼中的傻瓜；有的直接穿越公園、逆向騎上人行道或飛快行駛於腳踏車專用道，把自己的方便造成別人的危險；或者紅燈急著想右轉，自己違規還猛按喇叭要前面的機車閃一邊去。種種不懂禮讓、沒有倫理的壞習慣，讓他感嘆社會越來越進步，人們的所作所爲卻越來越離譜，昧著良心唯利是圖。

他說一個團體如果有九個人都錯，剩下那個對的，也會被認爲是錯的，當成不受歡迎的人物而遭到歧視、敵對、排擠和指責。這大概就是所謂的劣幣驅逐良幣吧！

雖然世界上好人還是很多，到處都有溫暖，但一顆老鼠屎便可以破壞整鍋粥，常常讓人束手無策，要花很大的力氣、好幾倍的社會成本才能補救，甚至無法挽回而拖垮整個團體，它的殺傷力是很可觀的。

儘管如此，把鼻還是堅持自己的原則，絕不逾越該遵守的界線。

把鼻曾經握著一張用過的面紙，因爲沿途找不到垃圾桶，一直狠不下心丟掉而離不開他的手。那張紙陪他走了好幾公里，最後還是乖乖帶回家裡。從小老師就教他們不能亂丟紙屑，他不但牢牢記住，而且身體力行。由此可見，小時候的「生活與倫理」以及「公民與道德」教育對一個人的影響有多麼深遠。他說良心不是做給別人看的，即使路上沒有人，已經根深蒂固的習慣加上道德良知，也不肯隨便丟棄。不曉得這是太守法還是太執著？

那些每天準時外出大小便的狗狗，都有一個特點，就是一肚子屎尿，而且忍功一流，像水龍頭一樣能夠控制尿量收放自如，可以沿路作多次點狀噴撒；他們的主人也有共同點，對自己的狗狗很有愛心與包容心，但是對別人卻沒有公德心和同理心。

雖然四處撒尿是狗狗的本性，他們可能在標定自己的地盤並宣示主權，或只是習慣性的沿途到處尿尿做記號，以避免迷路，但主人放任自家寵物明目張膽的公然在路旁或公園內大小便，實在很不應該。

尤其是他們無所不尿，還經常固定尿在同一處，如電線桿、路燈、牆角、柱子、欄杆、樹幹、花盆、汽機車輪胎或住家門口，留下清晰可見的尿漬和遠遠就能聞到的刺鼻尿騷味，日積月累便很難洗掉而成爲另一種路標。

把鼻開玩笑說，如果路邊的樹木有一天被狗狗不斷撒尿施肥而枯死，不曉得它是因爲營養過剩鹹死，還是被臭味薰死的？他當然知道尿液的威力，他還眞的看過這種下場的樹，只不過那棵樹是被人類的尿所淹死的。

把鼻經常看到有人輕鬆愉快牽著狗，眼睜睜任由他們對著別人的車子輪胎抬起後腳，撒出一泡帶有濃重氣味與黃顏色的排泄物，卻一點也不會覺得不好意思，還一再地縱容這樣的事發生。那些長期被狗狗尿液洗禮的地方，成了他們的專用馬桶，默默承受著無情的羞辱。

還好，我們不會吐口水，只會流口水。吐口水應該是人類的專利，尤其吐痰，更是他們特有的一項絕技，而且歷史悠久，應該可以去申請世界紀錄或文化遺產。

人類的隨地吐痰跟我們到處大小便相比，則是有過之而無不及。犯錯首先要看動機，我們是無心之過，他們絕對是明知故犯，因爲到處都有「禁止隨地吐痰」的文字和標語。公園裡或馬路邊經常可以聽到一陣淸晰而令人厭惡的咳痰聲，並且滿地濃痰，實在不衛生，又很噁心，簡直是聽覺、視覺與環境的多重污染。

把鼻曾親眼目睹有人可以一邊跟朋友走路聊天，一邊談笑風生而不露痕跡的吐痰，一口痰不偏不倚瞬間落入旁邊的花壇。那至少有一公尺以上的距離，不但中氣要充足，而且還必須十分神準。特別的是，他沒有預備動作，不需要低頭彎腰，也不必停下來，在行進間自然完成，旁邊的人來不及反應就結束，也完全看不出他吐痰的樣子，讓把鼻歎爲觀止。雖然這不算表演，也有點不入流的邪惡行爲，但不得不佩服他的特有技能。把鼻調侃地說，那人的內勁深厚、肺活量足夠，至少有數十年的吐痰功力，要是被他吐到，非死卽傷，因爲黏著擦不掉，不是自尊心受重傷就是忘不掉當時的感覺而噁心至死。

難怪把鼻馬迷不敢放心讓我在外面隨便亂走，就連他們自己在路上都要很小心，老是左閃右躲，一不注意便會踩到。

這兩樣都是環境衛生的老問題，也是道路與公園綠地的大忌，更是全民的公敵，幾十年來，不但無法改善，反而變本加厲。把鼻常常感嘆，居住在不斷進步的現代都會裡，卻好像身處於文明國度的蠻荒地區。

寵物隨地大小便，大部分的主人根本不想處理。就算比較有公德心的，會帶著報紙或塑膠袋把便便撿起來，但是黏在地上或者拉稀，就絕對弄不乾淨。有的爲德不卒，明明將大便撿起來包好了，卻又順手丟入水溝或垃圾堆，讓原本的善意大打折扣。

自私自利的傢伙，抱著「別的地方再怎麼髒都沒關係，只要不是我家就好。」的心態，認爲寵物在外面大小便不需要管它而視若無睹，一副無所謂的樣子。尤其拉在草地上，更是理所當然，沒什麼好大驚小怪的，反正看不到，並不會妨礙觀瞻，幹嘛處理。或者強詞奪理，硬說那是在替花草植物施肥，讓養分回歸自然，何必撿起來丟掉，浪費資源，不但振振有詞，還自我感覺良好。

一些訓練有素而且聰明伶俐的狗，配合度相當高，能夠迎合主人的心意，懂得做壞事要低調、避人耳目的道理，一下機車便自動跑到遠離主人的地方解決，不會給主人帶來困擾或麻煩，讓他們眼不見爲淨，不受道德良心的譴責。

有點羞恥心的，大概做賊心虛，狗狗一拉完，趁四下無人，馬上帶著他們迅速逃離犯案現場。稍具一點良心的還會說：「故不離三衷，不得已的啊！」至於沒有是非的鄉愿之人，搬出最常聽到的推託之詞：「這有什麼好大驚小怪的。」或者「又不是只有我，大家都這樣啊！」把別人拿來當成擋箭牌，分攤自己的錯誤行爲。

某些人則是理直氣壯，自認爲繳稅的就是大爺，有權利享受一切物超所值的服務，他的狗在公共場所拉屎，政府當然要派人清理。有的乾脆直接承認：「我就是帶狗出來大小便，不然他要大在哪裡？」甚至還反問：「不可以嗎？」一副目中無人的挑釁耍狠模樣。

或者兩手一攤，一臉無辜的說：「他要大小便，我有什麼辦法？」把責任全推給狗狗，自己在一旁悠閒地抽著菸。這種人實在沒有資格飼養寵物、和寵物生活在一起，相信他們的小孩也一樣教不好，跟人相處不是自私自利就是沒有家教的討厭鬼。

各式各樣千奇百怪的說法，在他們眼中，好像不關他的事，都是別人的問題。這種人究竟有沒有曾經踩到一整坨新鮮狗大便帶回家裡那種既厭惡又不舒服的痛苦經驗？

不管理由如何冠冕堂皇或者口是心非、睜著眼睛說瞎話，縱容自己的狗狗隨地大小便總是事實吧！

這個問題的關鍵不是我們，而在主人身上，畢竟狗狗並非野生動物，是主人飼養的寵物。許多人好像有一種錯誤的觀念，認爲小孩子不懂事，在外面犯錯隨地大小便沒有關係，至於寵物，那更不用提了，根本就無可厚非。但俗話說：「冤有頭，債有主。」自己的小孩闖禍，打破別人的玻璃、弄壞東西，做父母的要賠錢，寵物咬傷人，當然是主人的責任。所謂「養不教，父之過。」如果每個主人都把他們的寵物當成自己的小孩看待，適當的管教，還會放任他們做這樣的事嗎？

人家說：「有什麼樣的父母，就有什麼樣的小孩。」把鼻也認爲：「有什麼樣的主人，便會養出什麼樣的寵物來。」我舉四隻腳贊成。

把鼻平常喜歡觀察周遭的人、事、物，他發現一個有趣的現象，就是狗狗和主人不但行爲或個性相似，甚至連外型長相都很接近。他的解釋是「相由心生」。人和狗相處久了，自然會由內而外互相影響，進而改變長相。也有可能是物以類聚。人們對於和自己長得相近似的，看起來總是覺得比較順眼，所以才會選擇他們，就像人類的夫妻臉。

另外，狗狗和主人的穿著品味也非常類似，大概是他們愛屋及烏的心理，畢竟寵物所穿的衣服都是主人替他們買的。人類的自我意識，讓他們常常自以爲是，因此，會不經意地將內心所想的投射在狗狗身上，不知道這是移情作用還是補償作用？

雖然有人認爲很多大便是流浪狗製造出來的，但他們卻是人類社會的產物。每一個無家可歸的流浪動物，不也是那些無情無義的人狠下心惡意遺棄所造成的嗎？

若談起寵物和流浪狗的生活何者辛苦或是誰比較幸福，這可就見仁見智了。

流浪狗天天餐風露宿、居無定所，又要面臨地盤爭奪和隨時會被抓的危險，這一頓吃飽了卻不知下一餐在哪裡，過完今天，不曉得還能不能看到明天的太陽，有著天地雖大，卻無容身之處的感慨。

但他們可不是人類口中所稱又髒又臭的野狗或驚慌失措的喪家之犬，而是神態自若、很有自信又能自食其力的求生高手，甚至應該稱他們爲生命鬥士。雖然這種日子有點辛苦，不過他們樂天知命、活在當下，像游牧民族般的自由自在、無拘無束，可以成群結隊在遼闊的野外奔跑嬉戲，到任何想要去的地方，相當富有挑戰性。

況且流浪狗也有自己的樂趣，譬如慵懶的躺在學校或公園裡一大片草地上曬太陽、打盹和翻滾，不怕受到干擾。還有好心人天天拿食物餵養他們，甚至成爲校狗，得到更多的疼愛。比起那些整天被關在籠子裡或被鐵鍊拴住，猶如軟禁般的寵物，流浪狗反而更有尊嚴。這種在日常生活中自得其樂的最高境界，不就是「道在屎溺」的精神以及人們想要追求與世無爭、閒雲野鶴般的生活嗎？

只不過，在外面混要有躲避追捕的絕佳身手和基本條件，像我這種不夠兇狠、沒有壯碩體格與自我防衛能力的小型瑪爾濟斯，並不適合在物競天擇的世界裡當流浪狗討生活。能夠到處遊蕩四海爲家的，至少都是中型犬以上的身材，要是把我丟到那種環境，我一定無法生存，只會遭到淘汰而自生自滅，不是活活餓死就是因爲生病、受傷而死。

因此，看似無憂無慮卻有著無形枷鎖或甜蜜負擔的寵物一族，跟天天必須爲自由與生存奮鬥的流浪狗相比，二者的好壞是「如人飲水，冷暖自知。」所謂家家有本難唸的經，不管身在何處，每一個生命也許都有不爲人知的故事吧！

把鼻給我的零食如果太多吃不完或是暫時不想吃，我就將它們藏在臥墊的縫隙裡，等以後嘴饞可以隨時拿出來。我藏東西時，兩隻前腳會拼命抓地板，很像挖土的動作，放好之後再用嘴巴回塡，最後嘴巴還要點一下地面，以便壓實土壤，如此才算大功告成，可以安心的走開。

把鼻覺得很有趣，笑我幹嘛經常對著墊子或磁磚抓個不停，之後嘴巴又不斷的點、撥、碰觸地面，就像在舉行一種神祕的膜拜儀式。他還開玩笑說，外國的豬會用鼻子找松露，我則是可以拿嘴巴來寫字下棋打電腦了。

其實儲存食物並找到隱密的地方藏起來或挖洞埋起來是我們的本能，也是許多動物與生俱來愛惜食物和未雨綢繆的好習慣。因此，就算鬆軟的泥土被換成堅硬的磁磚，遺留在DNA裡的記憶，依舊隨時召喚著我，自然而然地做出這個神聖的舉動。也非得要如此慎重，我藏的東西安全無虞，才能讓我高枕無憂，放心離開。

有一次我叼著零食準備要到客廳好好享受一番，突然又想跑到只有我身體高度的泡茶區玩，三心二意的結果，零食不小心掉進馬迷的包包裡。我急得不得了，拼命想要拿出來，但是包包太深，我的嘴巴不夠長而咬不到，努力了好久還是沒成功，我又不願放棄，遲遲不肯走開。跟把鼻暗示了好幾次，明察秋毫的他，看我急得像熱鍋上的螞蟻，走來走去一副在找東西的樣子，終於自動過來幫忙。

把鼻認眞替我找了一遍，仍然沒有發現我掉的東西，折騰老半天也搞不懂我到底要幹什麼，況且他根本不可能想到我要找的東西竟然剛好落在馬迷的包包裡。因爲包包比我的身體還高，又掉在很深的縫隙，我短小的嘴巴和四肢完全無用武之地，怎麼努力都沒辦法，明明知道在那裡，卻無技可施。

把鼻甚至還自作聰明，以爲我有懼高症不敢下來，好心將我抱到地上，他一放我下來，我又立刻跳上去，他也不想想，這一點點高度，我怎麼可能不敢下來。那一次連熱心的把鼻也幫不上忙，我耗在那裡大半天，最後實在沒辦法，只好放棄離開。

我分得出把鼻馬迷的上班日和假日。這兩種日子，他們的生活作息狀態完全不一樣，只要稍加留意，便能看出端倪，分辨其中的差異。

平常上班的日子，鬧鐘一響立刻起床，然後開始匆匆忙忙的刷牙、洗臉、上廁所，接著換衣服準備出門，動作十分迅速，每個人臉上都帶著一股趕時間的緊張氣氛。

假日就完全不同了，不但沒有鬧鐘那種機械式惱人的聲音，全家會睡到自然醒，而且步調突然變得特別緩慢，賴床的賴床，起床的人無所事事的樣子，整個上午都處在輕鬆悠閒又慵懶的狀態。光看他們臉上的表情和走路的速度我就知道那一天是什麼日子。

每天早起的我，老是想不透又搞不懂，同樣都是過日子，爲什麼昨天和今天，睡了一覺起來，差別會變這麼大。我運用我的智商並累積一段生活經驗，終於找到一個辨別是不是假日的簡單方法，就是起床後只要左等右等，等得不耐煩了他們還在睡懶覺，那天一定是個放假日，絕對錯不了。我也發現它們好像很有規律似地，總是輪流來報到，過了幾天忙碌的上班日之後，就會有在家休息的好日子。

上班的日子，馬迷出門前只要對我說「上班」，我就自己乖乖的走回籠子。但如果是假日，她明明要出門，卻故意騙我說「上班」，我便對她發出抗議的叫聲。我又不是三歲小孩，才不會那麼容易受騙上當。

許多事情我都有自己的看法和主見，如果不認同把鼻或馬迷，會以大叫幾聲來表達。那種聲音跟平常對著窗外吼叫不一樣，而且是一面叫一面歪著頭斜眼瞪他們。馬迷看到我不服氣的樣子，就跟把鼻說我又在頂嘴罵人了。這是否自我意識太強，還是桀傲不馴？

把鼻餵我吃藥時，一聽到「吃藥藥」這三個字，我便會不由自主的舔嘴巴。其實我並不是喜歡吃藥，而是直接聯想到吃完藥以後有可口的零食，讓我忍不住口水直流，不得不猛舔嘴巴。這應該是一種習慣性的自然反應或無意識的反射動作吧！

我對把鼻馬迷要求最多的是「抱抱」。我喜歡藉由抱抱這種最直接的撒嬌方式，可以長時間賴在他們身上。大概小時候被他們抱習慣，現在成了戒不掉的後遺症，或是獨自待在家裡太久，悶得發慌，因此他們下班一回到家裡，我就搶著不斷討抱抱的職業病。

因爲我不會講話，又不想沒有禮貌的大聲叫嚷，製造噪音吵他們，只好發揮專長，以我特有的肢體語言來表達。馬迷坐在沙發看電視，我要她抱抱時，便將前腳踩在沙發上左右移動，吸引她的注意。她會用讚美的語氣微笑著對我說：「彈鋼琴！」我也心領神會地對她露出燦爛的笑容。

每當把鼻馬迷毫不猶豫地伸出雙手，安安穩穩將我抱起來，兩隻後腳離開地面時，就有一種特別的感覺，彷彿一股電流從他們雙手注入我的身體。那一雙神奇的手，讓我有如上了癮一般，無時無刻都離不開他們的懷抱，因爲那是我內心深切的期盼與寄託，也是他們透過雙手，傳遞給我最直接的愛的承諾。

我一天要彈鋼琴好幾次，而且樂此不疲，這不是在跟把鼻馬迷玩遊戲，而是爭取我生活中不可或缺的重要福利。尤其在寒流來襲的冬季，馬迷反而少不了我，因爲我像一個溫暖的火爐，沒事就自動抱著我，可說各取所需。

我最常送給他們的，是期待的眼神，而他們回報我的，每每是關愛的眼神。這樣無聲的要求，也能引起他們的注意，並且得到合理的回應與尊重，實在令人感動。

他們毫不吝嗇，一次又一次地讓我如願以償，打破我原本以爲「會哭的小孩有糖吃」的思維，也學到我們家一切講「禮」與「理」的教育方式。

細心而敏銳的把鼻，總是能夠正確解讀我的肢體語言。例如在他身上趴久了，偶爾移動一下身體，他很清楚明白，這是在變換姿勢而已，沒別的意思。但只要察覺我好像開始坐立不安，扭動身體欲掙脫他放在我身上的雙手，他就知道我想下去，會馬上將我放到地上，默契十足。把鼻說我這兩種動的感覺不一樣，一個是自然的動，一個是不舒服的動，注意細微之處的他，就是有辦法輕易分辨出來。

我在把鼻馬迷身上待一陣子就會下去活動筋骨，玩一玩、喝口水，順便撒一泡尿再上來。上去之後，還不忘要換個人抱抱，以滿足我的新鮮感。這樣毫無拘束的互動相當愜意，也是生活中少不了的樂趣。

如果彈鋼琴那招失靈，馬迷不肯抱我上去或是故意轉頭不看我，我就跑到把鼻那邊，用同樣的方法央求他抱我上沙發。上去之後，再肆無忌憚大搖大擺地踩過他的肚子跑到馬迷身上，來個霸王硬上弓，讓她想躲都躲不掉。

把鼻說我既現實又詭計多端，一上去就翻臉不認人，馬上轉身跑去對馬迷投懷送抱，還在馬迷身上得意的望著他，而且張開嘴好像在嘲笑他，讓他覺得有點受傷。眞的很抱歉，我要達到目的就一定會想盡辦法得逞。不過，別人的家裡是許多小孩在爭寵，我們家卻是把鼻和馬迷在爭著寵我，想要對我好，實在是天下一大趣聞。

把鼻馬迷每天抱我上沙發不知多少回，日積月累，雙手練就得有如電子秤一樣靈敏，能夠準確地感覺出些微差異，只要一抱起我來，馬上知道我的體重增加還是減少。平常我全身膨鬆的毛將我的身體僞裝得很好，讓把鼻馬迷看不出變胖或變瘦，但在他們那兩雙手面前，總是無處可藏。

倒是把鼻眞正想幫我量體重時，反而一次也沒成功。因爲體重計會晃動，讓我很沒安全感，每次一放我上去，他還來不及看清楚正在搖擺中的指針和對應數字，我就立刻跳下來，無法知道我確實的重量。除非在動物醫院，我才會老老實實乖乖站好，不敢亂動。把鼻還以爲我很討厭量體重，或是跟體重計有仇。

因此，他平常就靠捏一捏我身上各部位的肌肉來判斷，尤其是胸部，只要變得比較厚實，心裡大概有個譜，接著再用手一抱，答案便自動揭曉。

每當覺得我的身材有些不一樣，把鼻會說：「最近零食吃太多，妹狗又變胖了！」這是因爲我本來身輕如燕，體重大概都是固定在二點五公斤左右，些微的增加或減少，相對比較明顯，只要稍有一點點變化，就可以很容易的感覺出來。如果是把鼻那種六十幾公斤的重量，增減半公斤不太明顯，上下相差一、二公斤當然是屬於可接受的容許範圍。何況我平常整天關在籠子裡，很少運動，活動量明顯不足，屬於易胖體質，體重當然會在正常值的邊緣上下徘徊了。

我是在無意間誤打誤撞跳上沙發的。因爲我沒有貓咪那種柔軟的身體結構和輕功般能夠站著原地跳高的本事，壓根上不了沙發，當然不會自不量力的去嘗試。何況我的遊戲空間已經十分寬敞，沒想過要到上面逛一逛、瞧一瞧。以前不得已鑽進沙發背後，只是爲了躲避馬迷那支愛的小手，卻從來不知道沙發上面把鼻和馬迷每天坐著看書、看電視甚至小睡片刻的地方竟然別有洞天。

把鼻平常喜歡跟我玩，逗得我滿屋子跑來跑去。他巨大的體型占盡優勢，雙手一伸開，幾乎擋住我的去路，然而看似無處可逃，我就是有辦法左閃右躲地從他的眼皮底下穿過。每次跑到沙發前面快要撞到的時候，就會自動來個緊急煞車或急轉彎，幾乎沒有失誤。

有一次我玩興大起，跑得太快衝過了頭，已經來不及停住，眼看就要撞上沙發。還好我的反應夠快，在千鈞一髮之際，本能地想要避開，便急中生智硬著頭皮用力往上一跳。原來抱著鐵定「倒大楣」的心情，結果不但沒事，還得到意外的收穫，包括學會跳沙發的技巧、發現上面這一片新大陸以及找到一樁新的樂趣。

那一跳，如鯉魚躍龍門，好像某種天賦或本領瞬間被啟動，突然開竅一般，只有一個「爽」字可以形容。這樣簡單的一招，我以前怎麼不知道？眞是踏破鐵鞋無覓處，得來全不費工夫。

把鼻形容這就像人原本具有的一種能力，只是從來都不知道，也不會運用，直到某個天時、地利加上人和的那一刻，自然就被激發出來。

第一次踩在軟軟的沙發上，和堅硬冰冷的磁磚完全不同。尤其是它溫暖而富有彈性，跳上來時整個身體被它接住，緩衝的力道讓腳底和四肢變得毫無負擔，不像在地板上跑跳，關節必須承受身體重量與加速度的衝擊，實在很奇妙，也很好玩。

從沙發往下俯瞰，視野變得更寬廣，和地面相比，有不同高度的風光，可以環顧整個客廳，看到優閒踱步的把鼻和正在專心工作的馬迷。

我打鐵趁熱，加緊練了幾次便熟能生巧，開始跳上跳下。從此以後，跳沙發就成為我每天必玩的遊戲兼運動之一。

我都是利用把鼻馬迷不在的時候跳上去，獨自占據整個沙發，高高在上，神氣又豪放，有如躊躇滿志的小霸王。

跳沙發讓我覺得很有成就感。我輕盈矯健的身體彈跳起來毫不費力，越跳越有勁，活像一顆馬力十足的小皮球。愛現的我，常常故意在把鼻馬迷面前來個即興表演：先加速快跑，突然縱身一躍、凌空而起；接著完美降落，然後迅速轉身趴在沙發上，沾沾自喜的看著他們，等待掌聲。

我一天要跳個一、二十次才過癮，看得把鼻都有點嫉妒，常常守株待兔的想趁我剛跳上沙發那一瞬間無法及時反應，來個甕中捉鱉。然而，跟馬迷愛的小手一樣，就是差那麼一點點，身手敏捷的我從來沒被抓到過，就連尾巴也摸不著。

因爲來無影去無蹤，把鼻沒辦法阻止隨時會跳到沙發上的我，他擔心在我四隻腳如此頻繁的踩踏、摩擦和不斷蹂躪之下，很快就會面臨被毀容的命運。幸好我的爪子不像貓咪那麼尖銳，又有美容師定期修剪，細皮嫩肉的布織沙發才沒被我抓破，只長出一些線頭或起點毛球而已。倒是我身上特有的氣味和白色的毛迅速擴展地盤，完全占領沙發，地板的灰塵也被我帶上去，不知不覺逐漸變髒。

這塊在我眼中神祕的處女地，不再是高不可攀的禁區，把鼻馬迷專用的VIP休閒空間，成了我的後花園。我不用天天彈鋼琴，隨時可以出現在沙發上，而且來去自如，真正可以和他們平起平坐了！

我的另一個拿手絕活是「賴皮撒嬌」。有時候馬迷加班到特別晚還沒回來，我左等右等，實在很想她，只要一進家裡，就會在她身上扭來扭去，不斷磨蹭撒嬌，賴著不肯起來，一直要到過足了癮才會恢復正常。我如此激烈的動作，是要告訴馬迷：「我很想妳，爲什麼這麼晚才回來！」而且只有在馬迷身上才會做出這樣的舉動。因爲她是我情感的疏洪道，非得如此，才能將累積了一整天的思念發洩掉。而這種舉動讓她更加堅定地相信，我的確是離不開她的寶貝女兒。把鼻從這個小地方便可以看出，我最依賴的人是馬迷，最愛的也是她。

把鼻和馬迷如果一起回家，有時候會事先串通好，進門之後馬迷故意跑去房間躲起來，想給我一個驚喜。我以爲馬迷還沒回來，有點失望的走出籠子，看到她突然出現，意外又興奮的我，也會對她拼命的撒嬌。

他們老是用這招來取悅我、戲弄我，幾次之後就不靈了。不是說事不過三嗎？憑我的聰明才智，是不會上第三次當的。後來我學乖了，開始有警覺性，馬迷每次只要跟我玩捉迷藏，一下子就被我找到。他們忘了我是個好鼻師，就算眼睛看不到，也還有更厲害的武器啊！

因爲這樣的經驗，常常眞的只有把鼻一個人回來時，我就會以爲馬迷可能又躲起來而到每個房間四處尋找。日復一日，我好像得了強迫症或妄想症，沒事就往房間跑，還仔細檢查一番，總覺得馬迷可能藏在衣櫥裡。

我是這個遊戲的受害者，反而變成放羊的孩子，每天老是疑神疑鬼的猜想著「馬迷到底回來了沒？」

十、鍥而不捨

有一天我的腳突然無緣無故地痛了起來，那是前所未有的劇烈疼痛，痛到無法走路，連站都沒辦法站，整天只能趴著，根本就不想動。

把鼻馬迷一發現，馬上帶我到動物醫院，照過X光，醫師也無法確定到底是什麼病或什麼原因造成的。吃了幾天藥之後，腳不痛以爲沒事可以安心了，想不到經過一段時間又開始痛起來，只好再帶我回診。這樣時好時壞的過了幾個月，把鼻馬迷終於對那位醫師失去信心，他們考慮換別的醫院試試看。

爲了醫治腳痛的毛病，幾乎周遊列國，去過將近十家動物醫院。把鼻甚至異想天開的嘗試透過網路敍述病症，對方再將藥包郵寄到家的看診方式，被馬迷嗤之以鼻地笑稱爲「隔空抓藥」，雖然眞的沒什麼效，但那也是把鼻的一番好意。後來聽說苗栗有一家很有名的動物醫院，還打算改天要開車帶我遠征到那裡。

他們不辭辛勞地一家換過一家，一次又一次的失敗，仍然沒有放棄。每回都是打針吃藥腳漸漸不痛了，但過一陣子之後便又再度發作，如此周而復始，就是沒辦法根治。每位醫師講的都差不多，就是找不出眞正的病因，無法對症下藥而束手無策。

把鼻馬迷非常苦惱，也很納悶，不過是區區腳痛的毛病，爲什麼會這麼難對付？竟然沒有一位醫師能解決，難道我得的是什麼稀奇古怪的疑難雜症？倒楣又無辜的我，就只好不斷嘗試每位醫師所開的藥方，當一隻不折不扣的白老鼠。

俗話說「腳痛不是病，痛起來要人命！」這種病雖然不至於嚴重到會立刻喪命，但發作的時候眞的生不如死，實在是要我的命。更何況被它纏上便沒完沒了，開始時好時壞的反覆折磨，如同墜落無窮無盡的輪迴大海。痛苦一過，才剛剛好轉，讓我上岸喘了一口氣，立刻又陷入另一個溺水期。

而且不只是我，就連把鼻和馬迷也一起掉進這個無底洞。看到我忍受如此痛苦，他們的心也陪著我一起痛。本來我到家裡，是要帶給全家人歡樂的，現在卻讓他們生活在愁雲慘霧之中。

據把鼻推測，每位醫師給我吃的，大概都是消炎止痛之類的藥，吃完暫時不痛，等過了一兩個禮拜，藥效一退便又準時發作，所以並不是眞的藥到病除。

不知還要忍受到什麼時候？腳一疼起來，簡直痛徹心扉，幾乎無法走路。如此的苦難，卻才剛剛開始，好像在考驗我的忍耐力與意志力。

感同身受的把鼻，猜想我的腳痛大概就像他曾經痛風發作或是尿路結石。我不知道這兩種痛的程度是不是一樣，而且每個人對疼痛的感覺和忍受程度也不盡相同，實在很難比較。不過把鼻只是一根腳趾頭或局部地方覺得很痛，我卻是四隻腳一起痛，尤其一站起來，身體的重量全部都壓在腳上，那種痛上加痛的滋味，猶如遭受極大的酷刑。

快樂的日子完全改觀，彷彿從天堂掉到地獄、由彩色變成黑白。然而，無論再怎麼痛我都要忍耐，在把鼻馬迷面前，絕不發出一點點哀號求饒的聲音、露出痛苦的表情，就算咬著牙也會撐下去，因爲我們是從不流淚的堅忍一族，所有辛酸都往肚子裡吞。

這讓把鼻想起一種生長在深山裡的小喬木，叫做「狗骨仔」，它的外型雖然不起眼，但木材質地堅硬無比，想要將一棵只有手臂粗的樹幹砍斷並不容易。把鼻說，狗狗們從內到外一身傲骨，尤其是有著鋼鐵般的意志，就像深藏不露的狗骨仔。感謝把鼻的讚美，對我們這麼抬舉，也再一次印證了人類的慧眼識英雄。

這段期間，尿尿變成我的夢魘，也讓我了解什麼叫做舉步維艱。每次都要忍著千刀萬剮般的劇烈疼痛，一步一步挪移著四肢，從客廳千里迢迢走到便盆上，使盡吃奶的力氣，支撐著痛到不行而不斷發抖的左後腳，讓它微微彎曲，慢慢蹲下去，再奮力抬起同樣疼痛且抖動的右後腳，才能勉強完成簡單不過的解放動作。尿完還要重新經歷一次痛苦的拖行回去，整個過程就像在打一場艱難無比的硬仗。這樣一趟所花的時間，卻是平常的好幾倍。

因爲腳痛不想動而經常憋尿，我連水也喝得很少。本來一天要小便好幾次的，現在只有盡量忍著，尤其上班時間窩在籠子裡，常常一整天都沒有尿尿。倒是把鼻馬迷反而替我著急，覺得我太久沒有解放，膀胱應該裝滿了，只要看到我稍微動一下身體，好像要起來尿尿的樣子，便會很殷勤的將我抱到便盆上。而且每隔一些時間，就主動將水拿到我面前，讓我可以不用痛苦的走那一段遙遠的天堂路，眞是感激他們！

雖然如此，即使不能走路，用爬的也要爬到廚房。我始終堅持原則，除非不得已，從來不在便盆以外的地方大小便。不過，因爲尿量特別多，常常解到一半，白色的腳已經被迅速暈開的尿液沾濕，甚至往上蔓延，而等在一旁的把鼻，早已拿著衛生紙準備幫我擦拭了。

現在我幾乎整天都是趴著，根本不想站起來或者動一下。我的食慾變差、體重下降，跟臥病在床沒兩樣。我已經很久不碰玩具，就連平常最喜歡的抱抱都沒什麼閒情逸致，而且偶爾眞的想要來個抱抱，也無法向把鼻馬迷表達。還好他們會主動抱我，給我更多的關懷，待在他們身上的時間反而比以前更長。只不過每次抱起正在受苦體重又變輕的我，總是相當不捨，對我更加的憐愛。

由於太久沒運動，原本跑步跳沙發練就出來特別發達而強健的後腿逐漸退化，肌肉變得鬆弛無力。把鼻有空的時候就會幫我按摩，舒緩筋骨，希望我能趕快恢復往日跳沙發的雄風。另一方面，他卻又心急如焚，恨自己不是醫生而無能爲力。

這種日子持續了將近一年，不只我被折磨，把鼻馬迷的情緒更是長期處在低潮，連上班都受到影響，整天不斷掛念著我，全家快樂不起來，也傷腦筋了一年。

他們暫時停止旅行計畫，不敢再帶我出去，假日只能全部待在家裡陪我。每次看我痛苦走路的樣子，他們的心也糾結在一起，找得到的醫院都帶我去過，實在沒有其他辦法了。

有一天，把鼻忽然靈光一閃，終於想到近在咫尺，不論設備或技術都是最好的T大動物醫院。抱著抱著姑且一試的心情，便趕緊請假帶我過去。這也是決定我這一生命運能不能翻轉的最後一線希望。

這家國立大學附設的動物醫院相當具有規模，門診就分好幾種不同的科別，有如人類的醫院。檢查也更仔細，除了照X光，還要抽取關節液，眞是一點都不含糊。之前那些號稱醫院卻只有一兩位醫師的小診所，根本不能和它相提並論。

做X光攝影時，醫師一下要我向左躺，一下要我向右躺，接著又是前腳伸直或後腳伸直，我都非常配合，不會亂動，靜靜地讓把鼻抓著我的上半身與前腳，馬迷按住下半身和後腳。

抽關節液必須全身麻醉，算是一種小手術，而且因爲我的體型超小，麻醉的劑量必須控制得剛剛好，還是有一點風險。儘管醫師安慰說沒問題，不過等在外面的把鼻和馬迷仍有些擔心，直到醫師抱著我從手術室出來，並且已經漸漸清醒，慢慢恢復活動力，他們才完全放心。

做完所有檢查，終於找出眞正的病因，叫做「類風濕關節炎」。醫師說這種病一般較常發生在年老的狗狗身上，像我這種案例倒是很少見。因爲我才一歲多就出現此病症，醫師判斷應該是先天性的，開的藥是類固醇，跟之前吃的完全不同。幾個月之後，腳痛完全根除，不會再復發，我終於脫離苦海！

不過，美中不足的是，我再也無法盡情的跑步以及在把鼻馬迷面前表演引以爲傲的跳沙發絕招了。往日那些充滿活力、天天追趕跑跳碰的青春歲月，正式畫下句點，取而代之的，是另一個更成熟、更穩重的自己。

從此以後，我想上沙發時只能動動頭腦，要求把鼻馬迷幫我。貼心的是，不必像以前那樣往左往右努力表演彈鋼琴，只要將兩隻前腳甚至一隻腳搭在沙發上，往把鼻或馬迷一望，他們就會無條件地自動將我抱上去。因爲活動力大減，抱我的次數和待在他們身上的時間更多並且更久，反而得到加倍的關注，正所謂「塞翁失馬，焉知非福」。

把鼻是一個念舊而多愁善感的人，現在抱著我的時候，便會想到以前我快樂又臭屁的衝刺跳沙發。他感嘆地說：「寧可沙發被我跳到破掉，也不願看到我的腳被病痛折磨，甚至壞掉。」

很感謝那位醫師，醫術眞的很高明，兩三下就藥到病除。更感謝把鼻和馬迷，他們爲我到處奔波求醫，不斷請假帶我去看病，從不輕言放棄，最後終於成功，我又回到繽紛的世界。

腳痛醫好了，但仍然留下後遺症。因爲拖了一年，太晚對症下藥，連接腳掌上方的關節，在不知不覺中慢慢損壞掉，無法將前腳撐直，所以我的前半身看起來矮了一截，走路時總是低著頭，好像垂頭喪氣，步伐沉重而吃力，昔日那輕盈如芭雷舞般的小跑步已不復見。

醫師說這是因爲我的關節已經被吃掉，連之前檢查時，關節液幾乎都抽不到，因此前腳有一段撐不起來，就像是跪著走路。把鼻聽了恍然大悟，難怪他常常覺得我走起路來跟以前不一樣，但就是說不出哪裡有問題，原來是我的前腳變短，而踩在地上的部分變長，現在眞相終於大白！

把鼻對延誤治療這件事一直很自責，他怪自己爲什麼沒有早一點想到帶我去T大動物醫院，害我受了這麼長久的痛苦，甚至連關節都壞掉，留下一輩子無法復原的遺憾，不但讓他扼腕，而且始終耿耿於懷。

俗話說：「千金難買早知道」，該要發生的事情總是會發生，沒有人能夠預測，上天的安排更是無法改變，只要努力就好了。事實上，他是一個盡責又認眞的把鼻兼看護，腳痛的陰霾掃除，我已經很感恩了。

十一、禍不單行

生命總是充滿著許許多多的無奈，好不容易才脫離苦海，卻馬上又被推向另一個看不見的未來。

在焦頭爛額爲我醫治腳痛而到處奔波的過程中，有一位細心的醫師發現我的心跳不太正常，聽起來好像有雜音，建議把鼻馬迷帶我到心臟專科的醫院徹底檢查。

雖然那時被腳痛困擾著，他們絲毫不敢大意，還是特地帶我到專攻心臟的動物醫院。經過X光、超音波及心電圖的詳細檢查結果，醫師確定是因爲瓣膜無法完全閉合，導致血液逆流的心臟病，這也算是先天性的疾病。

又是先天性疾病，那種感覺實在很惡劣，這並不像連續兩次都分到爛蘋果，只能怪自己運氣不佳，而是因爲有人對生命不尊重，還違背良心、明知故犯，造成許多無辜生命遭受一連串的苦難，這才更令人生氣。

本來以爲腳痛已經是谷底了，卻不知道還有更可怕的萬丈深淵等著我。屋漏偏逢連夜雨，噩夢就好像瘟疫，一波未平一波又起，如影隨形不斷糾纏著我，不讓我有喘息的機會。同時，它也像烏雲般籠罩著全家，緊緊抓住把鼻與馬迷柔軟善良的心，將他們從幸福的天堂，一步步逼向黑暗的牢房。

爲什麼好運始終不站在我這邊，反而雪上加霜？特別難得的倒楣運，卻接二連三不斷落在我的頭上。這種微乎其微的機率，簡直像是被雷打中一樣，實在不容易。

從不迷信的把鼻，終於不得不向命運低頭，認爲我剛來到家裡差點被摔死，也許就是上天給他們的警告或者下馬威。難怪人家常說「福無雙至，禍不單行。」

醫師說吃藥只能減緩心跳速度，降低心臟所受的壓力。至於手術，他說目前台灣沒有人能做這種心臟手術，國外才有，而且費用相當高，大概超過新台幣一百萬元。不過因爲我的體型太小，血液量太少，輸血可能有困難，所以就算想做也不一定有辦法做。

在醫學如此發達的今天，窮人是弱勢的族群，然而，跟人類比起來，我們寵物更是弱勢中的弱勢。因爲在這個以人爲本的世界裡，我們只是人類一時興起，養來玩一玩，排遣寂寞無聊的附屬品，是次要的對象。至於寵物以外的動物，在人類的眼中更是無足輕重，除非對他們有利用價值或具特殊意義的某些物種，才會被注意到。「人不爲己，天誅地滅。」這或許就是人與其他動物最大的差別吧！

目前我只有聽醫師的話，天天吃藥一途，而且必須吃一輩子。從此以後，我眞的成爲藥罐子，每天都離不開藥了。

醫師還一派輕鬆地說，這種病一般活不過三歲，馬迷一聽，淚水馬上不爭氣的掉下來，這是她第一次爲我流眼淚。把鼻則在心中暗自禱告，希望醫師講的話不準或不算數，只當作是在開玩笑，隨口說說罷了。他相信風水輪流轉，我的一生從一開始就已經跌到最低點，現在應該是準備翻身、否極泰來的時候。或者我的福星高照，也許會有奇蹟出現吧！

雖然我不明白死亡是什麼，但是看到馬迷流眼淚，那種和平常完全不一樣的氛圍，我可以確定，它應該不是一件好事，而且可能是令人傷心難過的事。

這一回，上天直接判了我死刑，不讓我有任何上訴的機會。儘管如此，日子總要過下去，沒有沮喪的權利，那是我的命，也是天意。我並不悲觀，仍然開心面對，熱情地期待可以和把鼻馬迷共同擁有的每一刻。

生命的最後一步，都將走向死亡，回歸原來的空無，只不過那條路有長有短、早走或晚走而已。反倒是銷聲匿跡多年的魔咒，如今又捲土重來，再度找上把鼻和馬迷，並且擺出不達目的絕不終止的姿態，執意索討、要求兌現。這樣的安排與結局，有如雪上加霜、在傷口上灑鹽，讓他們好不容易才鼓起勇氣，想要從我身上慢慢建立起來的信心，再一次受到打擊，眞是情何以堪！

聽說我的心臟藥是目前最新、最有效卻也是最貴的。把鼻和馬迷每個月去拿藥，每天早晚各餵我一次。醫師還特別交代，爲了讓藥效穩定，所以最好固定時間，在早上和晚上七點半吃。

他們將藥粉倒進碗裡加水攪勻，再用注射筒餵我。那看起來好像很簡單，我也樂意配合，但是因爲我喝水都是用舌頭舔，剛開始還不習慣嘴巴含著水，不會直接把藥水吞下去，注入嘴巴的位置不對或是太快，藥水經常從旁邊流出來。幾次之後，我們各自都漸漸抓到要領，就可以順利的吞下去了。雖然只是幾滴液體，我仍然要大費周章地動用嘴巴、拼命舔舌頭，好像在品嚐美味的食物一樣。

原來吃藥還得雙方配合才行，要是被餵的小朋友緊閉嘴巴或拼命搖頭抵死反抗，便無法完成。

把鼻小時候看過別人的媽媽用不太人道的方式餵小孩吃藥，印象非常深刻。她先將藥粉倒在湯匙裡加水調勻，一隻手抱緊小朋友另一隻手捏住鼻子，等緊閉的嘴巴一張開換氣，馬上將湯匙放進嘴巴深處壓住舌頭根部迅速倒入藥水。這種強迫灌藥的方式，大部分都會從嘴角流掉，往往前功盡棄。有時候藥水已經在喉嚨了，就是不肯乖乖吞下去，還可以聽見僵持不下而同時發出的漱口聲和哭聲，很容易嗆到，而且更加深小朋友對吃藥的畏懼。

那慘不忍睹的情景，始終縈繞在把鼻腦海裡。他很慶幸自己沒受過這種待遇，也很高興我從不抵抗，讓餵藥與吃藥這件事心平氣和地完成。

在腳痛還沒治好之前，有一段時間我每天必須同時吃關節炎和心臟病的藥。把鼻最心疼我了，覺得這麼小的身體，卻要吞下兩種藥，日積月累，不知道是否負荷得了？因此，他總是對我特別禮遇，想辦法從其他方面彌補我。

他在替我調藥的時候，會拿出零食放在一旁準備，等吃完藥之後，立刻給我一塊肉乾做爲獎勵。因此，吃藥對我來說，不但不是苦差事，反而是我樂於期待的事。久而久之，習慣成自然，每當他對我說：「妹狗，吃藥藥！」我的口水就迅速湧出，並且不由自主的猛舔舌頭。把鼻知道我不是嘴饞，是標準的反射動作，他並沒有取笑我，而是感謝我每次吃藥不哭不鬧，配合度非常高，說我比小朋友還要聽話。

把鼻從小就不怕吃藥，也不討厭苦的東西，又苦又噁心的中藥，別的小朋友怕得要命，他偏偏很喜歡，覺得有一種特殊的天然香味，喝完還苦中帶甘。至於很多人不敢吃的苦瓜，更是他最愛的蔬菜之一，根本不覺得苦，還可以直接生吃。

他很想知道我每天吃的心臟藥到底苦不苦，竟然學起二十四孝，來個親嚐湯藥。試了之後，發現我的藥其實並不苦，而是帶有一點酸味，所以放心不少，因爲那是我要吃一輩子的。

把鼻和馬迷爲了盡可能準時餵我吃藥，兩個人上下班經常像在輪流趕場。然而，即使我沒有生病不需吃藥，讓他們在辦公室放心不下，老是牽腸掛肚想早一點回來的，仍然是我這個獨自待在家裡，眼巴巴等著他們的妹狗。

除了每天固定吃的心臟藥之外，爲了強化我的關節，馬迷還幫我買維骨力。其實，那對我已經壞掉的關節並沒什麼太大的幫助，但只要對我的身體有一絲一毫用處，她仍然不斷買最好的藥物或保健食品給我。

馬迷另外打聽到幾種對心臟有益的東西，像Q10和肝精，她也不辭辛勞地大老遠跑去找回來。聽說Q10是人類用來抗老化的保養品與健康食品，讓我吃這種連她自己都捨不得吃，也從來沒吃過的東西眞是暴殄天物。因爲我還不到三歲，正是青春活潑的年紀，並不需要什麼健康食品或補藥來增強體力。況且我已經是麗質天生的狗正妹，再吃的話就要變成超級狗正妹了！

我對這些「貴森森」的藥一點興趣也沒有，它們不但故意做成超大顆的膠囊，讓我很難吞下去，味道又很奇怪，實在是敬謝不敏。把鼻也懷疑馬迷買的到底是人吃的還是狗吃的。我就是學不會吞藥丸，沒辦法像人類一樣配水吞下去，尤其是我的食道又特別窄小，那一顆長長的東西在我喉嚨裡，總是覺得卡卡的，根本嚥不下去。馬迷每次餵我，不管是從嘴巴側面放進去或是直接塞到喉嚨深處，舌頭一動就掉出來。在她面前我會假裝吃下去，其實藥丸還含在嘴裡，等她走開不注意的時候，再偷偷吐在一旁看不到的地方，算是給她一點面子。

馬迷也會跟我耍陰險，把藥丸偷偷夾在雞肉塊中或是藏在美味可口的牛肉罐頭大餐裡面，想要騙我吃。第一次因爲嘴巴太饞，吃太快又過於專心，等發現的時候，藥丸已經被我吞下去，來不及吐掉了。

那次以後，我就特別小心，不會再受騙上當。馬迷設想周到，怕我直接吞容易噎到，便把膠囊打開，將藥粉混在正餐裡面，精明的我一聞味道不對，連一口也不吃。她看我意志這麼堅定的排斥它們，又想到我已經天天在吃藥受苦，既然不願意，就不再勉強我吃。現在那幾罐保健食品便一直被擺在冰箱裡沒再動過，眞的有點對不起她。

馬迷說我這種行徑，簡直就像姊姊的翻版。姊姊還是小baby的時候，馬迷餵她母乳，她竟然一再拒絕，無論試過多少次，不要就是不要，讓馬迷很沒面子，只好放棄親自哺乳的念頭，改以奶粉代替。幸而姊姊長得頭好壯壯，現在身材更是高人一等。

她始終想不通，姊姊爲什麼不肯喝母乳，究竟是母乳的味道她不喜歡，或者是嘴巴不習慣含著東西。也許因爲這樣的緣故，姊姊從小就不喜歡奶嘴，一放到嘴巴，馬上吐掉，而且她也不吸大拇指，眞是一個與衆不同的小孩。

醫師叮嚀說我有心臟病，冬天要注意保暖，馬迷便特地買了一個小電毯，放在我的衛冕者寶座，天氣冷的時候就打開開關將我抱到電毯上。其實我並不怕冷，何況台灣的冬天根本不冷。剛開始趴在電毯上還覺得頗溫暖舒服的，但是經過一段時間之後，就熱得受不了趕緊離開。所以馬迷爲我準備的愛心電毯，最後的下場也是一樣，被收起來晾在一邊餵蚊子了。

因爲心臟的問題，把鼻收斂起他的童心，不敢跟我玩太劇烈的遊戲或運動。他特別謹愼，停止所有會讓我心跳加速的危險動作，我也有自知之明，有點喘就自動停下來休息，所以不能像別的狗狗一樣，瘋狂地又跑又跳盡情的玩。

把鼻和馬迷把我當成生病的小孩，對我細心的照顧，甚至覺得我的病是因爲他們的魔咒帶給我的，心中有著虧欠與愧疚，所以在某些方面就較爲寬厚縱容。他們常常讓我享受連姊姊都沒有的特權，並且盡可能的幾乎都會帶著我一起出門。

雖然如此，在家裡或是外出該有的規矩，我還是一樣遵守。孔子說他七十歲可以「從心所欲，不逾矩。」我老早就能夠這樣了。套一句把鼻的玩笑話叫做「隨機應變，但不隨便。」在我看來，明明一件很簡單的事情，人類卻要等到七老八十才可以做到，根本是後知後覺。

現在我漸漸感到身體越來越不舒服，在把鼻馬迷身上趴一下下就開始莫名的喘氣。原本那張天眞無邪又燦爛的招牌笑容，常常不知不覺收了起來，被憂鬱的眼神取代，偶爾才露出難得一見的笑顏，這是不得已的，並不是故意擺著一張愁眉苦臉。

把鼻是我們家的專屬攝影師，現在他想幫我拍照可不像姊姊那麼容易，就算老萊子出馬，也照樣會失靈，不但手腳要俐落，還得碰運氣，不然，我變臉的功夫可是像翻書一樣快。

把鼻最注意我，也最能體會我的感受。他說一個人的心情，完全寫在臉上，在我們狗狗甚至動物身上也一樣適用。他看到我有如冰封的臉，知道我的不舒服，總是撫摸我的頭，露出慈愛的眼神鼓勵我。

他始終無法相信，眼前這個如此完美的小小身體裡，竟然藏著醫師口中那要命的缺陷，就像被偷偷放了一顆不定時炸彈，隨時都可能引爆。

把鼻抱著我的時候，那一雙碩大而厚實的手掌，輕輕拂過我全身，既柔軟又溫暖，是我獨自擁有的享受。他常好奇又認眞地傾聽手裡噗通噗通充滿生命力的心跳，而我舒服的躺在把鼻懷裡，同樣也能感覺到他那超級大壓縮機發出強烈的律動。當一大一小的兩顆心緊緊靠在一起，共同爲不一樣的人生敲打著神奇節奏，也撞擊出朵朵火花。這個時候，無聲勝有聲，一切盡在不言中！

人類的手眞是奇妙，有推動搖籃的手，有救人無數的手，有掌握國家命運的手，有偷雞摸狗的手，也有喪心病狂毫無人性的手。將我從親生媽媽懷中抱走的，是一雙無情無義又狠心的手；而把鼻那一雙將我擁入懷中的，則是充滿愛心且溫柔的手。想不到同樣一雙手，同樣一個動作，卻有如此不一樣的感受，也造就了完全不同的結果。

我終於知道，溫柔不是女生的專利，在把鼻身上，也可以看到善解人意而柔情的一面。他跟同事提到我，都說我是他的二女兒，我確實認爲他眞的把我當成他的女兒，甚至相信，把鼻是我前世的情人。

我持續每天按時吃藥，滿三歲時，除了平常比較容易喘之外，身體還算正常。回診照完超音波檢查，醫師說：「很好，沒問題，原來的狀況沒有惡化。」走出醫院大門，馬迷既欣慰又開玩笑地說，她要拆了那位醫師的招牌。

她們猜想，醫師看了檢驗結果可能很意外，因爲我心臟堪用程度超過他的預期，所以他說很好。但所謂的很好，應該是指不好的情形還保持原狀，沒有變得更壞，或者那只是醫師習慣用來安慰主人的話。至於目前這種醫師所說很好的情況或假象，究竟還可以維持多久，誰也不知道。

不過，能夠這樣就該謝天謝地了！這也許是醫師開的藥眞正發揮功效，讓我的心臟維持原狀，並減緩惡化的速度，或是把鼻馬迷細心照料，才能延長我受損心臟的使用年限，打破醫師所說活不過三年的預言和上天的魔咒。

醫師還特別教把鼻和馬迷爲我做簡單的心肺復甦術，以便在心跳停止時急救之用。因爲我們狗狗無法像人一樣平躺，只能側躺，而且我的體形跟人類相差非常大，看醫師操作很簡單，眞正做起來並不容易，力道的控制就有相當難度。把鼻馬迷當時也不在意，他們只希望大概不會有需要用到的一天，回家之後便忘了。

我並不怪那些繁殖動物或販賣寵物賺錢的人，他們也許需要靠這份工作養家活口，這是每個人的選擇。而且如果不是他們，我也沒有機會跟把鼻馬迷和姊姊快樂的生活在一起。但是做任何事情必須具備基本的專業知識，更重要的是，賺錢之餘，總要有一點道德良心吧！畢竟寵物是活生生的動物，並不是工廠製造出來的產品，有瑕疵的商品可以回收銷毀，然而，有血有肉有靈性的生命，能夠用這樣輕率的態度去對待嗎？

世上不知有多少寵物，因爲不當的育種繁殖，得到先天性遺傳疾病而一輩子受苦，就連他們的主人也跟著擔心害怕。尤其是一個個罹患疾病而提早結束的無辜生命，更使得多少家庭承受寵物離開的打擊與傷痛。

人類喜歡扮演上帝爲所欲爲，以科學爲藉口，點燃無知的野火，做出一件又一件違背自然的事，將造孽當成造福人類，還冠冕堂皇地說他們愛地球，這些人難道沒有一點惻隱之心嗎？

生性慈悲卻憤世嫉俗的把鼻，最看不慣不公不義的事，他說科技與資訊發達的年代，很

多看似無知的人，其實並不是沒有知識，而是麻木不仁，因爲他們喪失了感同身受的良知。

人類利用大自然，卻任意揮霍，從不知珍惜，直到發現大自然被自己破壞、賴以生存的環境遭受嚴重威脅才恍然大悟，開始反省檢討。於是，又回過頭來以大自然爲師，重新學習大自然，甚至求助於大自然。失去才知道可貴，人就是這麼愚昧無知，雖然試圖亡羊補牢，但許多被破壞的已經無法復原，消失的也永遠回不來了！

自大又不自量力的人類，抱著不服輸的精神，處處挑戰大自然，更誇下海口，說出「人定勝天」的狂妄豪語。要知道，人是鬥不過天的，上天只要動動手指頭、剁一跺腳，就能夠讓他們全軍覆沒。當天災來臨的時候，任何號稱絕對安全的高科技便完全失靈，那些花大錢建造的工程，就如同小孩子玩耍的積木，瞬間被推倒、掩埋，毫無抵擋防禦能力。即使是小到眼睛看不見的細菌、病毒等微生物，都可以輕而易舉地奪走生命，讓他們一夕之間亡國滅種，至今仍無法徹底了解、掌握及控制它們，對它們畏懼三分且束手無策，還有甚麼偉大可言？人定勝天只不過是拿來激勵人心、自我催眠與壯膽的神話罷了！

人類的祖先早在幾千年前就告訴他們，衆生都是平等的，應該一視同仁去愛護所有生物，但優越感作祟，總是以最高等的動物自居，始終自以爲是地掌握著所有生命的生殺大權。

野生動物爲了塡飽肚子，偷偷吃一點東西，好像犯了滔天大罪，人類便做出各式各樣的陷阱，設下天羅地網，想盡辦法非要置他們於死地不可。不小心被抓到，不是斷手斷腳成了終身殘廢，就是被處以極刑命喪黃泉。甚至爲了滿足口腹之慾，還將他們剝皮、分屍再放進鍋裡烹煮，下場眞是淒慘無比。

自古以來，爲了消遣解悶並滿足潛在的鬥爭本性，想出鬥蟋蟀、鬥雞、鬥狗、鬥牛等玩意兒，讓動物們互相廝殺，拚得你死我活，直到兩敗俱傷、至死方休。而這樣殘忍的行徑，在他們眼中根本算不了什麼，還聚集了一大群人圍觀欣賞，拍手叫好。

馬戲團裡，聽從馴獸師指令賣力表演以娛樂衆人的動物，掌聲背後都有難以想像的悲慘過去。那些被動物園奉爲上賓的，已經算比較幸運了，但是一輩子生存在沒有眞正自由、活動空間十分有限又不自然的人工環境，仍比不上他們原本熟悉而無拘無束的故鄉。

至於我那些可憐又無辜的同類，更不知道招誰惹誰，好端端的在公園馬路等公共空間遊蕩，無緣無故就被粗暴的追趕逮捕，跑得太慢不幸被抓的，只有自求多福。

被送進收容所的他們，受到的是一連串冷酷無情又完全不公平的對待，在短短的十餘天之內，如果沒有人領回或認養，便莫名其妙的被安樂死。這種未審先判、隨意冠上莫須有罪名而趕盡殺絕的手段，是哪門子的野蠻法律？與古今中外殺人不眨眼的暴君相比，有什麼差別？福爾摩沙這個美麗的島嶼上，早已被淡忘的白色恐怖，卻依然橫行在高喊保育的年代，而且專門用來對付浪跡天涯的動物朋友們。

反倒是人類的社會，特別在乎並重視自身的權益，動輒以人權做爲理由和訴求，對自己的生命財產妥善地加以保護，絕對不可以受到一分一毫的損害。他們殺了人不一定會被判處死刑，還能夠一而再、再而三的上訴。就算被判刑坐牢，也有假釋的機會，可以提早出獄。連罪犯也講人權，甚至還有人替他們求情，主張廢除死刑。

禽流感、口蹄疫爆發，人類一聲令下，數萬甚至數十萬個生命立刻被終結。如果人類的SARS等傳染病大流行或人口過剩，要不要學學對付動物的方法予以隔離撲殺？假使被抓的流浪狗和走私的動物必須銷毀，那遊民與偷渡客是不是也該依此類推、比照辦理？他們對待每一個生命和每一件事情，究竟有什麼樣的標準或依據？

關在動物園的動物，行動自由與活動空間完全受到限制，卻美其名稱之為教育或保育，其實只不過為了滿足好奇心而已，這不也是在實現一己之私的慾望嗎？

有人大聲疾呼要愛護地球，卻有人不斷開發掠奪、趕盡殺絕，甚至加速毀滅，造成許多動物無容身之處，幾乎活不下去，越來越多族群陷入消失滅絕的危險境地。人類大言不慚地說，要維護世界的公平正義，但是，其他動物的權益又在哪裡？而事實上，專門破壞世界秩序與和平的罪魁禍首，不正是人類嗎？

同樣都是在這塊土地上討生活的地球村公民，動物們從來不曾有過占地為王或據為己有的野心，只是卑微的想找個棲身之所，共同分享取之不盡的大地資源，要求一點生存權而已，為什麼不能放他們一條生路，彼此和平相處？人類到底是「萬物之靈」，還是專門虐待、殺害動物的「萬物之凌」？

把鼻的工作經常接觸大自然，年輕時更是必須遠離人群，天天馳騁在杳無人煙的山林之間，即使回到喧囂的城市，也喜歡享受獨處的寧靜。可能長期生活在與世無爭的環境，受到大自然的啟發，他感嘆人類的世界實在太複雜，讓他水土不服，一直都無法適應。他意有所指而且語帶嘲諷地說，世界上最危險、最應該提防的動物就是人，如果可以選擇，他寧願跟不會說話的動植物在一起，也不想和成天爾虞我詐、勾心鬥角的人為伍。

把鼻的鬼神觀十分另類，相信而不迷信。他沒有宗教信仰，但相信冥冥之中有鬼神的存在。他認為如果有主宰，不管是玉皇大帝，或者叫做上帝，可能只是浩瀚宇宙中，某個時空的管理者。無論鬼或神，不過是代名詞而已，不知道鬼這個東西，不去理它便不會害怕，內心坦坦蕩蕩沒有邪念，就算眞的有鬼，它想害人也無從下手。在把鼻眼裡，鬼應該稱為心魔吧！

經過廟宇，他總是隨緣地雙手合十表達虔誠的敬意，他說那是對天地之間應有的尊敬。但他無所求，不諂媚地祭拜，也不過度盲目信仰，因為心誠則靈，不管信或不信，並不會因此而帶給人任何好處或壞處，該來的還是要來，命中注定是你的，即使無所求，都會從天上掉下來。

雖然沒有宗教信仰，把鼻並不排斥任何宗教，也沒有偏見。心中自有一把尺的他，覺得無論喜不喜歡宗教，至少勸人為善的出發點，是他願意接受而相信的眞理。他說假使有老天爺，那一定是超然、公正又客觀，而且心胸寬大，有特別高尚的修養和雅量，能接受任何人的批評。要是喜歡被奉承拍馬、巴結收買，行事沒有原則，無緣無故隨便亂發脾氣懲罰人，

就不夠資格坐在這個位子上。

人活在世間，天堂與地獄的差別，只存乎一心的自我認知，可以靠自己的努力去掌握；然而，其他動物生活在人間，是天堂還是地獄，自己並沒有選擇的權利，卻要仰賴人類主觀的意志來決定。

在這個地球上，人類的世界，處處都有天堂，對動物而言，人類的天堂，可能是他們的殺戮戰場，反而成了他們活在人間的煉獄。一樣的生命，卻有著不一樣的對待和遭遇，這難道不是無知以及分別心所造成的嗎？

雞、鴨、魚、牛、羊、豬……被人類視爲低下的動物，一生的使命只爲了供養人類，他們活著的目的就是等待死亡，如此犧牲奉獻，才眞正是「我不入地獄，誰入地獄？」的菩薩。

身爲寵物或其他動物，從出生來到人間的那一刻起，我們的命運早就已經注定：自由被剝奪、生存權遭到綁架，除了保有一顆單純善良的心，其餘的，也只是一具任人宰割的軀體罷了！

人類的世界我也許不懂，但我知道，把鼻和馬迷不是無情無義的人，絕對不會殘酷對待任何生命的。

雖然我是黃金比例的狗正妹，血統又如此純正，不論外在或內在都是最好的條件，但把鼻馬迷從來沒有想要讓我傳宗接代生小狗。他們考慮到許多理由，主要是不願將發生在我身上那些可能會透過遺傳的疾病留給下一代，像我這樣一輩子受折磨，讓有機會延續的生命又要活在痛苦之中，不斷輪迴下去，那眞是莫大的罪過。

另外，我長得這麼迷你，又有心臟病，懷孕生產的風險相當高。把鼻親戚家有一隻體型跟我差不多的北京犬，生小狗時難產，麻醉之後再也沒有醒來。有這種活生生又血淋淋的前車之鑑，他們絕對不想讓我冒險。

而且我們家的空間不夠大，沒辦法容納太多小狗，光有愛心也無力照顧一大群寵物，這是最現實的問題。何況把鼻馬迷有我一個就夠了，因爲他們喜歡安安靜靜，不喜歡熱鬧吵雜。

如果要將我生的狗兒女們送給別人養，那更是不可能的事。把鼻小時候，阿公向別人要了一隻狗，主人牽著小狗來到他們家，留下小狗後獨自離開。被繩子綁住的小狗望著頭也不回的主人拼命叫喊，最後只能露出悲傷絕望的眼神。當時那一幕到現在都無法忘記，所以不會輕易做出拆散別人家庭與親情的事。

把鼻馬迷也曾請教過好幾位醫師，到底需不需要幫我結紮，有的建議做，但也有醫師說不需要，二者各有優缺點。他們認爲我已經受了夠多的病痛，沒有必要讓我再挨上一刀，肚皮多一道疤痕。而且聽說結紮之後大部分母狗都會發福，他們不想讓我原本曼妙的身材變形走樣，破壞他們心中完美的形象，因此就沒有帶我去，眞是太感謝了。

十二、快樂時光

剛來到家裡我還很小，視力不好，走路也不穩，又喜歡到處亂跑，為了可以掌握我的行蹤，隨時知道我在哪裡，避免不小心被踩到，把鼻幫我戴上掛有鈴噹的項圈，只要身體動一下就會發出聲音，不管走到哪裡或是躲在什麼地方都無所遁形。

但由於我實在太迷你了，把鼻買的項圈已經是小得不能再小的尺寸，並且扣到最緊的一格，仍然套不住我細如手腕的頸部和比拳頭還小的腦袋。因此，只要家裡突然變得安靜無聲，就知道我的項圈又掉了，而且和它的主人分隔兩地，找到其中之一，還要找另一個，經常到處尋尋覓覓，才能讓我們再度合體。

後來我漸漸長大，體積增加、目標變得比較明顯，動作也越來越靈活，不會再傻傻的緊跟在把鼻馬迷後面。況且我的活動範圍幾乎都在全家人的視線之內，把鼻覺得我已經不需要使用項圈，項圈也不適合我這個有氣質的狗正妹佩戴，甚至認為它綁在我身上反而是一種束縛，便將項圈拿掉。從此，我的脖子就不必再掛著吵死人又不舒服的累贅，終於脫離整天叮噹噹如影隨形的日子，成為一個自由自在的毛小孩。

雖然脖子上的束縛解除了，我仍常常覺得自己好像是一個巨大的靈魂被困在小小的軀體裡，有種綁手綁腳無法伸展的感覺，很想掙脫出來。漸漸長大之後，接踵而來的病痛，更讓我苦不堪言，懷疑是不是投錯了胎，反而羨慕起把鼻馬迷他們沒有疾病也沒有煩惱的身體。

上天借給我這個臭皮囊，雖然不是很好用，也不算非常滿意，但我沒有選擇的權利，只能默默接受。我把它當作是在修行，是對我的考驗。而且別看我身材嬌小，我真的是很有志氣，不管身體再怎麼不舒服，我從沒有發出聲音來吸引把鼻馬迷注意，博取他們的同情。

因爲路上的狗大便太多，外出時我都是讓馬迷揹著，舒服地趴在袋子裡，得意又神氣的露出前腳和頭。而且我的腳不能走遠或快跑，她們只偶爾在公園裡讓我逛一小段路過過癮。一看到塊頭比較大的狗狗接近，便馬上將我抱起來，怕我被欺負，也避免傳染跳蚤、蝨子或皮膚病。然而，把鼻馬迷一直不解的是，他們這樣小心謹慎，很少出門又從來不讓我跟其他的狗狗接觸，我們家的地板也一直保持得很乾淨，每個星期還帶我去洗澡，爲什麼我仍然會得皮膚病？

我很懂得節制與收斂，在外面都是保持著端莊穩重的風度，不會橫衝直撞瘋狂奔跑，玩到不想回家，只有優雅含蓄的信步閒逛，就像細嚼慢嚥品味美食一般。

我天生溫和柔順的個性跟姊姊很相似。唸小學的時候，每次花錢買票到遊樂場，她只選擇一些屬於幼兒等級、比較緩慢或靜態的玩，從來不敢挑戰那種緊張刺激、充滿速度感的設施。

有一次到迪士尼樂園，把鼻馬迷陪她排最熱門、人也最多的隊伍，等了一個多小時，快要輪到她的時候，卻被突然襲來的恐懼感打敗，越想越怕，最後還是臨陣退縮不玩了。

我不喜歡繩子這種既沒有尊嚴又不合乎人性的東西，因爲我都是規規矩矩、安安分分，不需要它來約束控制我的行動。何況把鼻馬迷早已將綁在我脖子上的項圈收起來，跟它搭檔的繩子當然派不上用場了。因此，我幾乎不曾在路上被繩子牽著走，也不會有拚命拉著主人往前衝的英姿，都是隨性在花園草坪走走停停，這兒聞一聞、那裡瞧一瞧，跟著把鼻馬迷輕鬆閒適地散步。

主人牽著抬頭挺胸興高采烈的寵物大步向前走，原本是平常不過的事，在主人眼中，這是必要措施，可以避免狗狗橫衝直撞到處亂跑，防止闖禍咬傷人，是愛他的行爲，也是守法的表現，狗狗或許習以爲常，甚至樂於被牽。然而，只要主人一解開繩索，他們像箭一樣飛奔出去，就可以知道他們的內心是多麼嚮往自由、渴望被解放。因此，被牽著走的狗狗，雖然看起來神氣又威風，很令人羨慕，但我仍然覺得有種被奴役的主從關係。

自古以來，人類就習慣使用所謂的韁繩來控制生生世世爲他們服務的動物。那條繩子所綁住的，是一個無法自主、沒有自由的附屬品，而另一頭緊握繩索的，則是一隻掌控他人、將生命當成禁臠的手。尤其是拿鐵鍊當繩子，沉重的鐵鍊不只栓住了肉體，也桎梏著心靈，彷彿一輩子都無法掙脫的枷鎖，他的自由就僅止於那條鍊子所侷限的範圍。不知道身爲主人是存著什麼樣的心態，限制行動有必要使用鐵鍊嗎？他是否也將動物當成囚犯，非得要如此，才能防止他們脫逃？

大庭廣衆被主人粗魯地拖著走，眞的很難堪，有時候實在分不清到底是人拉著狗還是狗在拉人。而放任狗狗跟著主人的腳踏車或機車後面快跑，來訓練他們的體力與耐力，其實也有潛在的危險。像我們這種超小型的狗，步伐小，體力和耐力不足，只能短程衝刺。尤其是機車的速度快，跑在主人車子旁邊，靠得太近一不小心就會碰到，而且因爲個子太小，目標不明顯，很容易發生意外。

把鼻在車水馬龍的路上看到以跑百米速度氣喘吁吁追隨主人機車的小狗，總是替他們捏一把冷汗，爲他們的安全以及那麼小的身體是否能負荷得了而擔心。

把鼻對繩子有種特殊的不信任感和不安全感。並不是繩子的形狀像蛇，他從來就不怕蛇，而是繩子常常牽涉到不好的事情。

小時候，鄰居養了一隻猴子，平常都在樹上活動玩耍的他，有一天竟然被自己身上的繩子纏住，窒息而死。另外，也曾有新聞報導，小朋友在玩窗簾的拉繩，不小心繞過頸部離奇死亡的例子。繩子又是綑綁東西最佳的材料，作奸犯科、爲非作歹幾乎少不了它，許多社會案件總是與繩子脫離不了關係。

從繩子改良進化而來的鞭子，更是人類專門用來對付牛、羊、馬、驢、駱駝、大象等動物，左右他們行動的傳統工具。雖然不至於戕害生命，卻始終在威逼、恐嚇、懲罰並迫害著生命。一條細細長長的鞭子便能控制他們，任勞任怨爲人類效力一輩子，就連馬戲團裡巨大凶猛的動物，也不得不屈服於它的淫威之下。

雖然繩子有很多用途，人類的生活離不開繩子，但是它造成生命的不幸與痛苦，似乎不亞於它所帶給人類的方便和幸福，所以把鼻對繩子始終抱持著負面的態度。

由於這個緣故，他特別喜歡看到沒有被繩子羈絆、限制或籠子困住而可以無拘無束行動自如的寵物，他覺得那才是眞正的自由自在。

他曾經在鄉下見過一隻松鼠，沒有門禁、籠子永遠敞開，可以在屋子的裡裡外外到處活動。而且前面有大庭院，後面是一片果園，果園又連接到更遠處的山林，根本就像他生長的自然環境。他不但不怕人，會爬到主人身上，更特別的是，外出玩耍還會自動回家，眞是乖巧可愛得令人羨慕，也是把鼻認爲最快樂的寵物松鼠。

所有的小地方和小細節把鼻馬迷都替我想到，並盡量避免，將可能發生的任何危險降到最低。他們已經把我當成眞正的家人，而且一視同仁、平等的對待，不只是狗狗或寵物而已。

由於把鼻馬迷太過於小心保護我，從來不敢讓我坐腳踏車或機車出去兜風，所以我不知道什麼叫做風馳電掣的快感。唯一一次是坐把鼻的機車去洗澡，我窩在腳踏板上的手提塑膠箱裡，沒有固定好，實在有點危險。後來他覺得騎車載我不安全，我也不舒服，便改成開車。因此，我一直沒有機會像別的狗狗一樣，舒舒服服坐在前面的籃子裡，或是後腳站在機車坐墊，前腳踩在儀錶板，享受風吹在臉上、眼睛幾乎睜不開的速度感以及路人紛紛投射過來的羨慕眼光，只能在把鼻的車子裡隔著車窗欣賞外面的風景。然而，可以這樣，我已經心滿意足，覺得非常過癮了。

倒是很羨慕姊姊，聽說她才一歲多，還不到儀錶板的高度，就可以站在機車踏板上，風風光光跟著保母到菜市場了。不過，那種沒有戴安全帽和任何防護措施的危險行爲，也讓把鼻和馬迷嚇出一身冷汗。

坐把鼻的車全家出遊，是最令我期待又興奮的時刻。通常我都是坐在馬迷身上，由她抱著，她只要對我說：「ㄍㄡˇ．ㄍㄡ」（狗狗）我會立刻站起來朝窗外猛瞧，到處搜尋他們的蹤影。如果看到，就高興的叫兩聲，一方面想跟他們打招呼，另一方面是要告訴馬迷，我已經找到目標，達成她交代的任務了。

若是把鼻一個人開車載我出去，車子還沒發動前，他會先將我放在副駕駛座，並安撫蠢蠢欲動的我要乖乖坐好，關上門後再繞過半個車身走到另一邊。這樣大好的機會我怎麼可能輕易放過，當然是趁他不在車裡的短短幾秒鐘，立刻來個捷足先登。等他打開門要進來時，我早就坐在他的座位上，張開嘴笑著恭候他了。

可惜我的如意算盤總是打錯，每次都被他毫不留情的原地遣返，挺失望也亂沒面子的。但是我從不氣餒，鬥志永遠高昂，絕對不放棄任何一次和把鼻單獨坐車時可以偷跑的機會。

本來我都是跟馬迷一起坐，現在叫我獨自占著這麼大的位子頗不習慣，有點落寞。而缺少馬迷身體的加持，頓時矮了一大截，幾乎看不到外面的風光，更覺得無聊又沒安全感。

我現在終於知道，馬迷眞是我的墊腳石兼幕後推手，少了她，任何事都變得不完美。

雖然抱著犯錯做壞事的矛盾心情，我還是義無反顧地把握時機溜過去。因爲那段要克服兩個座位間高低不平與障礙物以及車子不斷晃動站不穩的過程，有一種冒險犯難的刺激感。加上很想跟把鼻坐在一起的強烈慾望，讓我不自覺地一直往他的身體靠近，所以鍥而不捨的想盡辦法就是要跟他擠，只好使出不太光明正大、軟硬兼施的偷吃步，玩起「暗渡陳倉」的把戲。

車子一上路，我趁把鼻雙手握住方向盤專心開車沒辦法拒絕我的時候，肆無忌憚地爬過去，得逞之後便安穩又舒服地趴在他的大腿和肚子之間。當他發現我不知道什麼時候正在跨越重重障礙向他接近時，已經來不及阻止。既然被我強迫上壘，而他的兩隻手又忙著開車，基於安全顧慮，只好摸摸鼻子認了。

然而，並不是每次都能順利達陣，把鼻也知道我的企圖跟伎倆，一上車就先警告我說：「不可以過來哦！」如果運氣不好、時間不湊巧，偷渡一半遇到紅燈車子停下來，他的手可以暫時離開方向盤，我就會被中途攔截，請回自己的座位乖乖坐好而功敗垂成。

有時候我都還沒準備開始行動，一聽到把鼻對我說：「狗狗呢？」我立刻聚精會神的抬頭往窗外猛瞧，將最重要的任務和目標忘得一乾二淨。然而機會稍縱卽逝，等到想起還沒執行的詭計，已經時不我予，只能趴在自己的座位上嘆氣搥心肝了！

把鼻知道我很想跟他坐在一起，但他認爲開車安全還是最重要，這是基本原則，也是個性隨和的他，相當堅持的一件事。他本來就擔心讓我自己坐車不安全，所以故意放慢速度、避免緊急煞車，特別注意轉彎的幅度，儘量控制車子不要搖晃得太厲害，以減少我的不舒服並降低風險，好像車上載著孕婦嬰兒一樣小心。

「己所不欲，勿施於人。」的他，不論做任何事都能隨時隨地考慮到別人的感受。下雨天經過積水的路面，旁邊如果有行人或機車，他遠遠看到，一定放慢速度小心開過去，盡量不讓雨水濺起來弄濕別人。因爲他是經常被疾駛而過的車子噴了一身髒水的受害者，有太多不愉快的經驗，他知道那種感受，所以會特別注意。他說座右銘是要拿來實踐，眞正身體力行的，並不是放在供桌上讓人膜拜或掛在嘴巴上假道學地說說而已。

雖然把鼻總是表現出一副鐵石心腸的樣子，不過，偶爾也會大發慈悲，直接抱著我坐在他身上，或是故意不阻止我，任由我大大方方爬到他的大腿。爬不上去時，還主動助我一臂之力，直到我移動好最佳位置，滿足而安分的趴著，他再放開捧著我的雙手，握住方向盤正式出發。

他就是擅長發揮並且隨時能釋放出那股溫柔的體貼，這種意外的驚喜常讓我倍感窩心，也是我們家洋溢著快樂與歡笑的泉源。

幸好我的體積夠小，坐在把鼻身上只占一點點空間，不至於擋住視線或影響方向盤操作，但是仍然有可能會讓他分心，因此，這種情形只容許發生在往返我們家附近的短距離車程。

和把鼻一起等馬迷回家，已經成爲生活的一部分，也是我每天要做而且樂於做的功課。日復一日，我終於明白，等待不但會習慣，而且會不知不覺地上癮；等待的過程，有痛苦煎熬也有興奮激動；等待深愛的人，則是快樂的盼望。

馬迷通常比把鼻晚下班，把鼻回家之後，我踏出鐵籠獲得自由的第一件事就是尋找馬迷。我要把家裡到處搜索一遍，確定她還沒回來，才帶著失望又失落的情緒，心不在焉地玩自己的玩具。因爲心繫馬迷而有所罣礙，我總是意興闌珊的隨便玩一下就將玩具丟到一邊，開始全神貫注趴在墊子上，身體朝著大門的方向，和把鼻一起等馬迷。

雖然故意裝做不在乎的樣子，其實我是處於心急如焚的狀態。我時而側耳傾聽，時而抬頭注視，把鼻看我望眼欲穿的神情並且不斷移動身體變換姿勢，好像坐立難安似的，一會兒又不由自主地往門口瞧，他知道我此刻的心情，就正經八百煞有其事的問我：「馬迷回來沒？」我便會報以熱情的大叫兩聲，算是對他的回答。

這是把鼻和我每天一定要唱的雙簧，而且只有眞正在等馬迷的時候，他問那句話我才會有反應。調皮的把鼻，老是喜歡草螟仔弄雞公，利用我緊張的心情，一直重複對我說那句話，讓我不斷的叫，越叫我越著急而沉不住氣，眞想跟他說：「不要再拿我窮開心了！」

這樣的等待，對我而言不只是樂趣，也是一種享受，更是莫大的幸福。

馬迷如果打電話回來，把鼻會將話筒拿到我的耳邊，我一聽有人在叫「妹狗」，不知道是從話筒發出來的，而且是熟悉的馬迷聲音，驚訝大於意外，以爲她又躲起來了。明明把鼻剛剛回來的時候，我就已經徹底找過一遍，不可能漏掉，眞的把我搞糊塗，把鼻就是喜歡跟我開玩笑。

這個時候，我的耳朵終於可以發揮它們的專長了！雖然隔著厚厚兩扇大門，只要外面的電梯一打開，那細微的聲音就會驚動我敏銳的耳朵。我猜想應該是馬迷回來了，便從趴著的姿勢正襟危坐起來，雙眼緊盯大門，開始倒數計時。接下來要是再聽到鑰匙轉動的聲音，我確定是馬迷在開門，馬上興奮的衝到門口大聲歡迎。

馬迷進來後，我一邊叫一邊「倒退櫓」，回到我的墊子上坐好，等待她放下一堆大小包包，趕快給我一個愛的抱抱。她看到我這麼熱情，樂在心裡，便會用平常絕對聽不到的溫柔婉約又帶點嬌嗔的聲音對我說：「好啦！好啦！等一下嘛！」過足了跟馬迷撒嬌之癮，我放下一顆思念的心，全身充滿活力，才又回到玩具旁邊，重新咬起它們，開始專心而認眞的玩耍。

這是我每天最期待的一件事，大概也是馬迷一天之中最重要和最想做的事吧！

我已經習慣馬迷身上特有的味道，而且很喜歡聞那種味道，那好像是一帖可以令我心神安寧的鎮定劑或安慰劑。把鼻回家如果沒看到馬迷，我就會到處找她，卽使確定眞的不在，我也要到她的衣櫥或掛滿衣服的地方，將鼻子湊過去深深吸一口氣，溫習一下我所熟悉的馬迷味道，滿足對她一整天的思念，這樣心裡才會覺得舒坦而踏實。

有時候把鼻心血來潮或是體貼馬迷上班與加班的辛勞，要開車去接馬迷，就會順便帶著我去。突然可以坐把鼻的車出門，我當然特別興奮，這種生活中不斷出現的小插曲和小意外，才是眞正令人快樂驚喜的所在。而把鼻和馬迷就經常爲我製造這種小意外，讓平靜的日子增添一些樂趣與色彩。

每當傍晚時分，把鼻開車載我出去，停在有點眼熟的路邊，打開音樂，一副氣定神閒的輕鬆樣，我就知道他是在等馬迷。這種愜意的等待，跟獨自被關在家裡癡癡的等是完全不同的狀態，不但不會覺得無聊，甚至比我和把鼻一起守在家裡，眼巴巴的望著大門等馬迷更刺激。

從車子裡面看出去，馬路上來來往往腳步匆忙的行人和車輛，我們是身處吵雜人群中，唯一從容不迫，而且能夠享受片刻悠閒的路人。

現在人潮開始聚集，我有預感等一下就會見到馬迷。雖然早上她才跟我say goodbye，分開不過短短的十個小時，我還是忍不住想趕快看到她，讓她抱抱。

等待的過程，我的心情開始產生微妙的變化，離馬迷下班的時間越來越近，我卻更加激動而緊張，好像有一種久別重逢的喜悅。

通常把鼻習慣將車子停在馬迷辦公室附近。這段時間，我總是不斷在逐漸昏暗中尋找她的蹤影，但緊閉的車窗，讓我的眼睛和耳朵無用武之地，馬迷常常在我不注意的時候突然出現。她一打開車門，只要將我抱起來，我會因爲興奮過度而尿失禁，並撒在她的身上和座位上，這已經成爲我無法控制的老毛病與壞習慣。不過，因爲她辛苦工作了一天，終於可以下班，又看到我和把鼻去接她，心情特別好，對於我所犯下的大不敬，就不跟我計較了。

夏天接馬迷，車子一開上高架道路，又紅又大的太陽緊跟在後面，好像追著我們跑似的。轉眼間，褪去熱度、迅速墜落，直到被遠方的高樓吞沒。

把鼻職業病使然，搬出多年的登山經驗談：「匆匆趕路，也要停下腳步；偶爾環顧，美景就在不遠處！」他總是一面開車一面透過後視鏡，驚鴻一瞥的欣賞落日，還不忘告訴馬迷，一起分享。聽說小時候看到夕陽，天真的姊姊竟然童言童語地冒出一句「好大的蛋黃！」

而在冬天，明明跟把鼻出門時，刺眼的太陽還高掛天空，車子抵達目的地，四周馬上暗下來，尤其是陰天或下雨天，黑夜來得更快。等馬迷上車時，幾乎都已經伸手不見五指，兩旁店家的招牌全部打開。此刻，長長的街道，燈火通明，宣告著夜晚正式來臨。

這一連串光影與色彩的變化，強烈衝擊著視覺感官和內心的感受，讓我大開眼界。那種難以忘懷的體驗，就如同當年把鼻從鄉下來大都市唸書，第一次看到五光十色不斷閃爍變換的霓虹燈，不只眼花撩亂，而且像劉姥姥進大觀園，樣樣都新鮮。

我最喜歡跟馬迷和姊姊上床睡覺。白天那裡是把鼻的書房，是他打電腦上網的地方，到了晚上，地舖拉開、枕頭棉被一放，再把門關起來，就成為我們三個女生的私密空間。趁著眼睛還沒正式打烊，每天睡前總要來個心靈交流。

經常還在使用電腦，一聽到我們要睡覺便自動退出書房而被冷落一旁的把鼻也已經習慣，只能在門外羨慕地偷偷望著我們。

因為睡的是和式房間，躺下來之後，沒有身高的差距，我可以找自己喜歡的位置，貼著她們安安穩穩睡覺。每當馬迷關掉客廳的燈，我知道要準備上床了，就第一個衝到書房，先占據又軟又舒服的巨無霸枕頭，過一下山大王的癮。等她們都進來之後，我便識相的讓位，移到兩個枕頭中間凹下去的地方。那裡不但可以兩邊兼顧，又受到絕佳保護，是最安心的理想位置。然後望著躺在身邊的馬迷和姊姊，靜靜聽她們閒聊，在眼皮逐漸沉重而意識慢慢模糊之中，幸福的進入夢鄉。

有一天，把鼻發現我們三個女生睡覺的房間怎麼有打呼的聲音，仔細一找，竟然是我發出來的。而且我的個頭雖小，鼾聲倒不小，眞是前所未見的新鮮事，我這個狗正妹的形象大概會被打呼這件事徹底破壞。實在沒辦法，誰叫我睡在這麼舒服的床上，還睡得如此香甜，常常睡到嘴巴開開、四腳朝天，況且打呼不是我能夠控制的，我也不願醜態畢露啊！

把鼻請教醫師，醫師說這是因爲我們小型犬的氣管比較扁平，所以呼吸時容易發出聲音，長大以後會更明顯。

有時候半夜內急，因爲門關著出不去，我會忍耐到天亮，從來不曾尿在房間裡或吵醒馬迷。

農曆新年是我既期待又怕受傷害的日子。我喜歡過年期間超長的連續假期，把鼻馬迷不必上班，姊姊也不用上學，可以天天在家裡陪我，還能夠全家開車出去玩；但討厭的是，從除夕夜開始，無時無刻都會聽到鞭炮的聲音。那日夜持續不停，有如世界大戰爆發的轟炸聲，實在讓我受不了，光是這幾天所燃放鞭炮的數量，就幾乎超過一整年的總和。

除夕夜帶我外出吃年夜飯，對把鼻馬迷和姊姊都是新鮮特別的經驗。因爲人口少，爲了方便省事，以前他們老是在家裡吃最簡單的火鍋，後來那幾樣一成不變的東西吃膩了，何況自己開伙麻煩，吃完還要洗一堆碗盤。他們也不喜歡跟著流行訂購年菜，便想到去外面的餐廳用餐，換換口味順便輕鬆一點。但是除夕夜還在營業的餐廳本來已經寥寥可數，而且沒有事先預約訂位，又要找到願意讓我這個毛絨絨的小孩進去的，就更不容易了。

馬迷說除夕是全家團圓的日子，我既然是家裡的一分子，當然不可以缺席這麼重要的家庭聚餐，無論如何，一定要排除萬難讓我參加。所以寒冷的除夕夜，就揹著我走遍越來越黯淡冷清的大馬路，一家一家詢問，有如沿門托缽，而且必須運氣夠好才能碰得到。這種全家帶著寵物在除夕夜到處尋找餐廳的情景，也算是難得一見的奇觀。

每當服務人員斬釘截鐵地拒絕，一聽到寵物不能進去，馬迷二話不說，牽全家人轉身離開。我眞的很佩服她，也很感謝把鼻馬迷和姊姊，他們願意爲我這個不受歡迎的隱形顧客餓著肚子等待一頓飯的機會而沒有怨言。

馬迷知道除夕夜餐廳的客人特別多，顧慮也比較多，她不想爲難店家和店員。凡事隨緣的她，豪氣地說：「找不到餐廳，大不了回家吃泡麵！」其實，如果眞的必須吃泡麵，可憐的是她們，我才有恃無恐、毫不擔心，那對我一點影響也沒有，因爲家裡還有可口的罐頭大餐和許多零食等著我呢！

有一年除夕夜，在我們家附近逛了一大圈仍然找不到可以進去的餐廳，把鼻還特地開車載全家到士林碰運氣。最後終於如願以償，享受了一頓美味火鍋，算是眞正的圍爐。

雖然又是吃火鍋，但跟平常去火鍋店用餐的意義截然不同，這是慶祝全家平平安安度過一年，每個人又多了一歲，尤其是活不過三歲的我，沒被年獸吃掉，更應該爲我高興。因此，把鼻和馬迷是懷著感恩的心去吃這一餐的。

在他們互道新年快樂以及輕鬆閒話家常中，我也入境隨俗地感染了人類過年的歡樂氣氛。對我而言，一年一次的寶貴機會，我才經歷過一、兩次，那是我永遠不會忘記的美好回憶。

另外一件我很喜歡做的事叫做「看風景」，這是馬迷的新發明。她把兩個枕頭疊起來，高度剛好讓我站上去可以從七樓的窗子向下俯瞰，地面風光一覽無遺。每次馬迷放好枕頭，只要聽到她說：「看風景！」我便會從客廳迅速衝到房間，自動跑上去就定位。

站在枕頭上，居高臨下看著地面的車輛和行人，所有東西都變小了，彷彿被我踩在腳底。這時，我總是意氣風發的給他叫個幾聲，就像站在岩石上的獅子王，有唯我獨尊的氣概和遠大的胸懷，好不威風。馬迷往往會笑著對我說：「很臭屁哦！」我也自得其樂地享受這樣的抒發方式。

做事的方法很重要，原本看不到窗戶外面的景物，只不過多了兩顆枕頭，視野就變得更寬廣而且更深遠，這大概就是古人所說的「欲窮千里目，更上一層樓。」實在很有道理。

對別人始終很有愛心的把鼻和馬迷曾說，如果要他們撫養別人的小孩，他們可能做不到，但是對於我這個沒有血緣關係，甚至不同族類的毛孩子，卻當成自己的親生子女來教養，而且疼愛有加，早已超越所謂「幼吾幼以及人之幼」的境界。

他們不但用心去做每一件事，而且用心在過每一天。他們用心觀察、用心傾聽，我則是無憂無慮地享受著擁有把鼻馬迷和姊姊的快樂生活。

我覺得把鼻馬迷給我最珍貴的東西，不是玩具、衣服或者零食，而是真心誠意的對待，時時刻刻讓我從心底感受到的溫暖與關懷。

十三、珍重再見

跟把鼻馬迷以及姊姊生活在一起眞好，那是一段無限歡樂的時光，她們全心全意地照顧我，讓我忘記自己只是一隻病痛纏身的小狗。在家裡，我是小公主，他們把我當成女兒看待，是眞正的家人，而他們也是我唯一的親人，甚至是我生命的全部。

我和姊姊一樣，都是從小被把鼻和馬迷捧在手心呵護長大的寶貝，他們讓我重新認識並體會家的眞正意義，在沒有壓力的環境下，快樂學習與成長。

來到我們家以後，把鼻獲得晉升，接著姊姊也考取高中，而且是馬迷常常對我說的「一次就成功」，讓她少受好幾個月的煎熬和經歷第二次考試的痛苦。雖然這本來就是靠他們自己一步一腳印努力獲得的，但他們寧願相信，這些都是我帶來的，反而將成果歸功於我。眞希望這樣的好運能繼續跟著姊姊上大學，也祈求能爲全家人帶來平安與幸福。

用心陪伴、做個稱職的寵物，就是我送給把鼻、馬迷和姊姊最好的回報。

現在我越來越常露出憂鬱沮喪的神情，平時難得看到的笑容有如曇花一現，隨時會消失不見。愛搞怪的把鼻，又送給我一個「冰霜狗正妹」的封號。其實我每天只要看到他們，都特別高興，也很想隨時保持愉快的心情，將天眞無邪的招牌微笑掛在臉上，但身體不舒服，讓我的笑容自動收了起來，不知不覺就換成一張苦瓜臉。雖然笑容逐漸被病痛淹沒取代，可是，我的熱情不減、意志力依舊堅強，一點也沒有受到影響。

把鼻最了解我了，他知道我這個現代西施的辛酸，想出「就算苦瓜長在我臉上也很好看」的話來安慰我，還故意幽默地說：「原來東施效顰就是這樣來的哦！」

我帶著一顆嚴重缺陷的心臟，就好像一具不堪負荷快要壞掉的老舊馬達，不知道什麼時候會突然停止運轉。那種感覺，彷彿有一雙看不見的手掐著我的脖子，不但不肯放鬆，反而越來越緊。

把鼻馬迷曉得我的痛苦，所以對我特別寬容，也特別疼我，凡事都有求必應。

以往的寒暑假，把鼻馬迷會帶姊姊出國旅遊。有一年寒假，他們要去日本，所以把當時才一歲多的我送到寵物旅館，那是我第一次離開把鼻和馬迷，而且長達好幾天。

雖然那裡爲我們準備了年夜飯大餐，也有一群熱鬧的狗朋友陪伴，但是突然被丟在一個完全不熟悉的陌生環境，讓我記起很久以前跟親生媽媽分開的不愉快經驗。我根本沒有胃口，也不想跟其他的狗狗玩，一心只希望能趕快看到把鼻和馬迷。

我實在無法理解，爲什麼別的狗狗在那裡可以玩得那麼瘋狂又盡興，一點也不會想念他們的主人。我只知道，一旦離開溫暖的家，看不到把鼻和馬迷，就好像活在外太空，簡直度日如年，縱然有豪華的享受、好玩的遊戲場所，卻怎麼也高興不起來，比每天被關在家裡還要難熬。

時間一分一秒地過去，我說服自己盡量往好的方面想：也許他們太忙沒空過來，也許他們只是忘記了。每天都鬱鬱寡歡地獨自坐在一旁，癡癡的等待，盼望著他們趕快來接我。

每當大門打開，有人走進來，我就燃起希望，注意看是不是把鼻和馬迷，卻一次又一次地落空。我的信心不得不開始動搖，甚至幾乎徹底絕望，以爲他們把我丟掉不要我，這輩子再也見不到他們了！

直到過了四、五天，把鼻馬迷出現在眼前那一刻，我才露出久違的笑容，高興得手舞足蹈猛搖尾巴，並且在馬迷身上滾來滾去，許久都停不下來。我賴皮撒嬌的習慣，大概就是從這個時候開始養成的。

這五天漫長的寄宿生活，我是在孤獨無助、害怕恐懼以及悲傷沮喪中渡過，那種感受有如被最愛又最信任的人遺棄的絕望心情。

把鼻馬迷本來以爲我會玩得很愉快，至少有狗狗作伴，短短幾天就像在度假，應該不會無聊，但是卻完全出乎他們意料之外。從園長口中聽到我的一切，再加上雙眼呆滯沒有表情的照片，他們終於知道，我的確跟別的狗狗不一樣，在那裡眞的很不快樂，對我感到心疼又愧疚。

也許是這個事件造成的創傷後遺症，在那時已經蒙上一層陰影，並且深深烙印在我的腦海裡，永遠揮不去也趕不走。從此以後，我更離不開把鼻和馬迷了！

有了那一次的前車之鑑，把鼻馬迷不忍心再讓我經歷任何不愉快，他們不願將自己的快樂建築在我的痛苦上，而且是無法想像的痛苦。因此，以後的連續幾年，都不再出國旅遊，甚至姊姊考取高中那一年暑假，也由於我的緣故，不得不放棄她應有的獎勵。

這大概是因爲把鼻馬迷知道我太依賴他們，又太在乎我的感受，所以放心不下，捨不得把我送到寵物旅館，讓我再一次受到有如被拋棄般的重大打擊。

我來到家裡，把鼻馬迷便多了一些責任與負擔，他們也毫不猶豫地割捨原本平靜生活中僅有的一點樂趣與享受。我知道，這是我帶給他們的牽掛，但他們卻無怨無悔、甘之如飴。

獨自等待把鼻馬迷回家的過程，是一段既漫長又無聊的身心煎熬。我處在狹隘的空間，不只行動受限，而且是精神的禁錮和意志力的考驗。我的青春時光，就在一天又一天的等待中，不知不覺地流失。我也從活潑好動、花樣年華的狗正妹，漸漸變成心如止水的苦行僧，偶爾又像一個楚楚可憐的深宮怨婦。

善解人意的把鼻，曾經將我的處境想像成被囚禁在籠中的小鳥，雖然時而輕快的跳躍，時而發出悅耳的啼叫，卻無法眞正知道，他們究竟在快樂的歡唱，還是無奈的悲鳴。

然而孤獨的我，連這種苦中作樂的興緻也沒有。我的休閒只是將圍繞身邊的鐵絲當成玩具或沒味道的零食啃咬，以排遣長時間的沉悶與無聊，抒解一顆寂寞的心，順便磨牙。有時候就舉起兩隻前腳，朝著頭頂猛抓，運動兼發洩，直到腰痠背痛、精疲力盡才停止。

寂寞是我的致命傷。每天獨自面對空無一人的家，沒有一點聲音，安靜得有些可怕，反而突然響起的電話聲或電鈴聲，雖然打擾我的清夢，卻是給長時間頹廢的我帶來刺激與振奮。至於被門窗隔絕在外的講話聲或車子喇叭等吵雜的聲音，因爲離我很遠，我又已經練就了閉耳功，通常不是假裝聽不到就是懶得理它們。

把鼻馬迷出門的時候，天才剛剛亮，還看得到升起的太陽，我睡了將近十二個小時，睡到太陽下山，四周變成一片漆黑，卻仍不見他們的蹤影。總是要等到把鼻第一個回家，打開電燈，才從伸手不見五指的黑暗中，點亮我沉寂已久的熱情。

雖然馬迷離開之前會放許多玩具在我的籠子裡讓我解悶，但是比起寬敞的客廳，又有把鼻馬迷在旁邊陪我玩，兩者的心境簡直相差十萬八千里。

我被趕進籠子算是很有尊嚴的了。把鼻和馬迷都輕聲細語、好言相勸對我說：「妹狗，上班！」然後很有耐心的站在籠子旁邊等我慢條斯理地走進去，絕不會催促我。以前我聽不懂，又不想進去，總要叫好幾次，我才心不甘情不願的就位。有時還故意在門口躊躇觀望，讓趕著上班的把鼻馬迷急得不得了。

後來我終於知道「把鼻上班」或「馬迷上班」的意思就是「他們要出去」，所以「我要進去」。現在更加清楚明白，所謂「上班」，指的是我要進籠子去上班。因此，「上班」這兩個字，是我最不願聽到，卻是每天都必須聽，而且一定要做的。

如果說上班是對我下達關禁閉的指令，那籠子就是懲罰我的工具，兩者缺一不可，在我的眼中，它們簡直是互相合作、狼狽爲奸的朋友。而這個從把鼻馬迷口中所傳達出來的命令，有如一道聖旨，不容懷疑、必須絕對遵守，我當然會無條件的服從。上班是我的工作，也是我的職責，更代表著我有一段很長的時間要暫時失去自由。

我是個聽話的小孩，已經習慣凡事逆來順受。每當吃完早餐，獨自在客廳快樂玩耍時，一聽到「上班」這兩個字，就好像被潑了一桶冷水，一陣涼意往全身竄流，便乖乖放下嘴裡的玩具，準備上班。

這時候，我總是懷著沮喪沉重的心情，一副等待就義的樣子，低下頭一步一步慢慢走向廚房，奮力一躍而上，優雅準確地跳進籠子，眼睜睜看著把鼻或馬迷迅速把門關起來，然後認命地將一天沉悶的序曲揭開。

那整個過程充滿複雜而奇怪的感覺：我不想進去，卻又有不得不接受的無奈。走進籠子，內心便開始期盼，希望把鼻馬迷趕快下班。明明知道他們一定會回來，但每一分鐘都是漫長的等待。

把鼻最能設身處地體會我的感受，他說要是他像我這樣被關在籠子裡三個月，不發瘋才怪！

剛進籠子時，我會乖乖坐好目送馬迷離開，或者撥弄一下玩具，但通常只有三分鐘熱度，其實那都是硬撐著，做做樣子而已。馬迷一走出去，鐵門「砰」地關上，接著鑰匙轉動的聲音響起，鎖住大門，也將我的一顆心封鎖了起來。馬迷的腳步聲遠離，我全身就開始鬆懈而漸漸萎靡，完全提不起精神。

久而久之，我學會老僧入定，對於「上班」這件事，已經徹底麻痺，不再有任何幻想或起伏不定的情緒。我還發現，睡覺是打發時間最有效也是最好的方法。有人「一醉解千愁」，我是「一睡解千愁」，只要一覺醒來，那痛苦難熬的漫漫長日，便不知不覺地又挺過去了。

現在一進籠子，連動都不想動，直接上床趴下，進入夢鄉找周公。我大部分都處於閉目養神的狀態，不是在休息、睡美容覺，就是飽睡一頓之後，突然一陣清醒，百無聊賴又懶得動，只好胡思亂想或者盯著籠子發呆。一直要等到把鼻回家，將我從籠子裡解放出來，原本冷冰冰的房子，才瞬間變得溫暖有勁。

快樂的時光總是那麼短暫！跟他們在一起，彷彿是奢侈的享受。平常把鼻馬迷要上班，姊姊也要上學，所以每天只有大清早和晚上這幾個小時可以和他們相處。

好不容易熬到把鼻馬迷下班，我才有機會從待了一天的鐵籠中出來透透氣、伸伸懶腰，對著他們輪流撒嬌。然而，寶貴的時間卻在全家人溫馨互動以及把鼻馬迷溫暖的懷抱中悄悄溜走，接下來馬上又要關燈上床睡覺了。

如今我已經超過四歲，大約是人類的三十到三十三歲之間。馬迷說我是「輕熟女」，把鼻稱呼我「資深美少女」，我也覺得自己更成熟穩重而懂事多了。

時間眞的很特別，雖然無聲無息，卻能感受它不斷移動的腳步。當你仔細聆聽、認眞觀察，它總是慢慢呑呑；一旦不去注意，轉眼間，便將一輩子的青春偷走。

四年的歲月，一千多個日子，在歡笑聲中很快過去了！對姊姊來說，只不過從國中升上高中，依然是一個被考試不斷壓迫的苦悶中學生；我卻從不會走路和什麼都不懂的小跟班，長大成爲熟女狗正妹，並且有獨上高樓，望盡天涯路的深刻感觸，就像經歷了一輩子的領悟。一樣的時間，一樣的空間，我們各自有不一樣的變化與體驗，實在非常奇妙！

生命的去留，由上天決定，我也不能例外。雖然自己的意志可以控制，但是借給我的軀殼卻無法掌握。

我很清楚現在的狀況，最近好像電力不足，已經逐漸走下坡，似乎正在醞釀著罷工，準備跟我說「NO」，不肯再讓我繼續使用。我有預感，和把鼻馬迷在一起的時間越來越有限，我知道那一天不遠了！

二〇一〇的農曆新年，把鼻馬迷有九天特別長的連續假期，他們仍然考慮到我的緣故，再一次放棄出國旅遊。因此，我擁有完完整整的九天都跟他們在一起：一起外出吃年夜飯、一起坐把鼻的車出遊，也一起窩在家裡陪他們看電視，而且可以晚睡晚起，天天都睡到自然醒。

這是我第一次跟他們相處這麼長的時間，長到我都分不清現在究竟是不是在夢裡。即使身在福中，還無法相信地不斷問自己：「今天怎麼不必進籠子？」和平常上班閉關修行的日子相比，已經是這輩子最快樂、最滿足的時光了！

過完年後，不知道是不是受到鞭炮天天轟炸的結果，老是覺得心浮氣燥，脾氣也有點不好。姊姊過來制止我亂叫，我莫名其妙地咬傷她的手，好在溫和的她沒有生氣，也不會放在心上。

本來晚上我都是跟馬迷姊姊睡，因爲過年徹夜的鞭炮聲害我無法克制而不斷吵到她們，不得已暫時又讓我回到籠子裡。以往跟她們一起擠通鋪慣了，自己睡覺總覺得沒有安全感，天還未亮就醒來。有時發現馬迷和姊姊不在身邊，會突然嚇一跳，根本睡不著，只能等把鼻幫我開門，趕快衝到馬迷和姊姊身邊，趁著她們還在床上，把握短暫的幾分鐘，自我陶醉一下每天所熟悉的舊夢。

三月三日突然覺得全身不對勁，胸口悶悶的，好像被什麼東西壓住，很不舒服，呼吸也變得短淺急促，而且完全沒有胃口。把鼻給我的食物，我一口都沒吃，但想到不吃可惜，仍然本能的咬到墊子上面藏起來，並愼重完成我那一套神聖的食物儲存儀式。

聽到零星的鞭炮聲，我還是很厭惡又憤怒地立刻衝到窗邊用力叫幾聲，但是聲音變小，喉嚨啞啞的叫不出來，而且我的身體出現間歇性的震顫，這兩個症狀跟以往生病不同，也不會發生過。大概是我忍耐的功夫太好，沒有露出一點痛苦不舒服的表情，除了比平常更喜歡要求抱抱外，仍然一副若無其事的樣子，以至於把鼻和馬迷好像都沒有發現我的情況已經很嚴重了。

他們注意到我的聲音沙啞又不吃飯，以爲可能只是感冒之類的小毛病，加上我又很ㄍㄧㄥ，跟本看不出有什麼大問題，因此不以爲意，想說觀察幾天，便疏忽而沒有立刻帶我看醫生。姊姊抱我的時候，發現我身體有不正常的抽動，她以爲把鼻馬迷已經知道，就沒告訴他們。也許這一連串的陰錯陽差，造成最後就醫機會的喪失。

馬迷知道我身體不舒服，整天都沒吃飯，實在不放心，而且捨不得將我獨自關進籠子裡，所以又讓我回去跟她們一起擠通鋪，對我特別體貼照顧。

晚上睡覺時，突然感到一陣便意。從來不在便盆以外上大號的我，這次不知道什麼緣故，就是有一股力量不斷催促我要將體內的垃圾排除，但理智又叫我必須忍耐，於是內心又開始對抗起來。

半夜終於忍不住，因爲門關著出不去，只好破例在我們三個女生一起睡覺的房間裡面大便，這實在是不得已，馬迷大概會原諒我。

我又要避免弄髒棉被，又不想吵到她們，就硬撐著虛弱無力的身體，躡手躡腳走到離她們最遠的電腦桌子底下，在一個只能容我轉身的小角落，拚命擠出三顆又乾又硬的羊屎球，然後再回我的位子睡覺，好像什麼事都沒發生過。

還好，沒弄髒棉被。我想我這個小小的傑作，她們應該很難發現吧！經過這一番折騰之後，我的身體也越來越不舒服了。

今天三月五日童軍節，是把鼻印象特別深刻而且能夠永遠記得的日子。

他從小學起就參加幼童軍，一直持續到國中的童子軍。那一段歲月，除了讓他度過不一樣又難忘的年少時光，也學會許多實用的野外生活技巧。他們更曾經代表學校參加全縣童子軍技能競賽，並獲得好幾項冠軍的輝煌成績，現在都還津津樂道。

有一次學校舉辦露營及戶外炊事比賽，各班都挖空心思想要做出美味可口的佳餚來贏得評審老師的青睞。或許嚐膩了一道又一道同質性太高的雞鴨魚肉，也可能是太注重食材而忽略了烹飪本身的意義，結果得到第一名的竟然是青菜豆腐湯，不但顛覆大家的期待與想像，也給他們一次很好的機會教育。

把鼻體認到，凡事要懂得從各個方面來思考，不一定盲目跟著別人，一窩蜂做相同的事，有時候大膽逆向操作，反而會有意想不到的效果。他記取那次經驗，在日後的爲人處事，也可以有另一種思維以及跟別人不一樣的看法與做法。

參加童子軍不但能體驗團體生活並訓練團隊合作，更讓他學到「人人爲我，我爲人人。」的犧牲奉獻精神，因此「日行一善」與「助人爲快樂之本」始終是他身體力行的座右銘。他常常掛在嘴邊，動不動就搬出來溫習一番的家訓，上聯是阿嬤從小教他的「知足常樂」，下聯是阿公最喜歡鼓勵學生的「敬業樂群」，加上自己的橫批「日行一善」，成了簡單又完美的人生哲學。

今天馬迷跟我都有點反常，才五點多她就搶著第一個起床，不曉得是被我吵醒還是因爲我生病讓她心神不寧而睡不安穩？平常比馬迷早起的我，卻失魂落魄、無精打采。這是第一次也是唯一一次我有想賴床的念頭。體貼的她，捨不得我走那麼遠的路，就直接從房間將我抱到廚房讓我小便，眞是心有靈犀。

站在便盆上，突然覺得呼吸困難而且天旋地轉，我已經快虛脫了，身體無法再支撐下去。該來的它終究會來，我明白自己的大限已到，但不想躺在骯髒的便盆上，至少一定要乾乾淨淨有尊嚴的離開。因此，用盡吃奶的力氣，掙扎著走出便盆，才走了二、三步，便全身癱軟不支倒地。

這次，我仍然沒有發出一點點聲音，我不願驚動把鼻和馬迷，希望就這樣安安靜靜、默默的離去。

馬迷看到我突然倒在地上，驚慌得大聲哭喊：「妹狗！」那一聲淒厲，劃破寧靜的清晨。姊姊和把鼻也從睡夢中驚醒，知道大事不妙，立刻衝了過來。全家人圍在我身旁，馬迷和姊姊哭成一團，不變的姿勢一直跪坐在地上。現在的我，雖然無助，卻不孤單。

堵在胸口的東西終於潰堤，括約肌也不聽使喚而完全放鬆，肛門脫離應有的束縛，失去它原來可愛的形狀，變成一朵眞正的大菊花。地上一灘黃色混合著紅色的液體，分不清是從嘴裡吐出的，還是膀胱洩漏出來的。

澄澈的雙眸已經找不到焦點，眼前的景象變得越來越模糊，我漸漸失去知覺，沒有了意識，只剩下微弱的呼吸和心跳。周遭的世界都已靜止，正瀕臨死亡的我，內心卻更清楚。

彌留之際，愛漂亮的我，最後一個動作仍然是習慣性地舔一舔嘴角和鼻子，感受一下眞實的自己，然後奄奄一息地等待，等待那一刻的到來。

把鼻、馬迷對不起！我的樣子有點狼狽，還把乾淨的地板弄髒了，我知道你們不會怪我，也不會笑我，因爲這不是我能控制的。我離開的背影雖然不是很漂亮，對我來說，這應該是最好的方式。

子。

我努力撐開快闔起來的眼睛，想要再一次仔細看清楚，牢牢記住把鼻、馬迷和姊姊的樣子。

馬迷一邊哭一邊斷斷續續、自言自語地對我說：

「妹狗，妳不要馬迷了！……」

「妹狗，妳要好好走！……」

「妹狗，沒有痛痛了！……」

「妹狗，妳要再回來我們家！……」

「妹狗，妳要再做馬迷的女兒！……」

彷彿要趁著最後這一刻，把心裡面所有的話全部對我說完。我聽了也好難過，眞的很捨不得離開她們。

早上醒來等著把鼻爲我開門準備早餐、和馬迷之間的women's talk、等著馬迷關上籠子的門跟她說再見、和把鼻一起等待馬迷下班回家、跟馬迷和姊姊窩在柔軟的床上一起入睡……過去的每一天，如今都一幕幕浮現在眼前。

馬迷最近才從繁重的部門調到比較輕鬆的單位，她還很高興的笑著說，終於可以正常下班，不用讓我等太久，每天晚上能多一些時間陪我；現在，她卻哭著說，如果是因爲她的調職而害我必須賠上性命，那她寧可自己工作得再辛苦，也不願看到我遭受這麼殘酷的結果。

把鼻比較鎭定冷靜，他先察看氣若游絲的我，摸摸幾乎感覺不到的心跳，看著我渙散的眼神以及鬆弛變形的肛門，知道我正一步步走向死亡，他已經有卽將失去我的心理準備。

以前醫師特別教把鼻馬迷的急救方法，在這慌亂緊張的時候，根本沒有人想到，卽使知道，可能也派不上用場。

把鼻輕輕幫我擦去不斷從鼻孔冒出來的白色泡泡，溫柔的撫摸著我的頭和身體，就像往日爲我鼓勵打氣一樣。他慈愛的眼神默默對我說：「妹狗不要怕，把鼻馬迷在妳旁邊。」我可以感受到他給我的勇氣與溫暖。

把鼻本來有一股衝動，想幫我拍攝最後一張照片做爲紀念，但終究還是打消這個念頭。他知道我喜歡美美的，不忍心把我難堪的樣子留下來，仍然當我是他們眼中永遠青春無敵的狗正妹。因此，就讓這個令全家傷心難過的畫面，在他們記憶中停格吧！

五點三十分，我的心臟盡責地跳完最後一下，沒有任何痛苦，平常綳著一張憂鬱的苦瓜臉消失不見，露出安詳的容顏，終於擺脫冰霜狗正妹的頭銜，可以好好休息了！

我放下一切牽掛，放下我最愛的把鼻、馬迷和姊姊，以及這個帶給我快樂幸福的家。

我向所有觀眾一鞠躬，告別賣力演出的舞台，感謝把鼻、馬迷和姊姊的參與。雖然我只是暫時停留的過客、一個微不足道的寵物、小小的瑪爾濟斯，在這場把鼻馬迷精心策劃爲我加碼的戲中，我是最佳的主角。回首來時路，我盡情將生命揮灑，不管表現有沒有耀眼、是不是精彩，我都要替自己按一個讚。

死亡並不可怕，而是面對未知的世界、來不及說再見的生離死別和那些放不下的眷戀。

逝者已矣，但活著的人卻正要開始承受天人永隔以及無止境的痛苦。把鼻和馬迷親眼看著我活蹦亂跳的身體瞬間停止、充滿無限希望的年輕生命突然消逝，生與死，哪一個才是眞正的可憐又可悲？

無常那隻專門搞破壞的手，只能摧毀有形的肉體，強迫就範，卻無法奪走我的意志，讓我投降認輸，即使到最後一刻，我依舊不肯屈服。閉上眼睛、停止呼吸、失去知覺，輕易地便跨過那一道生死交關的楚河漢界。

我終於解脫了！脫下這套穿了一生也束縛我一生的軀殼，解除糾纏著我，讓我痛苦一輩子的枷鎖。

活在世上，本來就是生老病死的過程，沒有選擇或說不的自由，只能坦然面對、勇於接受。俗話說：「生死有命」，人可以不向命運低頭，卻不能不認命。上天創造了我，決定要我什麼時候走，一定有它的理由，緣分用盡了，便是該覺悟的時刻。

可能是我的額度已經被我揮霍光了，也可能是我過得太幸福，就連上天看了都要嫉妒。不過，幸運的是，我可以不必經歷「老」這個令人尷尬、討厭又害怕的過程，而在把鼻馬迷姊姊和我自己的記憶當中，留下青春美麗的模樣，成爲永不凋零的花朵。

問我死亡的感想，只有四個字可以形容，那就是「悲欣交集」。

拋開了病痛的身體應該值得高興，也許下一站會更好；但是面對另一個未知世界的徬徨、匆匆離開而來不及道別、永遠見不到把鼻馬迷和姊姊，並且再也回不去這個讓我依戀的家，卻又捨不得。

可惜的是，我的一生連上半場都還沒結束，就被迫提前退出。如果能夠有重新選擇的機會，我寧願繼續忍受病痛折磨、每天枯燥無聊的漫長等待，也仍然要跟最愛的把鼻馬迷在一起。

人們常說：「命運掌握在自己的手裡」，我無法左右自己的命運，就連把鼻和馬迷也不一定能改變我的命運，但他們卻盡心盡力，不求回報，只希望看到我快樂的微笑。我的一生是他們幫我開啟，也是他們耐心陪我走過，帶著我經歷了一切的美好。

上天借給我這個身體，雖然不是非常滿意，但仍心存感激。感謝每一個活著的當下：盡情奔跑跳躍、大聲吼叫、吃喝拉撒睡加上愛的抱抱、可以跟把鼻馬迷和姊姊相處的每一分每一秒！

因爲這個嬌小可愛的外表，讓我被姊姊第一眼看到便無法自拔，毫不考慮的將我抱起，而幸運來到我們家。因爲身材迷你，可以在把鼻、馬迷以及姊姊身上賴皮撒嬌，和他們有更多親密的互動。也由於惱人的病痛，讓我隨時得到全家人的體貼關懷與特別的呵護，被照顧得無微不至，過著公主般的生活。

有人說：「人生苦短」，我覺得我的一生既不長也不短，可說是自有定數的恰到好處。人類不是有句經典名言：「不在乎天長地久，只在乎曾經擁有。」生命也是如此，不在於它的長度，而在它的深度與廣度，過得是不是充實而有熱度。對我而言，生命的意義，就是可以自由自在的呼吸。在世間走這一遭，唯一的感覺便是：「活著眞好！」

把鼻和馬迷知道我已回天乏術，他們不死心，仍一家一家打電話，詢問有沒有可以掛急診的動物醫院。然而，每打完一次，幾乎破滅的希望就越來越渺茫，連標榜二十四小時急救的診所也沒人接聽。

這時候當然不可能有任何一家開始營業，最早的T大動物醫院也要等到八點半，醫師總要休息睡覺吧！而現在還不到六點，急救的機會等於零。令人覺得荒謬可笑的是，生或死好像必須選擇良辰吉時，大概是我平常大便太龜毛，喜歡看風水，把所有好的時辰都用完了。

縱然如此，他們還是不願接受我已經死亡的事實，依然默默等待。他們所無法承受的，是一個青春可愛的生命戛然而止、輕易地結束，沒有得到任何眷顧，也沒有機會申訴，更沒有辦法將天眞活潑、會對著他們微笑撒嬌的我，從習以爲常的互動中立刻刪除。這突如其來的打擊，就好像天上飛來一隻老鷹，毫無預警地將我叼走，除了傷痛、惋惜與不捨，還讓人心有不甘。

姊姊更是忿忿不平，她認爲每一個生命都是珍貴而無價的，應該得到相同的對待。人類有那麼多大大小小的醫療院所遍布在全國各地，還有救護車隨時待命，只要一通電話，便會迅速抵達，立刻送醫急救。甚至受困山林野外或汪洋大海，都能夠出動直升機救援而有機會保住一命。然而，其他動物卻沒有這麼幸運，實在不公平，讓她又氣又恨。

其實，我的心臟就像快要報廢的機器，使用年限已經屆滿，任何時候都可能停止運轉，就算找到醫院將我送急診也無濟於事。

本來今天姊姊應該按時上學，她說以前每次生病就醫從沒陪我去過，我的一生卻在她天天唸書應付考試、忙著準備升學的緊張歲月中悄悄溜走，這次她堅持一定要陪我走完最後一程。把鼻馬迷能體會她的心情，知道就算去上學，也無心聽課，便讓她請一天假。姊姊這麼愛我，我還常常欺負她，騎到她頭上，實在過意不去。

把鼻馬迷撫摸著我，既心急又什麼事都沒辦法做，只能眼睜睜看著我，由溫暖而逐漸冰冷，從柔軟慢慢僵硬，那種心情是不是把鼻常說的「人生總要面對的無奈」？

連續幾天陰雨，本來烏雲密布的天空，這時突然放晴，太陽出現，一道亮光透過陽台射進廚房，照在我的身上，也照亮把鼻、馬迷和姊姊的臉龐，讓我最後可以再一次清楚地看著他們的模樣。

這是來接引我的那道祥光吧！我身處虛無飄渺，即將化爲一縷輕煙，飛向神祕宇宙的另一個空間。

馬迷緩緩將我抱起，幫我擦乾身體，躺在我最喜歡的橘色大臥墊上，並用大毛巾把我蓋好，就像每天睡覺前替我拉上被子一樣。她依舊將我放回客廳原來的位置，讓我重溫一遍今天還來不及登上最喜愛也最熟悉的衛冕者寶座。她悲慟的神情，猶如一個傷心的母親抱著剛剛逝去的摯愛骨肉，看了都覺得於心不忍。

平常，早上起床後，匆匆忙忙趕著上班上學，時間總是不夠用；但是現在，卻好像凝結

而靜止不動，分分秒秒都過得特別緩慢而沉重。

他們懷抱著一絲絲毫無希望的希望，等到七點，便趕緊帶著我衝到還沒開門上班的動物醫院。明知不可能起死回生，卻又不肯放棄，要等到醫師對我作出最後的宣判，才願意接受完全的絕望。

聽著醫師的說明，又再度讓馬迷和姊姊頻頻拭淚。醫師告訴他們，我死亡超過三個小時，身體已經僵硬，因此無法急救，目前唯一要做的就是處理我的身體。醫師還說，我吐出來的液體是肺積水，所以我是無法呼吸窒息而死的，就好像被水淹死一樣。

他們終於知道，原來這兩天我看似微恙的不尋常狀況，其實是心臟正在快速惡化衰竭的徵兆，並不是如他們所想的，因爲心臟病突然發作，一下子就過去，只有很短暫的痛苦。

把鼻馬迷聽了更加難過，心疼我竟然強忍著極度的不舒服，連發出一點求助的聲音都不肯，而將一切隱藏得如此完美，以至於他們沒有發覺事態嚴重，又粗心大意地沒想到要立刻帶我就醫，錯過搶救的時機，也喪失了可能的一線生機。

醫師給他們寵物安樂園的資訊，把鼻馬迷選擇位於郊區距離比較近的那一家。

驅車前往安樂園途中，一路上沉默以對，只有把鼻播放的《南無觀世音菩薩》唸唱聲。這是全家在車上最安靜的一次，也是我最後一次坐把鼻的車。

第一次坐車回家，那是一個充滿希望的起點，全家人興奮熱切地望著我；此刻，卻懷著沉痛哀傷的心情，靜靜走向終點。

按地址來到郊區，循著蜿蜒小路進入，終於找到目的地。這裡沒有華麗的外觀，看似樸實而令人放心。停妥車子走進去之後，卻又是另一場考驗的開始。

安樂園的廣告很吸引人，標榜著人性化的服務，專爲往生寶貝寵物提供安適、完善的歸宿，而那也是把鼻和馬迷唯一能夠爲我做的最後一件事。

跟第一次到寵物店一樣，他們對於花在我身上的錢從不遲疑，也絕不皺一下眉頭。與工作人員談妥火葬事宜，價錢確定之後，好戲才正要上場。

首先他問把鼻馬迷，要不要爲我誦經。又說我是因病往生，建議爲我誦唸《藥師琉璃光如來本願功德經》，但因爲這部經文比較長，需要唸的時間更久，所以價格較高，是其他一般經文的兩倍。

接下來是覆蓋身體的往生被。他強調會在我身上撒下有某種特別加持和作用的金剛砂。而那一小塊有如毛巾大小、質地普通的布料，就等於一件衣服的價格。另外，一串紙摺的蓮花，因爲是手工做的，竟然比眞正新鮮的花還貴，簡直令人難以置信。如果能夠復活，我眞想爬起來阻止把鼻和馬迷，不要再爲我準備那些東西了。

就這樣在原來講好的費用之外，一件一件不斷的往上追加，讓把鼻馬迷嘆爲觀止，原來簡單的寵物後事，竟然有這麼多細節與講究。

他們一向是好顧客，從不討價還價，而且在傷心之際、情感最脆弱的時候，對我的愛更是無價。何況不可知的世界裡，他們寧可信其有，所以就照單全收，成爲今天上門的第一隻肥羊。

把鼻和馬迷唯一清醒而做對的一件事，就是沒有再花更多冤枉錢爲我買塔位，因爲他們不希望把我留在這裡，怕我會寂寞不習慣。

獨自躺在偌大冰冷的不鏽鋼台上，全身包裹著往生被，兩旁的紙蓮花簇擁著我，更顯得渺小。這一次，終於不再害怕那老是讓我發抖的看診台了！

把鼻馬迷和姊姊虔誠地跟隨師父唸了一個多小時經文。唸誦之中，不斷聽到師父叫著「妹妹」這個在我生命裡幾乎已經遺忘的名字。透過師父和把鼻馬迷他們聲聲呼喚，那遙遠而深埋的記憶終於又被拾起。

「妹妹」這個身分，開啟了我的一生，如今，我帶著最原始的註冊商標而去，也算是有始有終了。

跟人類相比，這或許是一場簡單陽春的送別儀式，卻是把鼻、馬迷和姊姊最眞摯的祝福。

現在他們最後一次目光全部集中在我的身上，不曾移開，正如同我第一天到家裡一樣。離別的時刻終究要來臨！馬迷淚眼婆娑親吻著我，長長的鼻涕混合著淚水垂落我的臉頰，就像小時候曾經牽著我的那條繩子，彷彿想要拼命拉住，不讓我離開的深情挽留。

依依不捨中，目送著我進入另一個世界的大門。

熊熊烈火，淹沒我的形體，卻吞噬不了純潔的心靈；

悲歡離合，都成過眼雲煙，只剩下未曾熄滅的熱情。

擦掉眼淚，抹去最後身影，將一點一滴封存，留在小小可愛的白色罐子裡。

於是，把鼻馬迷帶著我，回到熟悉的家，讓我永遠陪伴在他們身邊。

他們將我放在書房外面的架子上，有馬迷外婆的照片作伴，安安穩穩的守護這個家。

那是位置最高、視野最棒的地方，我可以隨時望向客廳，瀏覽家裡的一切，也仍然能夠天天睡在馬迷和姊姊的旁邊，成爲名副其實的「小祖宗」。

把鼻馬迷他們那顆日夜爲我掛念的心，終於放下了！

把鼻馬迷，我沒有離開，我一直都在！

十四、幸福密碼

數字是一種很特別的符號，雖然不足爲奇，卻藏著一大堆說不完的故事和祕密。有人因它而高興，有人卻爲它而感傷。它可以代表不同的訊息或意義，也許是某個重要的日子，也許是一段令人懷念的時光，但不論值得慶祝或做爲永遠的紀念，都有相同之處，就是能夠讓人們牢牢記住。

二月五日是姊姊的生日，三月五日則是我遠去的日子；姊姊在下午五點三十分來到這個世界，我卻在上午五點三十分和這個世界告別。

天地如此遼闊，生命匆匆掠過，在無垠的宇宙中，我就像一滴朝露，當太陽升起的時候，便消失無蹤。不管我從哪裡來，會到哪裡去，我的這一生，已經走了一回美好的旅程。

微涼的冬夜，因爲姊姊的一念之間，我走進把鼻馬迷精心爲我準備的溫馨樂園。我用燦爛的笑容，迎接每一個歡欣鼓舞的早晨，將把鼻、馬迷和姊姊緊緊相擁。而此刻，春暖花開，我向他們說再見。

好夢易醒！我搭乘的幸福號特快車已經抵達終點，滿載而歸的我，沒有任何遺憾。如果要我說句臨別感言，那就是：「我的生命裡，有你們眞好！」

在茫茫人海相遇，是一段多麼可貴的因緣，來到把鼻馬迷家，和他們共同生活，更不曉得是幾輩子換來的福報。人家說：「十年修得同船渡，百年修得共枕眠。」假使可以坐著把鼻的車，跟他們一塊出遊，必須努力十年，那我們三個女子兵團天天躺在同一張床，一起入睡、一起打呼，豈不是要累積一百年的功德，才能擁有這樣的機緣。如此想來，我眞是太幸運了！

與把鼻馬迷在一起，我變得更有人性，也更有靈性。因爲他們，我過著快樂的日子，眼睛一睜開、門一打開，都充滿著盼望和期待。因爲把鼻馬迷用心耕耘灌溉，讓我這塊原本是黑白的畫布，綻放出一朵朵繽紛的色彩。

我終於知道，寵物原來就是「被主人寵愛長大的動物」，難怪美容師說我嬌寵。感謝把鼻馬迷給我一拖拉庫快要超載的愛！他們對我無限制的包容，連上天都要嫉妒，即使我的親生媽媽，也沒辦法給我這麼多、對我這麼好。

謝謝姊姊無私的與我分享把鼻和馬迷的愛！現在，我要將獨生女的頭銜以及他們的愛完整還給姊姊，所有的幸運與福分，也一併迴向你們。至於來不及走完的歲月，就由你們慢慢替我品嚐了。

有人說：「離別是爲了下一次的重逢。」我相信，不論在那裡，總有一天，我們一定會再相聚。希望來生可以再做把鼻馬迷的女兒，並且是眞正的女兒。

一五九九是我們家的幸福密碼，它提醒著每個人，在生命之中，曾經一起度過一千五百九十九個美好的日出與日落。

當把鼻馬迷和姊姊偶而想起我的時候，也許還會記得，民國九十九年，我與他們分離，而永遠揮不去的，是我們共同寫下的回憶。

一五九九，憶吾久久，我一生難忘的擁有！

後來 I

妹狗突然離我們而去，全家傷心不已。想到她短暫的一生，不但要對抗身體的不適，更要獨自忍受每天待在籠子裡的孤單寂寞。然而那永不屈服的個性，卻激發出堅強的意志，連倒地的最後一刻都安安靜靜，就是不想麻煩別人，眞的相當心疼。

醫師的話言猶在耳，不論他是基於專業的忠告，或是善意的提醒，本來我們還天眞的以爲，妹狗有一天要是眞的走了，大概就像人類的心臟病突然發作，沒有什麼痛苦。儘管知道妹狗的病可能隨時會要她的命，我們仍舊期待魔咒會被打破、奇蹟能夠出現。而且和她朝夕相處，已經習慣地陶醉在幸福的世界裡，讓我們不知不覺卸下了防備，甚至將它拋在腦後，完全忘了她有心臟病這回事。何況後來到醫院檢查，情形都不錯，所以從來不曾有過她會離開我們的心理準備。

可是，她往生的前兩天，明明身體已經出現狀況了，我們卻不以爲意，輕忽而沒有立刻帶她到醫院，讓她一直忍受著極度不舒服，並且是我們無法想像的痛苦，眞的不能原諒自己。就算只能多活一天或幾個小時，我們都會盡力而爲。

妹狗在我們家四年多，已經成爲全家不可或缺的開心果，她帶給我們的快樂，遠比我們給她的還多，她的要求就只是喜歡抱抱、喜歡躺在把鼻馬迷的肚子上。每當她如願的在我身上趴下，發出一聲深深的嘆息，常常令我驚訝又納悶：才開始要探索這個世界的小妹狗，爲什麼會有如此悠長而沉重的心情故事？難道那簡單的抱抱，便是她一生最大的滿足？

妹狗就像一個乖巧懂事的小孩，平常總是喜歡趴在她的衛冕者寶座，靜靜凝望著我，彷彿在觀察我，又彷彿在等待著，有什麼話要對我說似的。看到她一天天長大，一天比一天漂亮，有種「吾家有女初長成」的喜悅。但是，我心裡很清楚，妹狗長得越漂亮，就越有可能招惹上天特別的關注以及莫須有的嫉妒，只是不願意、也不敢說出口。

因爲這個擅長搞破壞的高手，是不會讓我們快樂過頭、幸福太久的，而且一定要得逞，否則絕不罷休。直到妹狗開始受病痛折磨，直到活蹦亂跳的她驟然停止、消逝在我們眼前，終於再一次印證了無常的決心與執行力，並不得不感嘆地承認「天意難違」！

老婆每天下班回家，開門第一件事就是兩隻眼睛緊盯著臥墊的方向，搜尋妹狗的蹤影，欣賞她一面叫一面倒退嚕的歡迎儀式。等脫好鞋放下包包，立刻迫不及待的走過去摸她抱她，讓她撒嬌，順便一路跟隨著馬迷到房間，聞一聞換下來的衣服，確定是她熟悉的馬迷味道，然後心滿意足的離開。這些標準動作，成了她們母女之間戒不掉的習慣。

如今，走進一樣的家門，睜開一樣期待的眼神，卻看不到迎接馬迷、等著馬迷抱抱的小小身影，只有空蕩蕩的客廳和失去主人的臥墊以及散落一地的玩具。四目相望，覺得惆悵與失落，尤其無法適應從熱鬧有勁回到冷冷清清。夜晚來臨，常常「妹狗」剛要叫出口，才忽然想起：原來，她已經不在了！

每當妹狗聽到「上班」這兩個字，看著她無奈卻順從而認命地走向籠子，就覺得很不忍。回想以往妹狗天天面對的，不也是圍繞在她四周的空虛寂寞？那顆孤獨守候，等待我們下班回來的熾熱之心，正是她坐困現實殘酷中，可以閃閃發光的希望。

幫妹狗梳毛，輕撫她嬌小的軀體，她總是安安靜靜讓我觸摸柔軟的毛髮，偶爾抬頭看著我，就像下凡人間的菩薩。那一天，當妹狗無助而絕望的倒在地上，她臨終前我唯一能做的，也是這樣撫摸著她，幫她加油打氣，給她走過幽暗恐懼的力量。

妹狗是一個有血有肉、充滿著七情六慾以及會思考的生命，雖然每天被迫閉關修行、被病痛不斷的糾纏，仍沒有失去對這世界的信念。她這樣樂觀，始終充滿著正面能量，反而是我們學習的對象。

妹狗走了以後，老婆硬著頭皮打電話給美容師，隔著話筒仍然控制不住悲傷情緒，頻頻哽咽哭泣，害得美容師不知所措。我們也不敢再到以前常去的那家火鍋店，怕觸景傷情，怕店員一旦問起小美女，老婆會當場崩潰痛哭。因爲，那裡有太多我們和妹狗留下的回憶：固定的坐位、固定的牛肉火鍋、妹狗與馬迷一起分享的牛肉片……

一直很喜歡周治平〈箏〉那首歌，它是我心情的最佳寫照。妹狗還在的時候，每次聽到「彷彿是你纖細的手，將我的一生牽動。」就想起她來到我們家的奇妙緣分而會心一笑。如今再度聽歌，當唱到「只剩你無邪的笑容，溫暖我每一個夢。」卻是一陣酸楚。最後這幾句「所有的悲傷，所有的感動，都會在淚眼中再度回首。」更道盡了我深深的感觸，只不過，再回首妹狗已遠走！

同事聽到妹狗往生，安慰我說：「再養一隻就好了。」然而，我悲傷的心情他無法感受，也不可能體會，妹狗是我的女兒，是獨一無二的，其他狗狗都無法取代。況且，我不知道是不是還有勇氣再去挑戰那一直隱藏在心中，永遠揮不去的魔咒，一次又一次地，用真心換來上天的絕情以待。

思念，不是隨著歲月逐漸淡去的記憶，而是跨越時空，那一道道加深的軌跡。一起走過的路有多遠，思念就有多長，不知道往後沒有妹狗的日子，要如何度過？

妹狗驟逝雖然讓我們措手不及，幸好是大清早，至少有全家人在身邊，給她加油打氣；看著她安詳的面孔，直到生命盡頭，沒有痛苦的離開；可以從容地幫她處理一切，陪她到最後。如果我們都出門了才發生，眞不敢想像她要如何獨自面對死亡的害怕與恐懼，甚至孤伶伶的逝去。這樣想來，內心也才稍微能夠得到一點安慰而漸漸釋然。

妹狗的一生，是在漫漫長日而永無止境的等待中度過。每天早上，將妹狗留在家裡，帶著歉意與罪惡感出門，總覺得她有如受困籠中的小鳥，看不到外面的藍天和太陽，只能癡癡等著把鼻馬迷早點回家，就多麼希望她有一雙隱形的翅膀，可以帶她到想要去的地方。

現在，她終於擁有一雙天使的翅膀，願她展開另一段快樂的旅程，自由自在的飛翔！

後來2

妹狗到我們家之後，她身上散發出來的氣味，已經隨著她讓人無法抵擋的魅力，迅速發揮迷惑人心的作用而逐漸征服每個人的鼻子，在我們的嗅覺區留下一席之地。

她濃淡適宜、不同於別種狗狗的特殊味道，不知不覺地融入我們家，成爲每個人習慣的一部分，少了無可取代的那一味，就不是一個幸福圓滿家庭所擁有完整的氛圍。

平常妹狗在的時候，屋子裡總是瀰漫著她獨有的氣息，尤其是每天下班，從外面一進家門，就可以聞到熟悉的空氣。卽使假日帶她去洗澡美容或全家出遊，離開大半天回來，味道依然還在，始終不曾散去，就如同生了根一般，牢牢地盤據著整個屋子的每一吋地方和每個角落。

那一天，我們早上七點帶著她出門，直到十點多回到家裡，一走進屋子，覺得怎麼跟以前不太一樣，好像少了什麼東西似的。仔細尋思才發現，原來是我們家的空氣完全改變了。我走近她的籠子、遊戲區和所有臥墊，將鼻子靠過去到處嗅聞，讓人難以置信地，眞的一點味道都沒有了，她的氣味竟然隨著她的離去，消失得如此乾淨徹底！

我終於明白，妹狗要把她在世上一切有形的東西全部都帶走，只留下我們對她的回憶。

我深深感受到，飄散在空中的東西，卽使摸不著、看不見，也能發出巨大的威力，讓一個人習慣成癮，甚至相思氾濫成災，只要一天沒有聞到它，便朝思暮想地渾身不自在。因爲，那屬於她自己的味道，早就保存在我們的記憶裡，永遠不會散去。

幾天之後，書房裡聞到一股淡淡的臭味，我彎下腰側低著頭辛苦趴在地板上找了老半天，終於在床墊旁邊最遠的角落發現三顆半乾的大便。不愧是天生的儲藏高手，這大概是妹狗唯一留下來帶不走的東西吧！

那一天夜裡，妹狗撐著已經快要不行的身體，步履蹣跚的悄悄爬過馬迷和姊姊身旁，不敢吵醒她們，並用盡全身的力氣，拼命把累積了好幾天的堅硬便便大在離她們最遠的地板上，就是不想弄髒床墊、不願讓馬迷麻煩。

想到她平常大便要看風水的龜毛個性，連生命即將走到盡頭，都不能夠稍稍打折，她的善體人意以及那一股堅持到底、至死不渝的意志力，我的心又痛了起來。

後來3

看著電視裡的人群開始倒數計時，從二〇〇九跨過二〇一〇，才忽然驚覺，我已經躋身天命之年了！

然而，五十歲的我，還沒做好邁入五十歲的心理準備，也不像一個中年人應該有的態度。況且年紀漸長，閱歷隨著吃下去的飯、走過的路累積了一些，但是智慧卻沒有跟著增加，就連孔子所說「不惑」的基本程度都達不到，更不必提什麼「知天命」了，眞是愧對歲月和古人！

年過半百，工作態度與待人的熱誠也許沒有減少，生命的火花卻逐漸消失，總覺得這樣的人生算不算虛度？而我的未來究竟在哪裡？再過十年以後的我，到底會是什麼樣子？這一連串的問題經常出現在腦海，始終有一種不敢面對的惶恐與疑惑。

我的人生算是風平浪靜，因爲過於順遂，以至於平凡得近乎平淡。雖然奉公守法，從來不想飛黃騰達、汲汲營營往上爬，但少了那股雄心壯志，每天像一部機器似的上下班，只是隨波逐流，渾渾噩噩過日子，生活乏善可陳，沒有什麼理想或目標可言。年復一年，頭頂逐漸被數不清的白髮占領，心境也就自然轉變，人生應該還有比追求金錢、權力和社會地位更重要的東西吧！

在職場奮鬥了二十幾年，發現自己一事無成，闖不出一番像樣的名堂，沒有令人刮目相看的表現，也沒有任何值得驕傲的成就。既然如此，又不願拿鐵飯碗當靠山，在固定的軌道上繼續安穩下去，只想過一過稍微不一樣的人生，於是，便做了一個決定：選擇提早退休。

從此，一心盼望著，等到退休之後，就可以天天在家裡陪著妹狗，帶她出去散步，遠離被鐵籠囚禁，還給她一個快樂正常的生活。然而，她卻無緣享受，等不到我替她規劃眞正幸福來臨的那一刻，便匆匆走了。

以前常常愛講風涼話，抱怨自己即將步入知天命的行列，卻不知道天命究竟是什麼，想不到一語成讖，才過完五十歲生日，便收到上天送給我「愛別離」這個沉重又沉痛的禮物。它終於用妹狗來教會我那句看似簡單卻充滿智慧而且發人深省的話，只是，如果懂得天命必須付出代價，這樣的代價實在太高了！

現在我漸漸可以明白「天命」的涵意，稍稍領悟它的道理。知天命是不怨天、不尤人，試著去接受它，與它和平共存。上天所安排決定的，人們無法強求或保留，這是宇宙之間天地萬物自然運行的定律法則，也是上天的使命，因此，只要盡力而爲，其它的就聽天由命順其自然了。

俗話說：「冥冥之中，自有定數。」人生在世短短數十年，能夠吃的、用的或享受的實在有限，就連躺下來睡覺的時間、呼吸消耗掉的氧氣，都有一定的配額。生命存在的意義與價值，重要的是過程充實與否，不在於有沒有豐碩的結果，因此，並沒有什麼好爭的，應該知足惜福，把握眼前所擁有的。有人賺到全世界，卻失去健康與親情，許多事物總是在我們不經意的時候悄悄溜走，等到發現已經來不及，想要彌補也沒有機會了。

登山健行途中，聽到一位山友和別人聊天，談起她的先生不久前才剛去世，同病相憐的我，自然覺得心有戚戚焉。本來猜想她可能跟我一樣，還處於無法自拔的傷痛之中，然而，言談之間神色自若，不僅看不出有絲毫的悲傷情緒，她樂觀的態度更讓我訝異。

雖然遭逢摯愛的逝去，年屆七十的她，卻能夠放下這突如其來的沉重打擊，立刻走出陰霾，選擇堅強面對，每天仍然按時上山運動，從不間斷。也許是要努力充實生活來填滿空虛的日子，也許是想藉著運動來沖淡失去伴侶的傷痛，她那認眞度過每一天的生活態度感動了我，同時也讓我懂得「只要轉個彎，生命無限寬。」的豁達人生觀。

失去妹狗，我們像失去親人般的難過，但是往者已矣，既然無法挽回，何不拋開過去，積極面對未來，好好的活在當下。況且妹狗本來就不屬於我們，她只是剛好有緣住在我們家，現在又回到原來的地方而已。也因爲如此，讓我懂得愛要及時，更加珍惜與親人、朋友之間的相處，好好把握目前所擁有的幸福。

後來4

妹狗的死，女兒固然傷心難過，而她對於動物醫院沒有二十四小時急救這件事更是耿耿於懷。爲了消除一直放在心裡快要悶壞的情緒，順便解決她的疑惑，於是利用學校公民課的分組報告，選擇寵物醫療爲主題，來探討這個範疇的一些相關議題。

她們小組成員分工合作，認眞投入而且積極地進行，前往大學校園訪問獸醫系教授，並撰寫書面報告，然後在課堂上做簡報。那一次不但幫全班同學上了一課，她自己也得到寶貴的知識與經驗。

關於動物醫院沒有二十四小時急救的問題，教授解釋說：「受限於經費與人力，所以動物醫院很難維持有二十四小時的急救，當然不能跟人類的醫院相提並論，這是迫於現實的無奈。世界上任何跟人有關的議題，不都是以人類的利益和福祉爲出發點去考量，這並沒有對與錯，也不能怪任何人。」

不過教授也指出，台灣的動物醫療已經算是相當先進且完善，反而在動物保護這方面應該再加強，讓流浪動物的數量能夠降到最低。因爲流浪動物幾乎都是被主人遺棄的寵物，牠們天天在饑餓與恐懼之中，過著悲慘的生活，萬一不幸被抓，一段時間內沒有人認養，就可能要被安樂死，這實在是不公平而且不人道的行爲。

教授還提到，目前國內的收容場所不足，有些民間團體或學校嘗試將流浪狗結紮再野放的計畫，這樣至少可以控制牠們的族群數量不再迅速增加，較爲人道，較能被接受，這也是一種變通的可行方式。

女兒聽了頗有同感。她覺得人類爲什麼可以用維護人身安全、環境衛生及居住安寧的理由，就隨便剝奪牠們的自由以及生存權利。何況流浪狗的行爲並不至於罪大惡極，難道不能讓牠們好好活著，並保有同樣身爲動物的尊嚴，竟然到處追捕，還如此草率地便將牠們施以最嚴厲的懲罰，而輕易結束一個完全無辜的生命。

經過教授的說明和解釋，女兒才慢慢了解，也逐漸釋懷。但是她仍然覺得個人眞的很渺小，空有愛心實在是力有未逮，無法改變這種既存的事實。

雖然如此，許多攸關生命財產與人權的法案被推動，進而制訂、完成立法程序付諸施行，就是因爲有熱心人士長期奔走投入，以後的人才能享受應有的保障和權益，免於受到不必要的傷害。相較於人類的法律，動物保護相關法令仍有待努力讓它更爲完備並且徹底落實。最重要的是，人們對待動物的態度要改變，才能做到眞正的平等，而教育是根本的解決之道。

女兒希望動物醫院能夠有二十四小時急救這一個小小的心願，以後也許會實現，也許不會。然而，現在已經有越來越多動物保護團體和熱心志工的參與，對於受傷、受虐野生動物或流浪動物救援工作不移餘力。同時，也得到更多民眾和專業人士的關注與支持，並且頻頻爲野生動物請命。

無數被救的流浪狗幸運地找到好的歸宿，甚至還能遠渡重洋被外國人領養，過著幸福快樂的生活。由此顯示，國內不論政府部門、民間團體或學界，在野生動物與流浪動物的調查研究和保護工作，已經有相當大的進步，而且正加速改善之中，社會大衆的觀念與看法漸漸改變，對牠們的態度也更爲友善。

目前野生動物保育的範疇，除了對個體或物種的保護之外，同時，也致力於生育地或棲息環境的保護和保留，如此，由點而線，再擴大到面，將可以造福更多的族群，讓野生動物保護更加落實。

如果把視野放得更寬更遠，從人類飼養的動物到野生動物，以大尺度的動物保護而言，這應該也算是一種具體而且涵蓋更廣泛的二十四小時急救吧！

妹狗離開四年後的二〇一四年，一則新聞報導說，有人花了新台幣七十幾萬元替愛犬做心臟手術，還動用葉克膜，而且是台灣的第一例。我一方面羨慕那隻狗，那眞是天時、地利與人和的好狗命，主人愛牠願意爲牠花錢，又正好國內已經有這種技術，另一方面也替其他因爲心臟病所苦的狗狗們感到高興，至少牠們多了一個活下去的機會。

那一年年底，看到有關動物保護法修正草案的頭條新聞，預計兩年後流浪狗將零安樂死，眞是令人振奮的好消息。只不過，想到在等待法案正式施行這一段時間，牠們仍然要面對捕狗大隊和恐怖的十二夜，只能祈求上天保佑了。

現在喜歡寵物、飼養寵物的人越來越多，有關動物的保護也更積極而蓬勃發展。馬路上或公園裡，隨處可見主人帶著笑逐顏開滿臉幸福的寵物悠閒地散步、騎腳踏車或機車兜風，甚至被主人抱著、被嬰兒車推著走的溫馨畫面。可以預見的是，大多數人對於寵物疼愛的心，不但不會減少，反而將與日俱增。

後來5

送別妹狗之後，每天晚上仍然在廚房留一盞小夜燈，讓微弱燈光陪伴她的籠子，照亮回家的路。因爲我們始終相信，她跟人一樣，都有永恆不滅的靈魂，如果她回來了，家裡太暗會找不到或不敢進來。

而所有她平常喜歡的大小墊子、沙發和玩具，我們也都不去動它，照她原來習慣亂中有序的樣子擺著，唯恐這些東西一旦被收拾整齊或藏了起來，她可能會不認得這個家。

妹狗往生一個月，剛好是清明節。那一天我們上山掃墓回來，下午全家正坐在沙發看電視，忽然從餐桌下面傳出清晰響亮的驪歌。那是一種很像手機發出來的音樂聲，我們三個人全都聽得清清楚楚，但徹底找尋結果，可以確定的是，桌子底下並沒有任何會發出聲音的東西。

原來，妹狗一直都在！我們爲她留的那一盞燈、爲她原封不動保存下來的一切，她看到了，也收到了。

於是，我們很有默契地相對一笑，我們知道，這是妹狗正式向我們告別，而且龜毛的她，還刻意挑選了平常最喜歡走的祕密通道發出訊號，用這樣簡單明瞭的方式告訴我們：「她要走了！」眞心祝福她，希望她的來生，是一個健康快樂、沒有病痛的世界。

從此以後，我們對妹狗不再有牽掛了！

後來6

時間過得眞快，妹狗離開我們已經超過十年！她往生的第二年，女兒考上大學，我相信這一定是妹狗在遙遠的地方默默祝福的結果。

每次走進廚房，腦海中便會浮現她倒在地上慢慢逝去的情景，即使生命已經到了最後，她也絕不叫出口、皺一下眉頭。想到她微微張開雙眼地嚥下最後一口氣，彷彿捨不得與我們分離，要看著我們說再見，內心仍然隱隱作痛。

妹狗從小練就一身緊迫盯人的功夫，不論我們走到哪裡她就跟到哪裡，因爲她平常獨自困守在家裡，就是太寂寞了，才會不甘寂寞地隨時黏著我們，養成了她的跟屁蟲習性，深怕一不注意我們又要出去了。

有時候她還會在我身上到處聞，甚至用鼻子輕輕碰觸我的腳，要過完她的癮，感到踏實了，才心滿意足地走開。我們從來不會對她這種如影隨形的舉動感到厭煩，反而覺得溫馨又可愛。

妹狗是一個很有教養的小孩，她的氣質也許有一半受到我們的影響，但另一半則是與生俱來，彷彿她的血液裡原本就已經存在。我們沒教過，她從來不亂咬家具，也不會偷吃東西，總是安安分分地玩她的玩具、耐心等候我們給她的食物。雖然喜歡抱抱，偶爾會撒撒嬌，但仍保有她一貫的矜持，不逾越自己的分寸，實在令人疼愛。

她就像潔白芬芳的花朵，在青春洋溢的季節綻放，將最美的笑容送給家人。我們把她的離開，想像成她去長期度假，雖然無限惋惜，傷痛終究會慢慢褪去，對她的思念卻深深藏在心底。

以前總是羨慕地看著別人的狗狗快樂奔跑在林間步道，很想帶著妹狗一起上山看風景，但因爲她的腳和心臟問題，不敢讓她自己走。何況我的體力實在不怎麼樣，一個人都走得氣喘噓噓，如果揹著她走二個小時，不但沒有把握能走完全程，而且也會被上下階梯搖晃得不舒服，所以一直不敢嘗試。現在就算鼓起勇氣，要帶她去看更高更遠、和家裡落地窗前不一樣的風景，也等不到這個機會了！

經常聽到快速奔馳在馬路上發出令人緊張的救護車鳴笛聲，我一面替那位生病受傷的人擔心祈禱，但也爲之慶幸，至少他們享有最基本的生存權利與保障，可以迅速被送到醫院急救。然而，妹狗卻沒有這樣的機會，就連吸一口氧氣、爭取一點活下去的卑微希望也沒有，因爲她是狗，不是人。

每當走在山路上，跨出痛苦的腳步時，我終於可以稍微體會妹狗這一生所受的煎熬。其實，她要忍受的，豈止像我一樣那短短數十分鐘，而是一輩子跟隨著她的磨難。

我常回想，當初選擇了妹狗，到底是幸運還是不幸？如果那時候女兒抱起來的，是另一個黑色的約克夏，結局會不會一樣？

從妹狗的立場看，我覺得妹狗到我們家，對她來說應該算是幸運的。因爲如果別的主人也像我們一樣愛她、對待她，固然可以過著同樣快樂幸福的生活。但假使不是用百分之百的愛來對待她，沒有追根究柢的治療好關節炎，或者粗心大意沒發現她的心臟病，抑或捨不得花錢讓她就醫吃藥，令病情日益嚴重，甚至把她當成負擔累贅而狠心拋棄，任她自生自滅，眞不知道那樣的一生將何等悲慘！我猜想，妹狗她自己也會認爲來到我們家是幸運的吧！

對我們而言，妹狗可以成爲我們的家人，是我們的福氣，更是上天賜給我們最珍貴的禮物。她的到來，掃除了家中原本沉悶的氣氛，轉移我們長時間目不轉睛盯著書本和電視的眼光。在她短短的生命裡，帶給我們的，是無可取代的快樂、一段美好的回憶，而且是永不褪色的回憶。

如果時光重來，讓我們再選擇一次，即使知道她的身體有缺陷，我們也會毫不猶豫地選擇妹狗，因爲這樣的她，需要更多的溫暖與關懷。

我們永遠不會忘記，這一生之中，曾經有一個善解人意的家人，她便是貨眞價實如假包換的小女兒。雖然她有點嬌寵，雖然她偶爾也會頂嘴，卻不知不覺地收服了全家人的心，成爲眞正的寶貝。

我們仍然會經常想起妹狗，現在是不是過著另一個全新的生活？如果她已經投胎轉世，還記不記得這個永遠歡迎她、等著她的家？

陽台上偶然飛來一隻小鳥，也許她化身爲麻雀，也許是燕子、白頭翁或斑鳩，我們不敢驚動牠，總是小心翼翼地偷偷望著牠，然後放低音量，興奮又有點激動的說：「妹狗回來了！」那短暫的邂逅，便是情感的最佳出口。

跟妹狗相處在一起四年多，不是我們給她多少愛，而是她豐富了我們的人生。我們在妹狗天眞無邪的笑臉中，體驗出生命的價值與喜悅，也收集了一屋子的幸福日記。

即使過了這麼久，她的一顰一笑，依然鮮明地活在我們腦海裡。

後來ing

寫這篇文章的時候，我彷彿成爲妹狗的化身，以她的眼睛、她的思緒和感覺，重新回味那一段快樂時光，一字一句寫下她想說的話。

妹狗懷抱熱情和希望而來，堅持到最後一刻才驕傲的離開。她揮一揮毛茸茸的衣袖，帶走的是我們送給她滿滿的愛與一生的精彩。

離別，不是傷痛的結束，而是思念的開始。對我們而言，她不是過去式，也不是完成式，而是現在進行式，一首正在演奏著、永不停止的樂章！

馬迷的小跟班。

帥氣又粗獷的造型。

睡前先玩個躲貓貓。

好糗！把姊姊的旅行袋誤認為我的外出專用袋，只好將錯就錯，賴著不肯出來。

全家出遊是最快樂的時刻！

興高采烈準備出門！

氣質與家教兼具的狗正妹。

我沒有擦口紅哦！

天眞無邪的招牌笑容。

沙發上的小霸王。

玩累了暫時休息一下。

少年妹狗的煩惱——不方便的日子！

躺在馬迷懷裡眞舒服！

聖誕裝變成吳鳳裝，讓我有點小不爽。

彈鋼琴。

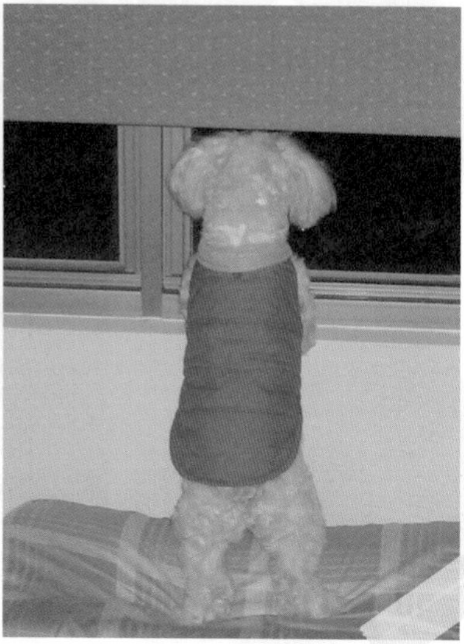

看風景。

你在看我嗎？可以再靠近一點！

不要動我的東西！

坐在地上比較涼快！

徜徉在青青草地。

國家圖書館出版品預行編目資料

一五九九的幸福／陳一尙著．--初版.--臺中市：
白象文化事業有限公司，2023.12
面；　公分
ISBN 978-626-364-146-4（平裝）

863.55　　112016906

一五九九的幸福

作　　者　陳一尙
校　　對　陳一尙
發 行 人　張輝潭
出版發行　白象文化事業有限公司
412台中市大里區科技路1號8樓之2（台中軟體園區）
出版專線：（04）2496-5995　傳真：（04）2496-9901
401台中市東區和平街228巷44號（經銷部）
購書專線：（04）2220-8589　傳真：（04）2220-8505
專案主編　陳媁婷
出版編印　林榮威、陳逸儒、黃麗穎、水邊、陳媁婷、李婕、林金郎
設計創意　張禮南、何佳諠
經紀企劃　張輝潭、徐錦淳、林尉儒、張馨方
經銷推廣　李莉吟、莊博亞、劉育姍、林政泓
行銷宣傳　黃姿虹、沈若瑜
營運管理　曾千熏、羅禎琳
印　　刷　基盛印刷工場
初版一刷　2023年12月
定　　價　300元